中国当代
原创文学

琴声落地

王哲珠 著

GUANGXI NORMAL UNIVERSITY PRESS
广西师范大学出版社
·桂林·

图书在版编目（CIP）数据

琴声落地 / 王哲珠著．—桂林：广西师范大学出版社，2018.7
（中国当代原创文学）
ISBN 978-7-5598-0745-8

Ⅰ．①琴… Ⅱ．①王… Ⅲ．①中篇小说－小说集－中国－当代 Ⅳ．①I247.5

中国版本图书馆 CIP 数据核字（2018）第 053367 号

广西师范大学出版社出版发行
（广西桂林市五里店路 9 号　邮政编码：541004
网址：http://www.bbtpress.com）
出版人：张艺兵
全国新华书店经销
长沙鸿发印务实业有限公司印刷
（湖南省长沙县黄花镇黄垅村黄花工业园 3 号　邮政编码：410137）
开本：880 mm × 1 240 mm　1/32
印张：8.875　　字数：200 千字
2018 年 7 月第 1 版　　2018 年 7 月第 1 次印刷
定价：40.00 元

尘间的独舞者(自序)

巨大的舞台,四周或暗黑,或有极亮的灯,暗色或亮光都将舞台与周围隔开,舞台像漂浮于世界之外的孤舟。一个人在台上舞着,独舞,或舒缓或热烈,或悲伤或欢乐,或沉重或轻灵。舞随心而起,旋律从意识里流淌出来,没有任何编排与计划,舞台下或许万众瞩目,或许空无一人,没有任何关系,舞者只在舞中,舞只属于舞者自己,忘我,痴迷,近于疯狂。

很多小说动笔之前,我脑中总会浮现这样一个舞者,我的文字迷恋这个舞者,想方设法接近他,观察他,与之对话,甚至将之当成迷人的空间,走进他,以科学家的冷静探究,又以崇拜者的狂热投入。

舞者下台时,一切回归凡常,凡常的打扮,凡常的举动,凡常的想法,凡常的生活,一个人走着所有人的路。舞者走上舞台,周围一切退开,世界渐渐变得透明,融化成虚空的背景,只剩下舞,属于自己的舞,凡常皱缩为死掉的皮,脱落于脚下。舞者不再是现实生活者,但从某种意义上说更接近人本身,舞者四周变得虚幻,但又更接近真相。

这是尘间的独舞者。

我的小说不厌其烦地叙述这些尘间独舞者,他们也是凡常众生,在烟火生活中忙碌追逐。不同的是,他们会从凡常生活中挣脱片刻,挣脱出的瞬间，他们从众人变成自己，从重复跨越到独特，从面对世界转而面对自我。伍德罗·威尔逊说过：你来这里的目的是为了让世界更为丰盛地存在，记得你是来丰富这个世界的。我相信，独舞那一刻，独舞者丰富了这个世界。

这给人的存在赋予了某种意义么？我不知道，但我将之珍视为意义。这样的独舞能带来什么？可能什么都没有，甚至更忧伤更迷茫，然而人的高贵性或许就在这里，在混沌中记得悲伤，带着希望走向绝望的尽头，美艳的悲剧。

我尝试不同的方式接近这些独舞者，想尽办法叙述这些独舞者，用“语言”“结构”“节奏”“风格”这些词构建他们的故事，让他们走进故事又走出故事。这些词语和所谓的方式或许又生硬又可笑，但足够好奇，足够固执，我不知这是残忍的兴趣还是动人的真诚。

这部小说集都在叙述独舞者独舞的瞬间，他们旋转起来了，这一刻，世界变得虚假了，也变得真实了；人间更简单了，也更丰满了。

2017 年 10 月

目录

少年少年

一

我逃跑了。那件事过去那么久以后，我突然逃跑了。

我只知道跑，可不知跑去哪里。开始，我在寨子附近兜来兜去，可他们都看着我，碰到的所有人，都那么盯住我，不言不语。可能是我的脚步太慌了，于是，我管住自己的步子，尽量走得规矩，装作什么事也没有。我是没事出门要要逛逛的，有什么好奇怪。我对自己说，也想大声冲他们说。可他们还是看我，眼睛从巷头到巷尾跟着我，叽叽喳喳谈着我，手指一晃一晃点着我。我听到那些眼睛在问，你做什么？我吓得胸口一紧一紧地响，他们知道我要跑了么？

我向远一点的地方走，反正只要人少，离开寨子就好。我来到田间，田里的人也不少，浇菜的、拔草的、垦地的、喷农药的、牵牛挑担在田间小路来来去去的……碰见人了我就躲，要是熟人我干脆绕开，挑另一条道或往回走。这么躲着拐着，我走过一片田野，走过一段山路，来到乡道。

走上乡道，我突然有了跑的方向，去镇上。沿这条路一直跑，过了一条石桥，再跑一段右拐，就到了大路，顺着大路往前，能一直走到镇上去。我和阿妈去过。我拼命跑起来，把关于阿妈的念头扔掉。

跑着真好，风从耳边扫过去，呼呼呼，像不停催着我，快点，快点。路上没什么人，我手和脚甩得高高的，手和脚变得很轻，好像不用碰到地面，只管往前飘，快极了。要是和大乌、阿业他们赛跑时，我能这么跑，肯定跑第一。不，我不会和他们一块耍了，不跟他们赛跑了。我甩着头，让风把大乌和阿业他们的脸吹跑。

我觉得自己成了风，又轻又透明，别人都知道我，可看不见我，找不到我，多好。

跑上大路，我就和路上的自行车赛着跑，一直跑到镇上。

镇上很热闹，第一次来的时候，我的脚步怎么也迈不动，好看的好吃的太多了，阿妈把我的胳膊拉得又酸又痛，我才拖拖拉拉跟着。可是今天，我不知道该走去哪里。我顺着街走，走得很快，那些卖东西的人老是看我，不知是不是我不小心把跑的意思挂在脸上了。我低下头，不停地抹脸，不让别人看出来。可他们还是看，一个小孩在街上逛很奇怪吗？大人总爱大惊小怪的。街两边的店面和小摊还是一个挤一个的，还是有那么多好吃的，可我不想看了。这些好吃的，油饼呀，糖果呀，水果呀，瓜子呀，好像都长着嘴巴，呵呵对我笑，讲我的那件事。那件事，它们当然知道，要不是因为它们……

我不想待在街上了，又拼命跑起来，把两个大人撞得身子一歪，带倒了路边的菜筐，身后一片骂声。我不管，跑得更急，因为我突然想起可能会碰上熟人，他们可能上镇子卖菜或买东西，看见我会怎么想怎么说呢？

镇上的街真长，总跑不到尽头的样子。终于跑到街的尽头，可我又拐到另一条街上去了。我只好再跑，后来还是绕到别的街去。我在镇子的街道绕来绕去，那些街像网一样。不知多久，我终于绕出去，一屁股坐在地上，有好一阵子，眼前黑黑的，像被一片云盖住了。多年以后，我发现镇上其实只有两条街，交叉成十字形，四段短短的街道彼此相通。

出了镇，我觉得好多了，面前又是田野。早就到了午饭时间，田里没人，我能慢慢走了。其实我也走不快了，肚子和腿脚没有一点力气，清清楚楚地闻到镇上馄饨店和粽子店的香味。

我来到一块番薯地，在田埂坐下，呆呆地盯着番薯地。只要扒开泥，就能看见番薯，像我和大乌阿业常做的那样，掀开泥，一抠两抠，番薯被成串拉出来，大的小的，烤一烤，吃下去，嘴巴整天都是香的。可是，我不想了不敢了，没错，以前我们是常偷番薯，可现在不一样了。怎么不一样，我弄不明白。反正，我看到番薯叶上长了眼睛和嘴巴，盯住我说什么。

我背过身，把脸埋在膝盖上，躲开番薯地。

醒来的时候，田里还没有人。我不知道自己睡了多久，脑袋和脸被日光晒痛了。睡过一觉，觉得不那么饿了，又开始走。

走了一段，抬起头，是座矮矮的山。我不敢再走，山上全是坟包，一个挤一个的。阿嬷说，人死了就埋进泥里，做成一座坟，晚上会变成魂出来，一飘一飘的，都不愿意死的。大日头下，我觉得冷，冷扯着我的皮肤，扯得又紧又痛。我呀的一声往回跑，一边跑一边被自己的叫声吓得哆哆嗦嗦。我听见后面有声音，不，是影子，一飘一飘地跟着我。这些影子知道我的事,知道我是一个什么样的人,阿嬷说,他们什么都知道的,他们要做什么呢?

我又回到镇子,贴着街边站了好久,才认清楚方向。我想,就是碰上熟人,被问一问,也比碰见那些影子强。

后来,我看见自己的影子在脚边拉长了。再晚一点回去,我天黑前就跑不到寨子了,再说,我没法像早上那么跑了。我一下子想到回家,忘掉早上出门时的打算,要跑到遥远的地方,像电影里的人,到处流浪。其实,就是没有那件事,我也想流浪,走到山那边去,走过一个又一个镇子,还有电影里那种大城市,然后——然后怎样我倒没想过,反正这么走着就让人着迷了。但现在我什么都不想了,只想回家,咬个番薯,就着乌榄喝几大碗粥。我觉得自己太没出息,几乎要哭了。

我咬着嘴唇不让自己哭,就是没出息,才会有那件事。我真想打自己一顿。但最后没有,我站起身,往寨子的方向走。我想回家。

二

午写课,阿爸突然立在教室门口。老师走出去,阿爸凑近他说了几句什么,老师转身朝我招手,让我走出去。要不是有课桌可以扶着,我就要走不动了。我预感到什么,拼命安慰自己,不会的,不可能的。

跟我来。阿爸说,声音像石门槛一样又硬又凉。

我的书包。我低声说,想找一个退路。

一会儿再回教室。阿爸说，他已经开始走了，背对着我，嘴巴好像藏在脑后。

走出学校，来到小卖部门前，我的脑子就不听使唤了，好像有人使劲拍打我的头顶，把我拍得晕头转向，我看见阿弟阿妹站在墙边，看见靠着墙的一根竹枝。

我看见阿爸的手拿起竹枝，听见他吼道，是不是你，是不是你！

我看不见阿爸的脸，看见竹枝起起落落。

我什么话也没有说，不用说了，阿爸已经来到小卖部，他什么都明白了。竹枝落在我的小腿上、大腿上，啪啪啪的，又密又急。阿爸的火气好像把竹枝烧着了，我整条腿都在发烫。可我不哭，也不喊，死命咬牙齿，咬得后来好几天吃东西牙都疼。

还好，阿爸刚才没在教室门口打我，要是在那里打了，我以后就不想进教室了。还好，现在午写还没下课，全校的学生都在写作业。希望别那么快下课，午写课长一点，这种希望是我人生第一次也是最后一次，又迫切又害怕。

我低下头，是承认的意思。阿爸的竹枝挥得更用力了。

后来，阿爸转向阿弟阿妹，朝他们挥起竹枝，只一下，阿弟阿妹就哭了。他们哭得那么响，好像肚子里的声音都被竹枝赶出来了，这么哭，学校里静静做作业的学生要听到了。我希望阿弟阿妹忍一下，但我也知道，确实很痛。阿妹才上二年级，她哭得直咳嗽，好像喘不过气来。阿弟今年刚刚进学前班，他那么小，阿爸打一下，他身子就缩一下，鼻涕拉得那么长，虽然他总要抢我的乌榄吃，弄坏我的泥茶具，弄折我的铅笔，我免不了给他一拳头，可我一点不想让阿爸这么打他。

小卖店的大头明走出来，对阿爸说，好了，好了，孩子么。

阿爸说，这不是小事。

但阿爸不再打我们了，他说，今晚回家再好好收拾。

他让我带阿弟阿妹回教室，阿爸没带我回教室，顾自先走了。那时，我觉得他救了我一命。

我把阿弟阿妹带到厕所，让他们洗掉眼泪和鼻涕，别让人看出来，也别对班里的同学说。阿弟阿妹洗了脸，除了眼睛有点红，好像什么事也没有。下课铃正好响了，阿弟朝教室冲去，好像这事已经过去了。可我知道，没那么容易过去的。

我睡不着，我被阿爸打了，虽然没有一个同学看见，可大头明知道，整件事他清清楚楚，还有老师，他一定也是知道的。我觉得脑袋变成湿泥巴一样的东西，又黏又重，以后要抬不起来了。

让阿爸阿妈打是常事，学校里的男生谁敢说自己的屁股和腿没吃过竹枝和扫把？就是敢吹牛也没人会信，除非那人没阿爸阿妈。我的屁股和腿吃过的竹枝和扫把不比班里哪个男生少。最厉害的一次，班里的男生现在还记得。

那次，放寒假了，我和班里几个男生约到溪边耍。我们吃过烤番薯，用弹弓打过溪边吃草的水牛，翻过跟斗，互相扔过沙子，觉得无聊透了，开始想玩点新花样。几个人说了一堆，都是平日耍过的，一点意思也没有。我跳起身指着溪说，像暑假一样，游到溪中间去。几个人都觉得我把牛吹上了天，我立即脱了衣服在溪边跑一段，搓搓身子，啪地跳进溪水里。往回游的时候，我看到一片张大的嘴巴和眼睛。

那次过年，我一直包着被子躺在床上，阿妈每天边给我熬姜汤边骂我。等我好了，阿爸到门前削了根指头粗的竹枝，关上篱笆门开始喊我的名字。那次，我从屋外跳到屋里，又从屋里跳到屋外，叫得家里的鸡四下跑。从小腿到屁股，阿爸的竹枝痕印得满满的。后来那几个男生看了，说像穿了青黑色的条纹裤子。

那一次被打，全班的男生都知道了，都笑我身上的条纹裤子。可我知道，他们心里是服我的，那以后，玩什么要什么或有什么新主意，都要和我说说。

这一次，可能跟那次打得一样严重，可不一样的是，我怕让人知道。

我坐起来，屁股很痛，只好侧着身。阿弟阿妹早睡了，他们大概哭累了，睡得那么沉。我坐了好久，阿爸阿妈在里屋，一定也睡了。

我下床，从书包里摸出那个塑料袋。窗口进来的月光很亮，我拿出袋里的青草叶——放学后拐到田间摘的。把青草叶放进石碗，用石槌轻轻捣，不弄出一点声音惊醒阿爸阿妈。我把青草捣出汁，盛在盒子里。

天气热，阿弟阿妹穿着短裤，阿爸的竹枝印子青青紫紫的，我拿青草渣蘸草汁抹上去，明天就不痛了。我一把青草汁抹上去，阿弟阿妹的腿就一抖一抖的，好像怕冷一样，又好像还在细声地哭。我觉得身子也一抖一抖的，又像冷又像怕，弄不清楚。

给阿弟阿妹涂过青草汁，我就坐着发呆。不想给自己涂，我活该，痛一点才好，这事全是我做的，阿弟阿妹是让我害的。

我想哭，可嘴张得酸了还哭不出来。我总想着，我让阿爸打了，想得难受极了。我没少挨打的，就在十多天前，我还因为要磨一个橄榄核哨子，把一只铁锅烧没底了，让阿爸打得几天没法跟人耍抓贼的游戏，可我给大乌和阿业看哨子时顺便让他们看了我的腿，让他们知道这哨子不简单，别打主意。

这次不一样。他们会怎么看？我不要再去想了，想忘掉。

可我记着这事，还一点一点都记起来，又清楚又明白。

原来，人真的会睡不着的。以前阿嬷说她睡不着，我不信，这天晚上，我信了。

三

我一直记得那天日光很硬。午饭后，阿爸在木板上躺了一会儿，出门做工了。阿妈说日头太硬，再歇一会儿吧。阿爸戴着草帽，说要赶工，没法歇。转身走了。阿妈随后也去外乡领绣花的活。择着番薯藤，我们几个觉得无聊。阿弟阿妹提议去后山摘覆盆子，我早就想了，可阿妈交代过，番薯藤没择好不能出门。我坐不住，开始在屋里转来转去，阿弟阿妹跟我身后。

后来，我看到阿爸阿妈挂在墙上的上衣和长裤，站住不动了。到现在，我还想不起是怎么站上凳子，朝那些衣袋伸出手的。阿弟阿妹站在后面，他们一定吓住了，因为我没听到他们半点声音。

我掏了两个衣袋，空的。手伸进阿爸的裤袋时，我停住了，手伸在袋里，转脸看阿弟阿妹，阿妹果然是惊住的样子，满脸疑惑。阿弟的眼却睁得那么大，跳着脚问，有什么，阿兄，是什么？

我的手伸出来，捏着裤袋里的东西，自己也惊呆了，十块的钱！两张！这么大张的钱，我只在阿爸阿妈交学费时看见过，从来没摸过。我的脑子里好像有一群人在打架，又是响声又是喊叫，弄得我没法想事了。站了很久，脑里打架的人累了，我想到，这钱能买那种叫冰淇淋的，买很多。

冰淇淋那种东西我今年才看到的。开始，只是听说，我们跑到大头明的小卖部去看，没看到。大头明说那东西金贵，不能随便看，见了外面的光会融化掉。他说一次只敢拿几个，专门卖给买得起的人。我们就散了，觉得学校里没人买得起的。可后来，尖头竟买了一个。

那天放学后我们要橄榄核时，尖头举着一个东西飞跑过来。他喘着气站在我们面前，把那个东西举在头顶。那东西是老师说的圆锥形，包着花花绿绿的纸，有人碰了一下，冰冰的。我们全都朝那个东西扬起脸。

冰淇淋——尖头喊，声音长长的。他慢慢撕开那层纸，我们看见米黄色的壳，浅紫色的肉，撒着一些碎花生。所有人的眼珠子都要掉出来了。尖头有两个下南洋的老舅，他家每半年都会收到一种叫汇款单的东西。他是买得起的。

尖头舔了舔冰淇淋，惊叫起来，一舔就没了，又香又甜又冰。那几个伙伴开始每人舔一点尖头的冰淇淋，分别许给尖头竹鞭炮、玻璃珠子、新做的弹弓、星期天带他去捉鱼。最后，尖头来到我面前。

说真的，我真想舔一舔那种叫冰淇淋的东西，可我又真不想，我是讨厌尖头的。特别是他这样笑笑地看着我，鼻子朝天的，我恨不得打他一拳。

尖头说,你舔一口,换你的橄榄核哨子。

为了磨这个哨子,我烧坏了一只锅底,吃了阿爸一顿竹枝。我不看冰淇淋,说我不要。

舔两口。尖头先让步。

稀罕!我偏开头。

两口呀,味道好得不得了。伙伴们劝我,你没吃过的,橄榄核有的是,哨子以后再磨。

我跑了,他们愈说,我愈不想舔。阿爸从不让我盯着外人吃东西,更不让我随便吃别人东西的。

那天跑开之前,我夸下口,说,总有一天,我自己买冰淇淋,会知道是什么味的。

他们在我身后,笑得那么大声。

夸过口后,我有点后悔,我没有下南洋的老舅,怎么买得起?

现在,我买得起了。

阿兄,阿爸阿妈要打死的。阿妹怯怯地说。我想,那时我如果把钱装回去,跳过凳子,远远跑开,就不会有后来的事了。可我的手被鬼抓住了,鬼还跑到我脑子里,让我把钱拿得更紧。我对阿妹说,这钱能买冰淇淋。

阿妹阿弟不知冰淇淋是什么,我说比冰棍还好吃一百倍,阿妹的眼睛就像灯泡一样亮起来,阿弟围着我跳,喊,我要吃,我要吃。

我又说,还能买好多糖。

阿妹问,还能买四大天王的贴纸吗?

能。

阿弟问，能买那把黄色水枪吗？

能。

我们出发了，朝大头明的小卖部走去。

很好，正好是中午，又是星期天，大头明的小卖部没人，我怕让人看到那么大张的钱。

大头明看到钱时，吓了一跳，盯着我看。我被盯得站不住，好像有一群蚂蚁在我背上爬。我想，要是他当时多盯我一会儿，我可能就不买了，把钱装回阿爸的衣袋。因为，那个时候我不大想吃冰淇淋了。

买了一根冰淇淋，大头明给我们找钱。很多一毛两毛的，有那么多，大头明边算钱还给我，边怪怪地看我，可他没说什么。我没想到能找回这么多，捧在手上，很害怕，慌慌地让阿妹塞进她衣袋里。

冰淇淋真的很好吃，我们三人一人一口，分着吃完了。嘴巴冻得硬邦邦的。阿妹把找回的钱掏出来，我对这些钱很担心，太多了，袋里还有一张整十的呢。我不知怎么办。

给阿妹买了贴纸，给阿弟买了水枪，给我自己买了小刀，买了一大包糖，钱还没花完。阿妹说，剩下的还到阿爸裤袋里吧。

我说，还回去就死定了。

后来，我想了一个办法，跑了很远的路，到外寨的小卖部买了一叠本子，一把铅笔，几块橡皮。这样，我和阿弟阿妹能用很久了，不用再向阿爸阿妈要钱。

钱终于快花完了，我轻松了一些。剩下的钱压在枕头下，我不敢再花了,也不敢走到大头明的小卖部去,怕他怪怪地盯着我,更怕他会突然问什么。

伙伴们去小卖部买瓜子,我再不跟着,远远等他们。他们有时要着要着,会说,冰淇淋真好吃。有人说长大了要开小卖部,肯定卖冰淇淋。有人说长大有钱了,肯定不买化肥,先买两根冰淇淋吃了再说。还有人说要当科学家,就发明新品种的冰淇淋。他们说这些话时,我总待在一边不说话,有时说有事,先走了。他们对我说,可惜,你不知道冰淇淋什么味,怎么就不尝一尝,橄榄核哨子有什么好的。

我想说,我早知道冰淇淋的味了。可我没说,我突然觉得,冰淇淋其实没那么好吃。

四

那天放学,阿妹在教室门口等我。我立即冲出教室,拉了她就走。平日放学,我是不许她来等我的,总是交代她和阿弟先回去,我要和大乌阿业他们一起走,有她和阿弟走在身后,跟屁虫一样,又烦又不自在。今天我朝喊我的大乌阿业说有事,和阿妹跑去喊阿弟。

阿妹害怕地说,阿兄,回去今晚阿爸还要打的。

阿弟本来已经忘了,边走边玩纸飞机,听阿妹这样说,哇地哭起来,阿爸要打。

别哭了,烦死人。我扯着阿弟的胳膊,看看后面,幸好我们走得快,身后没有同学。

阿爸阿妈让我们吃饭,一句话也不说。

我放下碗，阿妈的手就举起来了，我准备她掐我的胳膊，大声骂我，垂下头，这样等着心里好像有一点轻松。我想，阿妈该掐得用力些。

好久，阿妈没有掐我，也没有声音。我抬起头，吓坏了，阿妈在哭。她坐在灯下，眼泪变成黄色，从鼻子边流下来，那么慢。我不知怎么办了，阿弟阿妹抱着碗，望着阿妈，忘记吃饭了。

我觉得阿妈的泪流了好久，才伸出手去抹。她一直抹一直抹，好像泪总也抹不干。屋里好闷，我觉得再待一会儿就要喘不过气了。

后来，阿妈的手垂下去，我知道那只手本来举起来要掐我的，后来抹了眼泪，现在垂下了，好像再没有一点力气。

我的脸要钻进碗里去了，听见阿妈吸了一阵鼻子，哑哑地说，你们这些讨债的啊，钱是留着还陈树叔的。去年台风后修屋顶欠下，还到现在未还上。留着再凑一点，下个月就要还清，人家等着娶媳妇用的呀。

我不敢喘气。

阿妈对阿爸说，你钱怎能乱放？

一向装在裤袋挂那里的，哪个知道会去掏衣袋裤袋，我平日怎么教他们的。阿爸的声音高了，我觉得火在他头顶烧起来了。当我长大后，我才知道，那不仅仅是火气，还有更刻骨的痛心。

阿爸扬起竹枝，在板凳后面对着我的腿连抽一阵，我咬住碗沿，不出一声。阿妹阿弟呜呜地哭，阿弟把嘴里的粥都哭出来了。

阿妈叹口气，说，是我们没本事让你们吃饱，更别说吃好了。可怎么就不争气一点。她扬手拍了我一下，又累又无力。

阿爸突然不打了，他扔掉竹枝，半天没有声音。我偷偷抬头，看见阿爸坐在矮凳上，双手抱着头，一动也不动。我害怕，从来没见过阿爸这样子，宁愿他打我，边打边大声喝我，这样，事可能就过去了。可没有，阿爸就那么缩成一团，好像睡着了。我们三个坐在饭桌边，不知道接下来怎么做。那时，我有一种日子已经断掉的错觉，只是那时模模糊糊的，无法把握这感觉，更无法表述。只能昏头昏脑待着，像成了一团烟，什么也抓不住，一动就要消失一样。

阿爸累了。这是我第一次想到的，这想法让我害怕得发抖。我一向以为阿爸像后山一样，又稳又有力，有用不完的力气，就像后山总有长不完的草。

以前，我看过阿爸砌墙，挥着瓦刀，一块一块地叠砖，糊上水泥，抹平。总是这样，看得我都烦了。那时，感觉我比阿妹还小一点，阿妈说我老问阿爸，好了么，好了么，砖怎么老砌不完，不好玩。我记得阿爸总没工夫说话，只朝我点点头，让我自己去耍。那时，我常跟阿爸出门，可以在工地上捡些木条、木粒，还可能得到那家主人一颗糖粒或半角米糕，我的印象不在砌墙的阿爸身上。现在，我突然想起阿爸砌墙，记得清清楚楚的，还记得日头总是很硬，天气总是很热。要不就是下雨，要不就是很冷。总之，老是跟阿爸作对。

我不知道为什么突然想起这些。多年以后，我想，可能我就是在那一瞬间开始长大的。

后来，是阿妈让我们先去睡的。阿弟阿妹很快睡了，我闭上眼，一直很清醒。听到阿妈收拾碗筷，阿爸还是没一点声音。很久后，听见阿妈对阿爸说，陈树叔那边再想想别的法子吧。我一下子咬住嘴唇，真希望像阿弟阿妹一样睡着了，听不到这话。

等阿爸阿妈睡熟，我起来捣青草汁帮阿弟阿妹抹腿，再躺下去，一直醒到第二天。

起床烧火时，我垂着头；喝早粥时，我垂着头；上学时，我垂着头。坐在教室时，我的头垂得更低，就是老师讲课，要看黑板时，我也只盯住黑板，不让眼光漏出黑板去。黑板旁边挂着《小学生日常行为规范》。

我一直怕《小学生日常行为规范》，老师把规范一条一条念给我们听，我一条一条对照着，觉得自己十有八九做不到规范里说的那样，我不知怎么热爱祖国，找不到远大的理想，不讲卫生，爱打架，还打阿弟阿妹，不认真学习，没有助人为乐……总之，对着规范，我就知道自己在校不是合格的学生，在家不是好孩子。

我最怕阿爸在路上碰到老师，他会问起我在学校表现怎么样，成绩怎么样。老师会把我考试考砸，作业做错，弄坏同桌笔盒的事统统告诉阿爸。阿爸回家会打我，拿我和寨里的妙君比，说她书念得多好，做了多少家务活。妙君是女生，我是不愿意跟她比的。我不知道阿爸为什么总不提大乌和阿业，他们跟我差不多。

我还怕老师会从阿爸那里问到我在家里的事，他会不会知道我跟阿妹抢鸡蛋吃，知道我把被单披在身上，说自己是大将军，满地跑，把被单角都磨破？

总之，我是不合格的。

现在，我看都不敢看《小学生日常行为规范》了。那张规范长了一双眼睛，老是盯着我，盯得我坐不住。后来，这双眼睛还说起话，问我怎么坏成这样,它说,班里没有比我再坏的了。要不是双手抓紧桌子,我一定会跑出教室的。

我觉得自己缺了一大块,好像身上丢了什么东西,比缺胳膊少腿还厉害。我不知道是什么,总之,那天起,我身子总空空的,没有重量,没有力气,踩不实地,不是要摔倒就是要飘起来。

五

我到家了,扶着篱笆时,腿脚好像不是我的了,变成又重又硬的木棍。我记不起这两条腿是从镇上跑回来还是拖回来的。天暗了,这很好,我不用走夜路,回寨时别人都在吃晚饭,除了大乌家那条狗,没人看见我。

家里亮着一盏灯,没人在的样子。我站了好一会儿,屋里确实空着。我扑进灶间,锅里有粥,桌上有熟番薯,我闻了闻,不敢拿。在灶间里角摸了两个生番薯,退出门,退到客厅高高的稻草堆边。

我家的客厅还没盖,敞着口子,敞着屋顶,稻草全都堆在客厅一角,盖了薄膜纸。我钻进稻草堆,在客厅最里角找个空坐下,大口咬生番薯。

等我咬下两个番薯,我听见阿妈带着阿弟阿妹回来了。他们在找我,阿妈一直问阿弟阿妹我朝哪个方向去了,问我有没有跟他们说过什么。我听得出来,他们找了我很久,阿爸也出门找我了,还有大伯和三叔也出去了。我该出去的,可是阿妈又喊了,喊得那么急,我缩回来,躲得更深。

出去了我怎么说？我原本要逃跑的，跑得很远很远，让人再找不到我，看不到我。可现在……接下去怎么办，我不知道，也不要再去想了。我听见阿妈让阿弟阿妹先吃饭，她再去寨里问问。

阿妈一出门，我就闭上眼睛。我累了，一听见阿妈喊，就老看见她鼻子边的泪，流得那么慢，老流不完，掉不下来的样子。我觉得睡着了就好了，就什么也不用管，什么也不知道。我往身上扒拉一些稻草，靠着稻草躺下。

怎么会想到跑呢？我后悔了，这一点用也没有。可我实在没法。

我觉得那件事班里的同学一定都知道了，老师会告诉他们的，还有阿妈，她会和寨里的阿姆阿婶说，他们会拿这事教训家里的孩子，大头明也有可能说，学校那么多学生喜欢围在他的小卖部……总之，坏了，所有的人都知道了那件事。

他们不再像以前那样明明白白看着我了，不和我骂架吹牛了，不让我一块拿虫子放在女生笔盒里了，好像老背着我说话，头凑着头，声音很低地说话，我走过去，他们就散，要不就朝我怪怪地笑，很快说别的，说得那么大声。

反正，和以前全不一样了。

我也不和他们玩，一个人待着。我不喜欢下课了，下了课我不知该不该离开座位，就是走开，也没处可去。一上学我就想着放学，最后一节课铃声刚响，我就往家里冲去。那几个伙伴邀我耍，我不去，他们不知要看我什么笑话呢。有次放学，大乌和阿业追上我，问我最近是不是撞鬼了，变得这么怪里怪气的。我不理他们，说要回家帮阿妈做事。

他们在后面哈哈大笑，说这是听过的最好玩的事。

那天体育课自由活动时间，班里的男生玩警察抓坏人的游戏，喊上我了。我很想玩，我好些天没和他们一块追过打闹过了。我站在那里，负责分组的阿俊把我分到坏人一组，让我快跑，他们当警察的要抓我了。

我傻了，像有人拿石块往我脑袋扔，跳起来，然后又蹲下去。我背上有蚂蚁在爬，那些蚂蚁是烧着的，烧得我背上的皮吱吱响，一直爬上我的脖子和耳朵。后来，这些蚂蚁又变冷了，冷极了，四处爬，冻得我直发抖。

玩这种游戏，我向来都是当警察的，因为我长得像好人，他们说，要是我戴上警察的帽子穿上警察的衣服，准和电影里的警察一模一样。现在，他们让我当坏人。我是坏人了，是小偷！

我跳着脚，喊，凭什么，凭什么！我不当。我把地上的泥沙踢起来，踢得面前灰蒙蒙一片，一边嚷着，嚷得喉都痛了。

他们呆呆地看着我，望来望去的。我把脸冲到阿俊鼻尖前，用最大的声音嚷，我不当。

阿俊好像说，都不想当坏人，警察太多了，没坏人可追，没意思。说是因为我跑得快，让我跑给警察追才有意思。

我什么也不听，嚷完后顾自走开。

班里的男生再不喊我耍了，他们凑在一块耍我就走得远远的，不知想什么事。上学放学我都贴着墙根，走得很快。我总待在家里，阿弟阿妹要我带他们出去耍，我就凶他们。把他们凶出去，我半关上门，坐在屋角，磨橄榄核哨子，或什么事也不做。阿妈好几次被我吓一跳，让我出门耍。我出了门便往后山去，找一棵最大最密的树，爬上去，坐在上面，半天不下来。

我觉得像以前养的蚕一样，有层茧子包着我，这茧子别人是看不到的。还有，蚕最后还要咬破茧飞出去，可我不知怎么出去。

茧子包得太久太紧，我要没法喘气了。我想跑，想和伙伴打架，想大笑，可我得怎么透气，怎么跑，怎么笑？我不想让别人看见，也不想看他们的脸，特别是眼睛。

有天晚上，我梦见神仙给了我一件隐身衣。穿上隐身衣，谁也看不见，我又跑起来，绕着寨子，绕着学校，绕着后山，跑了一圈又一圈，整个人都跑轻了，真痛快。可后来，神仙把隐身衣要了回去，我一下子就现身了，所有人都指着我，目光聚集在我身上，把我吓醒。阿妈在喊我，让我快点，上学要迟到了。

又要上学，又要看《小学生日常行为规范》，又得自个儿在座位上坐到放学。我希望自己一下子病了，像电影里的人，眼前一黑昏过去，咚地倒在地上。可直到走到学校，我人还好好的。

那天放学后，和阿弟阿妹走着走着，我站住了，想到跑。从那时开始，好像有一只怪模怪样的动物，在我脑袋里咚咚咚地跑个不停。

现在，跑了一天后，我还是跑回来了。真没出息。

别想，别想，我想不下去了。我合上眼睛。

我睡得真沉。可当我听见门外竹林的鸟叫声，看到草缝进来的光亮，我知道自己醒了，我跑不掉的，也没法一直睡的。

六

我从未想到，逃跑让那件事更清楚。他们总是记得我的逃跑，记得我逃跑就把那件事记起来了。

老师总是看我，目光又硬又长。他一这么看我，我就记起逃跑的事，逃跑的事后面又扯着那件事。老师以前看我的目光和看班里很多男生一样，是硬的，盯得那么紧，使我们不敢把吓唬女生的装着虫子的盒子从书包摸出来，不敢使劲摇晃凳子，让凳子四只脚分家，不敢给课本里那些大人物画胡子眼镜……只有我用亮闪闪的声音回答出一个问题，或把教室扫得没一粒沙子时，老师看我的目光才会软一些，像池塘的水面，一波一波的。那就很好，让老师那么看一次，我放学回家会一路哼歌。大乌和阿业笑我没出息，说，不就是老师冲你笑一笑么，用得着这样？我才不管他们，我知道，要是老师也那样冲他们笑一笑，他们会唱得比我大声。

现在，我不要老师这么看我。该怎么看呢？我想了想，觉得还是不要看的好，希望老师别看我，把我忘掉。可他老记得我，放学时他立在教室门口，我一走出教室，就弯下腰对我说，早点回家，和阿弟阿妹一块回。老师把声音放得低低的，软软的，别的同学是听不到的。可是我觉得像铜锣那么响，吓得后退几步，呆呆地看着老师。老师又冲我笑笑。我低下头，要哭了。我是坏学生，他为什么要这样对我笑？

老师在班里讲故事，他讲走失的孩子在外面多么危险，讲孩子的阿爸阿妈多着急，讲外面有那么多坏人专门拐卖小孩，还讲有很多伟大的人小时候也犯过错误。我觉得老师是专门讲给我一个人听的，真想把头钻到桌肚子里去。

班里的同学也老记得这事。女生和男生是不说话的，不过，从她们看我的样子就知道，她们很想知道那晚的事。男生早问过我了，问我那天跑了多远，远处好玩么。问我那一晚在草堆里过夜怕不怕。我知道，自己一整夜没回家，他们眼红了。我们才四年级呀，晚一点回家都得挨阿爸阿妈的竹枝。在我们这里，只有上了初中，或者是最厉害的六年级男生，才敢一整夜不回家的。

他们问，我不说话。我整夜没回屋跟别人不一样，是因为那样的事。再说，我其实回家了，就躲在客厅草堆里，阿爸第二天一大早把我扒出来的。

他们追着我，说说么。

我咬住嘴唇，一点声音也不出，绕来绕去地走。他们被我绕烦了，把我丢在一边，说我的魂让鬼偷走了。

一天放学，大乌和阿业跟着我。快到我家时，大乌说，这里没人了，你说说吧，那天你去了哪里？那晚上在外面睡觉，看见什么东西吗？

大乌说一句，阿业点一下头，好像大乌把他肚子里的话掏出来了。

我转过身，不出声地看他们。

说说么，保证不告诉别人。阿业说。

啊——

我想不起是怎么嚷起来的，嘴巴张得不能再大了，声音不能再响了，拖得很长很长。等我喘着气停下来，大乌和阿业跑了，我看见他们跑进远处的竹林。我不知自己是不是冲大乌和阿业喊的，反正我想喊。要不是没力气了，喉咙也哑了，我还想再喊下去。

大乌和阿业也走了，很长一段时间，他们看见我就躲开，绕到另一条路去。

我慢慢走回家去，想，要是有种仙药或仙桃什么的，人吃下去把事情忘得干干净净就好了。我把这种仙药或仙桃做成糖，叫所有的人吃下去，把那件事和我逃跑的事忘个干干净净，那时，我就和以前一样，抬着头挺着腰走路，和班里的男生骂架，被老师罚扫地。回家抢阿弟的乌榄，弄坏家里的衣柜门，阿爸用竹枝抽我屁股，阿妈掐我的胳膊。快到家的时候，我哧地笑出声。我好久没笑了。

一整晚，我都想着仙药的事。我记得在电影里看过，一些能救活死人的药总是长在天上或很远很远的大山里，我要的这种吃了能忘记事情的药草应该也长在这种地方。天上是不用想了，阿嬷说，死掉的人才能去天上。山上是有可能的，田野周围有的是山，什么草都有，说不定就有我要的仙草。

我又睡不着了，坐起来抱着被子用力想。电影里的人总能问到哪座山长仙药，知道仙草的样子，直接冲那山去了。周围这么多山，我该往哪里去？我们这里也没有高人，我总不能乱找吧。

天快亮的时候，我想起老一辈人的故事，他们的故事那么多，总有些神呀仙呀的，还有很多祖先的故事，说不定能听出什么消息来。

我先缠阿嬷讲，把以前没讲过的先讲，以前讲过我又忘掉的再讲一次。讲到最后，阿嬷总摇头，说，没有了，想不起来了。我让她再想，她总要想好久才有一个故事。我就央寨里的老伯老婶讲，走过巷子，看到他们晒日头或择菜，我就凑上去，请他们讲。他们是愿意讲的，有人听他们说话，高兴得很。

我总是听得很细心，有时听到关于仙药灵丹仙桃什么的，忙从袋里摸出铅笔头和烟壳纸，记下来。还要再问一问这种仙药长在哪里。老伯老婶们笑，夸我用心。

听了好长一段时间，我心里愈来愈没底。那些故事总是在很久很久以前，久到连老伯老婶都不知道多久，根本没处问。那些山总是在很远很远的地方，比星星还远，故事里的人总是走啊走啊，几十年几百年过去了，才来到某座山。几十年几百年把我吓住了，我想，几百年后，寨里的人都没了吧。

我直接问他们，到底有没有仙药灵丹的。他们说，有呀，王母娘娘和太上老君那里多得很。我急了，说他们不算，拿不到的。人间有没有仙药——人能拿得到的那种？

老伯老婶呵呵笑了，仙桃灵丹是神仙的药，人间怎么会有？人只能吃人的药。

我不再听故事了，把好几张记得满满的烟壳撕得碎碎的，扔到寨门池塘里。人家会一直记着我的事了，记得一辈子。

七

陈医生喊我了，从医室的方窗伸出头，问，有事？哪里不舒服？

该进去了，我在这里逛了两天，他知道了吧。

我走进去，身子和脚步变得规规矩矩，医室里有种又香又神秘的药味，和陈医生一样又干净又清凉。看见陈医生的白大褂，我两只手就贴着裤缝放。我和阿妈来过这里，一进这屋，阿妈说话的声音也轻了。

陈医生是赤脚洪的儿子，阿妈说赤脚洪给四乡八寨的人看了一辈子病，老得走不动，该歇歇了。他的儿子接了那间医室，管理四乡八寨人的头疼脑热。人们和赤脚洪说话随随便便，对他儿子却规规矩矩。陈医生念过城里的学校，不单有从赤脚洪那里学来的本事，还有从医书学来的技术。他不像赤脚洪背一个破药箱，赤着脚走来走去，他骑着自行车，载着亮锃锃的新药箱。还有他那件白大褂，还有他的医书，都让人规矩。我就看中了他的医书。

站在诊桌前，我看见一整架子的药，最上面一层有好多书，一定是医书，我盯着那些书看。

哪里不舒服？陈医生凑近我，又问。

我摇摇头，一时不知怎么说。

他拉我的手，给我把脉，看我的脸。大人说，陈医生往你脸上看一眼，什么病都能瞧出来。我很快低下脸，怕他会看出我心里的事。心里一急，话就出来了，陈医生，把书借给我行么？

陈医生不说话，单看着我。

我想看那些书。因为着急，我胆子变大了，说。

你自己想借的？我看见陈医生笑了，让人很舒服的笑。

我点点头，胆子更大，说，就我自己看，保证不让别人碰，不弄丢，不弄坏，不弄脏的。

你看得懂？他还是笑。

我识好多字了。我又急了，开始后悔以前念书不认真，没多识点字。于是我忙补充说，不认识的字我查字典。隔壁念初中的加镇兄是有一本字典的，以前老师教我们查字典的时候，还借过给我。

你想问什么病，尽管说。陈医生想了想，把手按在我肩上，这可是医书，不是随便看，随便信的，自己不能乱吃的。

不会不会。我知道陈医生担心什么了，跳着脚摆手，我就想看这些书，一点病也没有，家里也没人生病。

陈医生在看我的眼睛。我不知该躲开还是该迎着他看，迎着他看怕他看出我的心事，躲开又怕他不借给我。我扭着身子，抬头去看架子上的书。就在这时，我想到一个主意。高兴地说，陈医生，我找蛇舌草给你吧？

以前，赤脚洪总要蛇舌草的，寨里一些老姆老婶下田时找了好多，拿到赤脚洪那里，能换一瓶酵母片拌在猪食里，有人不要酵母片，赤脚洪会给一点钱。我想，我给陈医生找蛇舌草，不要酵母片，不要钱，就换他的医书看。

陈医生呵呵地笑了，笑得露出白白的牙齿。他歪着脖子说，用蛇舌草换？好主意，为了你找蛇舌草的心力，你可不能把书乱丢，丢了，要用好多蛇舌草换。

我装在书包，夹在语文书和算术书中间，不会坏的。我连忙做保证。

陈医生转身，伸长手，从架子上抽出一本书，说，这本是最简单的，你先看看，看懂了我再借给你别的。记得，还书的时候，我要考一考的，看你是不是真读过。

我抱着书飞奔出门，把陈医生的声音丢得老远。他在屋里喊，小心点。

开始，我看不大进去，有那么多我不认得的字，要一个一个翻字典查，半天才看一页。我逼着自己看，这书里有我要的东西，在书里找容易多了。对自己这样说过后，我觉得看这书没那么难了。不认识的字查出来后，我记在本子上，下次就不用再查，我看得快了些。

慢慢地，这书有趣了。咳嗽了吃什么，喉咙疼吃什么，扭了脚有什么青草敷，起痱子用什么好得最快……陈医生给我的这本书总写到青草，都写着民间秘方和偏方。开始我不知民间秘方和偏方是怎么回事，看着看着，我明白了，反正就是治小病，能自己找青草找方法，不用找医生，很容易治好的。这本书好，正是我要的，很多青草我认识的。有些不认识，书里画着图，写着这草叶子呀花呀长什么样。

我到山上找蛇舌草，把书和字典也带上。找一片草地坐下，看着书查着字典，把找蛇舌草的事忘掉了。我对着书里画的草在山上找，一找到我就高兴极了，好像找到了宝贝。

找到书里提到的那些草我都舍不得丢，装在塑料袋带回家，晒在客厅。带蛇舌草给陈医生时，就把那些晒干的草也带去，让他看看我找得对不对。陈医生细细看我带去的草，看了好久。有时，他拿一样，我就说，这能治喉咙的，这个能祛火，这个吃了就不会拉肚子……陈医生不看草了，看我。他问，这些草都是对照着书找的？

我点点头，问，找得对不对？

陈医生把一只放在我肩上,用劲地拍。

我胸口里有一朵花,一瓣一瓣地开,知道自己找对了。也就是说,以后,对照着医书,我会找到要的东西。

陈医生答应我把这本书看完后,借给我新的医书。他指着架子上那列书,说,只要你想看,这些书都等着你。

我在陈医生的屋里转圈,说,我会找很多很多蛇舌草的。

我在学校不怕一个人了,一个人的时候,我总想着书里那些草药,我用铅笔在本子上画青草,在图画旁边写下这种草有什么作用。只要跟脑子有关的,我会特别记在一个小本子上。

我还是一个人,走路还是垂着头,可好像不那么难受了。因为我一个人有事要做,垂着头是在想那些草药和药方。陈医生借给我的第二本书,有很多药方了,用陈医生的话说,是正规方子了。那段时间,我相信,会找到想要的东西。

第一次抱着陈医生给的医书,我就像抱了宝贝,相信这件事能成。

那天我带着最后的希望向阿嬷问起仙药仙丹的事,阿嬷笑着说,太上老君才能炼出仙丹,只给仙人吃的。我突然想,这么说,人就炼给人吃的仙药。找不到仙药,我自己做!我想起陈医生,他那里治什么病的药都有,还有那些书,肯定把所有的药都写了。我照着书自己做仙药。

我去了陈医生的医室,在医室外走来走去,走了两天。

等我做出仙药,所有的人就会忘掉我的事,我就像以前一样过日子了。我一头扎进那些医书里。

八

仙药成功了！

我走遍四乡八寨周围的山，找了好多青草药，摘了很多野花，凑在一起，加进山上的泉水，捣成汁，把这些汁熬进糖里，做成一颗一颗的糖。我舔了舔，有糖的甜味，有青草的甘味，有泉水的清凉，还有花的香味，一定是好吃的。我找出以前收集的糖纸，一颗颗包了。让人很想吃的样子，但我不会吃的。

我把糖发出去，先大着胆子给老师，说我家来了客人，带来的糖。老师含着糖的时候笑得像糖一样浓甜。接着给班里的同学，这是最容易的，刚放学，我把书包放在桌上，一打开，就分光了。阿弟阿妹当然早吃了他们那一份。最后是给阿爸阿妈的，我想不出怎么说这糖的来由，想不出怎么让他们接过去，叫他们拿糖直接吃是不可能的。想了很久，我把糖融化在他们喝的热粥里，这样，就算有一点点甜味，我也能装作不知。当然，我没漏掉大头明，来到他的小卖部门前，故意说这是在另一家小卖部买的，又便宜又好吃，以后都要去那家买了。我说了好久，喉咙干了，才让大头明试试我这糖的味道，让他好去找这种糖来卖。

所有的人都吃了我做的仙糖。他们忘记了，阿爸阿妈、老师同学、阿弟阿妹、大头明，都忘掉了那件事，忘记我逃跑过。一切都回到那件事发生以前，我还是一天到晚在外面疯，还和班里的男生玩警察抓坏人的游戏，我还是当警察，还一起用虫子吓唬女同学，和大乌阿业要得忘了回家，阿爸还用竹枝打我，阿妈骂我，阿弟弄坏我的笔盒，我还给他一拳……我看见日光像花，一朵一朵开在路上，我跑得那么快。

我在跑，拿着竹子做的驳壳枪追“坏人”。跑着跑着，我停下来，又垂下头，贴着墙根走，驳壳枪掉在地上，我想起自己就是小偷，不能当警察的！所有的人都忘了我的那些事，可我自己没忘，因为我没有吃仙糖！那些事还在！

我吓了一跳，啪的一声，我醒了，手里的书掉在地上。原来是做梦，这个梦让我不知道怎么办。就是我在医书里找到草药，做成能让人忘记一些事情的仙药，好像也是不成的。

我自己要吃吗？我捧着书，呆呆地问自己。以前，我是没想到的，只想着要别人吃，让别人把这事忘掉。我是不想吃的，吃了那种糖会忘掉一些事，我觉得让自己忘掉一些事是可怕的，好像有一些日子没了，跟让橡皮擦擦掉的字一样，什么也没有了。可我让别人吃……

我怕极了，把书扣在脸上，想让这念头离我远远的。可这个念头变成一张脸，老在我面前晃来晃去，后来又长出一只手，指着我，说，你让别人忘掉，可你自己记得，你记得的。

我还突然想到，那些钱，原本是阿爸阿妈准备还陈树叔的。阿爸阿妈要是忘掉那件事，怎么还钱给陈树叔？欠他钱的事还是在，他们会到处找那些钱的。让阿爸阿妈把欠钱的事也忘掉？我小心翼翼地想。

我很快看到，陈树叔到家里来，说他娶媳妇急用，让阿爸阿妈快点还钱。可阿爸阿妈忘了，他们你望望我，我望望你，不知陈树叔在说什么。阿爸对陈树叔说没欠他的钱，问是不是他记错了。陈树叔刷地站起身，眼睛瞪得那么大，冲阿爸喊，没欠钱？去年刚借的，说到年底还，又没全还上，我看你拖着这堆孩子，也讨不出口，让你拖到现在，你倒赖账了！

我看到阿爸的脸红得像烧过头的锅底，他绕着椅子在屋里转，手在头发里又抓又扯的，最后什么都想不起来，冲陈树叔直摇头。

陈树叔的眼睛都红了，指着阿爸的鼻子，说真想不到你是这种人，交往这么多年了。要是还不起照直说，别赖这点账。

阿爸又在转圈，不停地看阿妈，阿妈只是摇头。

这怎么修起来的？陈树叔指着我家屋顶，去年让台风咬去一大半，没我那点救急，这屋顶能修好？不定要风吹雨淋了。

阿爸和阿妈仰起脸，一直看着屋顶，对自己说，屋顶怎么修的，怎么修的？

想不到，真想不到。陈树叔哧哧地笑，是这种人。

阿爸急得胸口一突一突地，不停地说，让我再想想，我不是赖账的人，不是这种人，不是……

我捂起耳朵，缩到墙角去，不敢再听阿爸的声音。不能，不能让阿爸阿妈这样，他们会做错事，错得连自己都不知道。阿爸一向好名好声的，这么一来，我害他成了赖账的人，别人要看不起他。想到这里，我吓得用手掌盖住眼睛，太可怕了。

要不，想办法让陈树叔也吃？那样，陈树叔也忘掉借钱给阿爸的事，不会上门要账，整件事就没人记得了。

我放心了些，瘫坐在地上，累极了。

可这样成么？休息一会儿后，我听见有声音问，像是我自己，又像是别人。我四处望，一个人也没有，自己好像也没开口，我又怕起来。

陈树叔是忘了，可他借给阿爸阿妈的钱再收不回去，他娶媳妇可能又得跟别人借钱，这是我害的。他是忘记了，可我记得，所有的事我全知道，我敢不说吗？能不说吗？我把这话问出口，屋里空空的，没人回答我。为什么没人能帮帮我，我想有个人告诉我怎么办。

我哭起来，哭了很久很久，迷迷糊糊地睡过去，很快又惊醒了。我觉得，以后我总要惊醒的。我只能又使劲想，小声问自己，要不，我也吃了，也忘掉？只要我自己也吃下仙糖，也忘掉，所有的事就再没有人记得，就像什么事也没发生过一样。

我有些高兴了，好像所有的事情都过去了，我再也不用担心，不用害怕，不用抬不起头，直不起腰。

忘是忘了，事情还是在的，发生过就是发生过了。不知什么时候，有这样的声音在响。我不敢确定是不是我脑子里的声音，还是别的什么。阿嬷说过，天上有双眼睛，不管人做什么事，这双眼睛都看得到，记得住。就算所有的人都忘了，那双眼睛也看到了，记住了。

我趴在医书上大哭起来，没用，就算真的有仙药仙糖也没用，原来，我最害怕的是自己。

九

医书对我没用了，可我还是看。除了看书，我不知做什么，不想什么仙药仙糖了,不和伙伴们耍,也不喜欢出门了。

更怪的是,我觉得医书好看了,没想仙药的事,我却喜欢了。生什么样的病会怎么样,怎么看。看到这里,我就把墙上的镜子拿下来,照着脸细细地看。翻翻眼皮,看看眼圈,伸出舌头看看,再摸摸自己的腕,看着家里的小闹钟,数数自己的脉在一分钟内跳了几次。我觉得好玩,原来人身上有这么多有趣的东西,以前,我哪有心思想到自己的心跳得多快,哪里有耐心数自己的脉搏?为了证明运动后心跳得更快,我在屋里不停地跳,绕着椅子凳子急急地走,然后喘着气手按胸口,果然是快了很多,好玩。

还有,什么样的方子治什么样的病,一样一样写得清清楚楚。看着看着,我把自己忘掉了。

那些病变成妖魔鬼怪的样子,又大又笨的,又细又小的,黑得像锅底的,白得可怕的,身子硬得像石头的,软得像面条的,粗得像树皮的,滑得像泥鳅的,长着长牙的,突着大眼睛的,总之,奇形怪状,凑成一群一群,张着牙齿举着爪子,朝身体冲去。人的身体变成一座山,山上有花有树,有果子有青草,要让这些妖魔鬼怪上去了,准没好结果。药方出来了,药方变成大侠、神仙和公安的样子,和我在电影里看到的一模一样,大侠会轻功,有大大的刀和长长的剑,公安有手枪,一只手一把,准得能打苍蝇,神仙会飞,一飞飞到妖怪前面挡住它们,袖子一扫,就变法术。

大侠、神仙和公安朝妖怪们冲过去了,一场大战。这场战斗看得我忘了说话,忘了撒尿。我想,要是别人也能看看这战斗就好了,比电影还好看。可惜我说不出来,我作文一向很差,老师说我文字表达能力还较弱。以前,我听不懂老师的话,只知道是作文得不了高分。现在,我知道了,是想说都说不出来。就是说出来了,好玩的也让我说得不好玩了。

不管了,好好看,这样精彩的战斗,我一定能记很久,等我以后识的字多一些,表达能力好了,再讲给别人听。看,那些妖怪失败了,有的被大侠的刀剑刺死,有的被神枪手公安击毙了,有的被神仙的法术放倒了。最后,死掉的妖怪变成烟变成雾,让风吹得干干净净。身体变成的山仍好好的,大侠、神仙和公安收起兵器,和身体挥手再见,他们说,有需要他们再回来。

赢了,赢了！我哈哈大笑,拍手跳起来。医书啪地掉在地上,我才知道自己想傻了。不过,用这些药方对付这些病,真的是像打妖怪呀,真有趣。我觉得医书变成故事书了。

阿爸阿妈出门了,我干完家里的活,让阿弟阿妹去阿嬷那里耍,自己一个人关在屋里,抱着医书看。屋里很静,我坐在角落里,旁边放一把矮凳,准备了烟壳纸和铅笔头。很怪,我现在喜欢静,喜欢一个人,要是以前,我肯定要烦得发疯的。我一看就是半天,把一些草药画在烟壳纸上,记一些认识的病,写上治这个病的方子。记满一张烟壳纸,我就装进一个旧铁盒。我已经装了大半盒,我要一直记下去,装满一个盒子又一个盒子,把眠床底摆满。一想到这里我就忍不住高兴。我让阿弟阿妹帮我捡烟壳纸,我给他们冰糖粒,冰糖粒是陈医生给我的。

家里有人的时候,我就到山上看书。

我边看书,边找蛇舌草,找医书里画的那些草药。我弯着腰趴下去，翘着屁股，一路找过去。医书里画的草药很难找，可现在我不烦，找到一棵，我就又跳又叫的。找到的青草都晒在客厅，阿妈问我做什么用，我说治病，阿妈就笑，说，要轮到你当医生，猪都会爬上树了。但她不管我，说我难得看书了，比到处去骂架打架好得多。

晒好的青草都送到陈医生那里。陈医生接过我的草药总是很高兴，说这些草药很有用。我不敢相信，总是问，真的有用？能用这些给人治病？

陈医生说，当然。你拔的这些都是纯野生的，药效好得很。他把认错找错的草挑出来，对着书教我认，告诉我有什么不一样。我想，下次我一定不会再认错。找得对的，他就拿来考我，这草有什么用，治什么病用得着。要是我答得上来，他就奖给我冰糖粒。冰糖是他进城买药时买的，我知道贵得很，都包在袋子里，舍不得吃。我在烟纸壳上画青草记药方的时候，总忍不住想着冰糖粒。

后来，陈医生还让我帮忙。他进城买药回来，让我帮着把药分类，放进药柜的小格里，告诉怎么样才算好药，什么药特别怕潮。让我帮着切药，把药披在竹併里放在日光下晒。我看他用锅炒药，在一些药里加甜甜的蜂蜜，蹲在一边，半天动不了，觉得神奇极了，陈医生就像课本里说的科学家，做着神秘的实验。

我要是向陈医生问这些药有什么功效——我能学陈医生说话了，功效呀，药理呀，药用呀——治什么病，陈医生就很高兴，他给我讲，像老师上课一样仔细。讲完了，有时又给我冰糖。我又高兴又不好意思，陈医生给我讲药理，反倒给我冰糖。

陈医生笑了，说糖是我该得的，他说我给他找了那么多草药，和他一起整理中药,可帮了他大忙。

我觉得身子有些轻轻的,人好像浮起来,问,我真帮大忙了?

大大的忙。陈医生说,你帮忙整理和找来的草药能治好很多人的病。

我一听,气喘得很快,好像看见有那么多病人,让陈医生把了脉,开了方,拿走药,吃下去,一个一个病都好了。那些药,有一些是我和陈医生一块整理的,还有一些是我从山上找来的。

我愈来愈喜欢去陈医生那里了。

多年以后,我才明白,那时的我,还没意识到,那件事已经不再占据我所有的生活,我断掉的那截空白的童年好像有什么东西进来了。

十

跑过阿绣老婶家的时候,我听见哎呀一声,然后有什么东西掉了。要不是我在她家门口,她在家里,我会以为是自己跑太快撞了她。

我停下来,不知发生什么事,不知怎么办。

我又听见阿绣婶哎哎地喊,一定痛得厉害,就转身拐进她家。那时,我还不知自己要做什么。

那天是星期天,我一大早上山看书找青草。看了半天,风冷得要吹进骨头缝,我抱着书和找到的青草回家,还没到做午饭时候,出田的人还在田里,出门的人也还没回,是寨里最静的时候。阿绣婶家里没别人,隔壁也没人。

阿绣老婶提了一篮番薯，迈进里屋时，让门槛绊了一下。阿绣老婶歪着身子坐在门槛边，痛得直吸气，脸变得像抹桌子的布，灰灰的，皱成一团，番薯散得满地。我去扶她，扶不住，阿绣老婶像长在地上一样。她直摇手，说，别，脚扭了。

屋里黑，我弯下腰凑近看，吓了一跳，阿绣老婶的脚肿了。

我带你找陈医生吧。我使劲扯阿绣老婶的胳膊。

阿绣老婶把胳膊扯回去，说，这脚能走到陈医生那里？再说，哪有那样金贵，哪时没个磕磕碰碰的，你给我拉个板凳，我扶着慢慢起身。

我给阿绣老婶拉了板凳，同样搀着她没扶板凳的胳膊，说，我喊陈医生来。

阿绣老婶哧地笑了，我说了，没有那样金贵的，擦点青草油，熬段日子也就好了。

我来。我不相信自己能说这话，可是阿绣老婶在看我，她的样子看来，话是我说的。

我试试。我有点害怕，可真很想试试的，说，阿嬷教过我怎么弄。

我手指在阿绣老婶的脚背上轻轻压，我看见陈医生就这样给那个阿叔检查伤脚的。他拉我的手，让我的手指放在他自己的脚上，边指着一张图，让我边看边摸。摸到了图里画的那些骨头，知道怎样是好的，真好玩。压着阿绣老婶的脚背，我摸到图上那些骨，我想，那些骨一定是好好的。我抬脸朝阿绣老婶呵呵笑起来。她吓住了，问，做什么？

我有法子。我说，让我试试。

阿绣老婶笑，试就试吧，老皮老肉的，我耐得住。

我用脸盆去门外摇井盛了凉的井水，拿布浸湿敷阿绣老婶扭伤的脚，敷一会儿布洗一洗冷水。洗了几次布，我换来一盆冷水，让阿绣老婶自己拿布敷着，让她等我一下。说完我就跑了。

我跑得那么快。还好，我要的青草寨子后面就有，我看见过的。

我回来时，阿绣老婶还在敷，说不那么痛了，让我慢一点慢一点。我慢不了，不敢跟阿绣老婶说，我有点高兴，也有点害怕。我给阿绣老婶再换一盆冷水，洗了青草，放在石碗里捣，捣得像米糊那么烂。

刚刚好，阿绣老婶家里还有半瓶白酒，我加一点在青草糊里。

我让阿绣老婶坐板凳上，脚放在矮凳上，找来破布，又撕了长布条，青草糊挪到身边。

陈医生有纱布，我有破布。我用水擦干净阿绣老婶的脚，陈医生是那样做的。陈医生把黑黑的药放在纱布上，我把青色的青草糊放在破布上，像陈医生一样弄成圆形，敷在肿得高高的地方。陈医生对那个人说，扶一扶，别让药走位了。我对阿绣老婶说，老婶手扶着药。我用长条的破布把药绑好，陈医生说，要绷得平整，让药贴着脚，又别太用力，别让伤脚难受。破布条绕着脚脖子，交叉着绷，又稳又妥帖。

老婶，别老走动，我会换药的。我说。把阿绣老婶的伤脚扶好，弯腰收拾东西，都学着陈医生的样子。

阿绣老婶盯着我包的药看，看了好久，呵呵笑，哟，包得真好，木安的崽子长本事了，哪学来的？

不知为什么，阿绣老婶提到阿爸，我好高兴。

阿嬷教的。我说。可我知道，要是没看过陈医生给那个人治过脚,要是没在他脚上试过,就是再多看阿嬷做,我也不敢给阿绣老婶包脚的。

那天,我找陈医生换书,一个阿叔一跳一跳进来了,说扭了脚,要陈医生敷药。我一听就不走了,放了书,跟着陈医生的屁股转。陈医生的手在那个阿叔的伤脚上又摸又按的,拿冷水给他敷,又准备药、纱布,给那个阿叔包药,我蹲在一边,看得发呆。

那阿叔走了,我还不想走。

想试试?陈医生笑着问我。

我看看自己的脚,好好的,不知陈医生要说什么。

陈医生挽起裤腿,把脚放在矮凳上,教你包伤脚,我的脚让你试。

不知道陈医生是不是说真的,可我跳起来,冲他说,说话算数,我要试,我要试。

于是,陈医生拿出那张图,拉我的手摸他的脚面。然后给我些破布和布条,教我包。我试得兴头,一连试了三次。陈医生说,我的脚老这么放着,比你这个包脚的还累。

第二天下午,我去阿绣老婶家,专找三四点没什么人的时段。我解下昨天包的药,擦干净老婶的脚,沾着酒轻轻搓。

阿绣老婶说,今天换酒了?

昨天刚扭伤,要用冷水,今天可以热搓了,这样能消肿止痛。我学陈医生的话。

挺多讲究么。阿绣老婶笑,能当医生了。

今天连药也换的。我扬起脸,把早上找来的青草给老婶看。

好,木安家的崽子有出息。

我喜欢阿绣老婶这句话。

今天的药要炒。洗干净铁锅，青草切碎碎的，起火热炒，再加点酒。

阿绣老婶说，今天倒做菜了。

我觉得老婶不懂，这可不是炒菜那样简单的，这是在制药，陈医生制药就要用铁锅炒的，比炒菜讲究多了。

炒好的药晾到没那么烫了，敷住伤脚，仍包起来。

我对阿绣老婶说我每天来换一次药。阿绣老婶塞给我两个鸡蛋，我没拿。后来，她给了两个大大的橄榄核，我拿了，这能磨两只好哨子。

走出阿绣老婶家，大乌和阿业突然跳到我面前，吓得我差点跌一跤。

你能给人治脚？大乌歪着脖子问，我怎么不知道。

我不说话，我好久没和他们一块耍，没跟他们说过话了。

阿业说他们全看到了，早上在后山上看见我翘着屁股找青草，刚刚又看见我拿青草进阿绣老婶家，就跟进去，站在草堆上，趴着窗口，全看到了。

我还是不说话，可心里很高兴。

后来，我们三个四处找烂布，到池边洗干净了，我给大乌和阿业包了脚，假装他们也受伤了，边包边把这技术教给他们。他们脚上包着破布，又跳又叫的，兴奋得像用弹弓打中了鸟。

那天，我和大乌阿业他们又要好了，又要在一起了。

十一

阿绣老婶进门的时候，我们在吃晚饭。我和阿弟阿妹招呼一声后就低头盯紧了盘里的韭菜炒鸡蛋。大人总归是找大人的，该阿爸阿妈招呼的。阿绣老婶身后还跟了另一个老婶。

阿绣老婶把几个鸡蛋和半斤白糖放在桌上，对阿爸阿妈说，你家大崽子有本事呀。我脸呼呼烫起来，知道她来找阿爸阿妈，也来找我的。

阿爸阿妈你望望我，我望望你，最后望向阿绣老婶。

阿绣老婶抬起那只扭伤过的脚，动来动去的，说，好了，全好了，都是你家这崽子的功劳。她指住我，我要把脸钻进碗里了。

我用青草包好她的脚，阿绣老婶老是四处说，说得寨里的老姆老婶都知道，看我走过巷子就一直笑，笑得我脚步走不稳。阿嬷也知道了，阿爸老出门干活，阿妈老去隔寨绣花，都不知道。现在，他们也要知道了。

阿绣老婶坐在板凳上，又扭那只脚，说，天天去家里给我包，像个医生。今天上门来感谢的。

阿爸阿妈转脸看我，想不明白的样子。我不敢看他们，细声说，阿嬷教的，那天刚好看到……

阿妈对阿绣老婶呵呵笑，老婶礼过了，用得着这样？

今天还来求别的事的。阿绣老婶说。她指指一起来的老婶，这是隔寨的细君老婶，没嫁出门时我们就要好了。

阿爸阿妈向细君老婶招呼,我看过她来找阿绣老婶。

细君老婶自己开口,说,我这膝盖痛好些年了,天一冷就痛得站不直,走不了路。老贴胶布,不知费了多少闲钱。

我不知细君老婶做什么提这些,阿爸阿妈看起来也不知道。

想让你家小子再给治治,草药效果终究是不一样的。阿绣老婶说。

我嘴里的粥掉进碗里,抬头时看见阿爸的眼睛睁得那么大。阿妈哎呀喊了一声,笑起来,老婶说笑话了,他怎么治得了。

我的脚就是他治好的,他自己找青草敷好的。

也是碰上的。阿妈说,他自己扭伤过脚,阿嬷照听来的一个老方找青草给他包了几天,包好了,他便照着这法子做。

我胸口一突一突跳起来,阿妈说得可不全对,我是照了阿嬷用的青草,可先用冷水敷是陈医生教的,最开始用的青草不炒热,那是我在书上看到的,第二天才炒了阿嬷用的青草敷,这样效果更好。要不,阿绣老婶这么老了,怎么能好得和我一样快。我很得意,要是大乌阿业在,我包管要吹一阵。我很想看看细君老婶的膝盖,问清楚一点,照她那么说,一定是关节不好。我一下子想起一些治这种病的方子,好像都是很容易弄的。可阿爸阿妈在,我不敢。

反正都是脚,试试么。细君老婶说,贴胶布费钱不说,也好一阵坏一阵,今天过来,听阿绣婶说起,一块过来了。

试试。阿绣老婶说,反正好了是好事,弄不好也还是这样。

不成。阿爸说话了,这不是儿戏,不能乱试,他懂什么。

我想试,可又害怕,这可不是扭伤,我是知道治这种病的法子,可到底是不是这种病？能不能治好？可有人上门找我，让我治……这感觉真奇怪啊，我又喜欢又紧张。

阿爸让细君老婶去问医生。

有那样金贵？细君老婶说，人老了哪个没点毛病的，要都问医生问得过来？我也是听阿绣嫂这么说，顺道跟着过来，让孩子试试，就是说个青草名，我自己弄点敷敷也成。

阿爸阿妈不说话了，我知道，老婶说的话，他们不好怎么辩的。

屋里静下来，阿弟摇着我的手问，阿兄，你真能治脚呀？

做什么不问问孩子。阿绣老婶突然说，要请的是他，该他自己拿主意的。

全部的目光落在我身上。

我试试。我说，说完我就傻了，直看着阿爸阿妈，他们也傻了。

我说现在没有青草药，细君老婶说明天来，反正没事也要过来找阿绣老婶扯闲话的。

那天晚上，等阿弟阿妹睡了，我把铁盒抱到床上，开手电筒看那些纸烟壳，我找到要的方子，专门治细君老婶说的那种膝盖酸痛的，有陈医生说的民间土方，还有正经医生用的方子，我找到至少十张记治这种病的方子。阿嬷说过，这种病总是缠着老人，她也怕。所以，我记得特别多。

我挑了自己记得的方子，果然没记错。

我一大早起床上山，阿妈在身后嚷什么我没听到。回来上学时，我已经把青草找齐了，时间紧，不够多，但敷两次够了，以后再慢慢找。

吃午饭时，阿绣老婶和细君老婶来了，她们冲阿爸阿妈喊，扰食啦。

阿爸阿妈给她们让饭让位，她们摆着手说吃过了吃过了，只管望我。我低下头，胸口怦怦跳，咕咕吞着粥。

阿爸阿妈又在对看，我知道，他们觉得这事荒唐。阿妈说，老婶，小孩子不懂……

他懂的。阿绣老婶说。

试试，好了是福气，不好也就这样。细君老婶说。

阿爸阿妈望我，我不敢望他们，可我从桌子底下摸出青草。

阿绣老婶呵呵笑，这孩子，心里有底呢。

我咬着嘴唇，不让笑跑出来。我是有底多了，一放学我就跑去陈医生医室，问他，假如老人膝盖老酸痛，天一冷就痛得厉害，该是关节不好吧。

陈医生静静看我，许久不出声。

我偏开脸，说，这是假如的，要真有一个人那样……

陈医生开始说这种病的症状，和细君老婶说的一模一样。

我笑着拍手，就是这样，就这么治吧。我把一页纸递给他，这是给细君婶治膝盖的法子，早上下课时我写出来了。

看了纸，陈医生又看我。

我不看他，说，我是说假装这么治。

陈医生把纸还给我，点点头，说，要是有事，记得找我。

我像吃米的鸡一样点头，上次，给阿绣老婶敷脚后，我心里没底，跑去问过陈医生，也说是假如。

问过陈医生，我跑着跳着回去。到了门口，才发现我像以前一样跑了，没有贴着墙根走。

细君老婶说这两天冷，现在就痛得厉害。我在早上找来青草时挑了四根爬岩姜，放在石碗里捣烂，敷在细君老婶膝盖上，包上破布。让老婶尽和阿爸阿妈说话。

阿妈问，这是什么，你别乱来。

我学陈医生的话，说，这草在书里叫骨碎补，促进血液循环，散寒祛湿，能消肿止痛。我看见阿妈的嘴巴张那么大。

细君老婶敷着药时，我拿了另外两样青草，拿一个铁锅炒，加了好多盐，开始炒。我炒得很用心，学陈医生的样子，我知道背上粘着所有人的眼睛。

等我炒好了，细君老婶说她的膝盖不那么痛了。阿绣老婶笑着说是想出来的吧。细君老婶站起来走，说果真好些。

我用布包了铁锅里的青草和盐，让细君老婶拿着烫膝盖。

细君老婶走的时候，要了剩下的青草，说回去能自己找来自己治了。

阿爸一直盯着我，我突然不怕他的目光了，抬起头看了看阿爸。那件事以后，我第一次这么看阿爸。

我又想起那件事，可好像不那么害怕了，不那么怕还记得它。怪的是，我不怕记得的时候，就有点记不得那件事了。

像有了块橡皮擦，把那件事一点点擦掉，写上别的事，就是有那件事，上面也盖了别的事。

失　控

一

点好了茶，欧阳成往沙发后一靠，向落地玻璃窗外一看，立即有了闲情，巨大的玻璃外是阳光透亮的街，看见的是热闹，可耳朵里很安静，面前这张小木桌由古色古香的隔板半围着，钢琴曲若有若无，一切让人安心地正常着。那个人来了，欧阳成坐直身体，举手喊了服务员，让他安排茶具。是那个人，挎了亮黄色的包，披了中长发，浅灰色的裙，一切是约定好的样子，欧阳成看着窗外的她渐渐走近，胸口有一种舒缓的欣喜，不算多惹眼，不算太一般，很顺眼的那种，就像这不冷不热的天气，舒服。

她走进店门的时候，欧阳成提前走出半围着的隔板，立在隔板边点头微笑，向她示意位置。两人目光相碰那一刻，欧阳成看到她眼里的亮色，他笑了笑，意料中的事，但还是有隐忍不住的小得意，见面对于他从来是有利的，他的外形是讨喜的，用一个朋友的话说，长着一张警察脸，电视里那种警察，眉眼清亮分明，警帽一扣便显崇高无比。

茶具摆好，欧阳成开始洗杯、落茶、刮沫、高冲低洒，流水般的动作,茶香氲着气氛。虽然之前介绍人早将两人的名字给了对方,她还是微笑着自我介绍,陈文欣。

欧阳成想这名字很适合今天的气氛,安然文静,平凡而不庸俗。他兴致很高了,给她端茶的时候谈起了茶。陈文欣很快进入话题,不单接得上欧阳成这个老茶客的话头,还能深入谈论,看得出也是爱茶懂茶的。欧阳成将两人间的事往远处想了,也试探性地往远处说,她也有往远处说的意思。

一切很顺利,他们间有礼而不客气,两人已经谈到下次在公园的见面,欧阳成甚至大胆地邀请她到家里坐坐,因为家里有他珍藏的茶叶,他不随便与不懂的人分享的,陈文欣喝着茶,眼皮垂着,眼尾漾着笑意。

喝了两个多钟头的茶,谈了两个多钟头的话,欧阳成心里一直揣着的结慢慢放下,忘记了警惕。他提到吃点心,招来服务员点了几样小吃。

吃着东西,他们的话愈接近家常了。

陈文欣在称赞了炸豆腐的味道后问出了那句话,是时,欧阳成吃着一块绿茶饼,身心舒畅,毫无防备。陈文欣问,你人看起来不错,怎么也拖到现在?陈文欣语调自然得像在问他喝不喝龙井。欧阳成猛抬眼看陈文欣,口里塞着半块绿茶饼,满眼茫然。

问你呢。陈文欣嚼着炸豆腐,点点头。

那句话重新出现,电光火花般闪了一下,他脖子一伸,半块绿茶饼直哽下去,将筷子往桌面一拍,吼,还不是被那个尹大发害的!吼完这句,他加了一句难以描述的粗话。陈文欣嘴里的炸豆腐掉在面前的碗里，若不是及时眨了眼睛，恐怕她的眼珠子也将要掉进碗里。她胸口抽动了一下才重新呼吸，端起杯拼命喝水。

欧阳成一只手捂住嘴巴，然后又极快地捂住眼睛，好像这样能将自己藏起来。看见陈文欣喝水，也端起杯将整杯水倒进喉头，脸上鼓胀着的热气稍稍褪去，他清清嗓子，确定声音正常，才笑了笑，对陈文欣说我不是冲你喊的，对不起，是一件往事了。

陈文欣点点头。

有好一阵，气氛闷硬成一块，横在两人之间，欧阳成不停地给陈文欣夹菜，又谈起让人心气平和的茶，茶叶茶具茶艺，气氛终于一点点柔软起来。

陈文欣仔细观察了他，想了想，问，发生什么事了？怎么跟那个叫尹大发的有关？能谈谈吗？

欧阳成眼神僵直，五官的表情瞬间凝结，像后脑着了一棍子，脸又慢慢胀得紫红，他张了张嘴，几次发不出声音。陈文欣往他面前挪了水杯——服务员已经重新添满了淡柠檬水。欧阳成再次一饮而尽，放下杯时，他手一挥，好像烦躁变成活物在他周围乱飞。别提了。他说，眼神和语气像半醉的人。他说那是扯不清的，反正是尹大发害的。说完这句话，他咬住嘴唇，含住了差点出口的一句粗话。

陈文欣的表情开始复杂，她看他，上上下下地看，又无遮无拦，又小心翼翼。欧阳成知道，她开始想象各种原因了，一定有很多的版本，所有的版本都是对他无利的。他将手伸到桌底下，掐自己的大腿，惩罚自己愚蠢的冲动，怎么又忍不住，这两天的精心准备都白费了。他终究是不甘心的，必须阻止她的浮想联翩，不管想什么，一定都是不靠谱的。他重新沏了茶，给陈文欣端一杯，顺便将问题抛还给她，你怎么也等到……

不是别人看不上我，就是我看不上别人，我运气差点，总是碰不上对的，只能这么一年一年找下来。陈文欣耸耸肩，满脸风轻云淡。

多么简单，多么自然，多么正常。欧阳成想捶打自己，他该这么回答的。他觉得不公平，他可以先将这话问出来的，她也三十四了，问这个不算太唐突，也许先听过她的回答他就能抑制住自己了。他笑了笑，说其实我也是这样，总这么阴差阳错，一年年过去，转眼就四十多了。他尽量说得跟她一样风轻云淡，可不知怎么的，这么说过后，他自己也觉得拗口难信。

果然，她静静看着他，眼光里的怀疑那么明显。她一定又在猜想什么了，欧阳成扯开话题，开始评价桌面上的小吃，可他竟结巴起来。

气氛不对了，欧阳成说什么都感觉不对头，陈文欣还是很有礼，但客气了，陌生了。后来，陈文欣看了看手机，说时间不早了，要走的意思。

欧阳成忙提到下次公园的见面，关于去家里的话题他一时不敢提了。陈文欣笑笑说这几个周末可能有点忙，再说吧。

欧阳成的情绪在“再说吧”几个字里跌入谷底。

陈文欣已经走出店门，欧阳成结了账追出去，他想说再陪她走走，有时散步会有意想不到的收获，但他竟鬼使神差地说，真的没什么事，就是老没碰上对的人。陈文欣点点头，朝他招招手，快步离开。

欧阳成立在店门口，脑里嗡嗡响，周围整条街都在嗡嗡响。

二

欧阳成一进门，大哥就摇头，说不用问了，看你的脸色就知道，还是那个坑，能每次摔倒在同一个坑里，还是同一个姿势，也就你这个活宝干得出来。

欧阳成陷进沙发，抱着头，让自己重新回到刚才的茶馆，和陈文欣重新谈话，想象中，他提醒着自己，注意那个问题，该有什么回答，出门前，大哥大嫂交代得好好的，针对那个问题，他们为他设计了无数的原因和版本，每一种原因和版本都显得自然，足以让人相信，他只要随便用其中一个回答就成。他默记着那些原因，小心翼翼地让陈文欣问出那句话，你怎么拖到这个年龄？啪，他拍了桌子，吼，还不是那个尹大发害的！接着是粗话，止也止不住的粗话。

停，停下。欧阳成拍打着脑门，让想象里的自己清醒，他在想象里满头冷汗。他抬起脸，五官扭成一团，痛苦地对大哥说，没办法，我连想想都没办法，鬼知道怎么回事。

真是见了鬼的。大哥愤愤骂着，当年又不是摔了脑子，我该请捉鬼师还是请心理医生。

这是欧阳成这些年相亲路上的一个噩梦，一开始都谈得好好的，只要一提到这问题，欧阳成永远是这样的反应，无法更改。

开始，同样的事重复几次后，欧阳成的亲戚朋友开始为他想办法，他们先开解欧阳成，劝告无效之后，他们想过最笨的办法，让他将对这问题最自然的回答写在纸上，像小学生那样记进心里，到时，只要对方提出这问题,他老老实实按题作答便是。欧阳成很谦虚地接受这方法,所有方法他都愿意去试。

他攥着那张“答案”,坐在女方面前,小心地等待那个问题的出现。他的不自然让女方也拘束起来,他们谈得很慢,彼此试探着。费尽努力之后,双方终于渐渐放松,女方很高兴彼此间生硬的客气消失了,于是问出那个问题。欧阳成往桌面一捶,一句粗话后,他提到该死的尹大发。尹大发几个字出口后,他才意识到手心攥着的“答案”,他抹着额头的汗,开始结结巴巴背诵起那张答案。女方显然无法听进去,她的脸风起云涌,疑疑惑惑,小心地问起尹大发。

大哥大嫂说,若这个时候欧阳成好好解释,还来得及。问题是,欧阳成无法解释,他就那么烦躁地挥着手,让对方别提那个。大嫂说如果对方是她,也会乱想的,什么叫别提,这样不清不楚的人哪个敢跟着?

大哥大嫂放弃从欧阳成本身入手,他们在其他方面打开缺口,让欧阳成先避开这问题,等双方交往一段时间,彼此了解,甚至成为定局再提,那时就是欧阳成有失误,也许对方能在感情基础上相信他其他的解释。那次相亲前,大哥大嫂再三交代,先谈出点气氛就成,千万别逗留,看准时机就撤退。

出门前,欧阳成在手心郑重写下了“随时撤退”几个字。和女方谈了一会儿,双方感觉还不错,欧阳成暗中按了大哥的手机。大哥挂断,重新打给他,当着女方的面跟他说了几句。

结束通话后,欧阳成对女方抱歉地说,我大哥突然不舒服,我得回去一趟。女方很理解地与他告别,彼此留了手机号,是再聊再约的意思。

欧阳成很快主动给女方短信，表示他的好感。欧阳成在手机里存了那个问题的答案，按大哥大嫂说的写，又详细又合理，存成一份草稿，只要对方提及这问题，便将这份草稿发过去，一切计划得滴水不漏。

双方的短信来往很顺利，很有戏的样子，后来他们又约过一次，约会期间大嫂再次打电话，说大哥的病又复发，在女方当面问出那个问题之前让欧阳成避开，女方竟也相信了。一段时间的短信来往后，女方果然又提及那个问题。

多年之后，欧阳成走过几个大城市，才突然发现当年那个问题的幼稚，四十多岁未成家真是一件奇怪的事？在他所在的小镇，在所有那些相亲对象中，包括自己的亲朋好友，都认为那个问题理所当然，欧阳成该有个明晰答案的。

按大哥大嫂的计划，此时欧阳成应该找出那份拟好的答案草稿，直接发给女方。按大嫂的话说，那将万事大吉。

欧阳成没发，他将手机拍在桌面上，骂了一句粗话，然后他拨打了女方的手机号，冲着手机大声吼，还不是那个尹大发害的，对了，别问为什么，说不清的。

对方立即结束了通话，手机断线的嘟嘟声让欧阳成清醒过来，他立即重新拨了对方的号码，结结巴巴陈述了平日朋友为他设计的一个答案，对方很安静地听，安静得欧阳成心里发虚。于是，欧阳成在每句话后加了两个字，真的。他一直说着，真的，真的。对方最后噢了一声，说自己有点事，先结束通话。

欧阳成握着手机无着无落的，他找出那份写好的答案草稿，再次读了一遍，多好的理由，就这么浪费了么？他按大哥的要求将这份答案发给对方，看到“发送成功”四个字时，他突然想起，这答案和他刚才重打电话陈述的那个理由完全不一样。

大哥将他大骂一顿，说我都装病了，还治不好你心里那个鬼。大嫂说没人在一边提醒，看来是难改的，都成一个结了，一件事若成结，愈掰弄结愈紧。大嫂说下次我一起去，在旁边暗示一下，我就不信还能说错。

欧阳成不停摇头，说不习惯让人看着相亲。

大嫂说你羞什么，我是谁，你大嫂，我孩子都十八了，我当带儿子去相亲。

不是羞不羞的，我相亲一直让人安排，这点事还不能一个人搞定？

大哥骂，这么多年你搞定什么了。

大嫂坐在一边，双方的谈话礼貌得有些过分，欧阳成总觉得两人都蒙着层膜，对方的声音有种虚假的缥缈感，好在大嫂很会营造气氛，果然像一位母亲，对方慢慢自在起来，谈话融洽了。但对方迟迟不问那个问题，大嫂有些急，这个问题迟早要碰的，她希望对方快点问出来，她将提醒欧阳成好好回答，接下去就是他们两人的事了，要是这次不问，下次还得跟着来，那会讨人嫌的。大嫂想了想，决定提示一下，将那个问题引出来，像排掉一颗定时炸弹。

大嫂罗列了欧阳成一堆极好的外在条件，然后说，最重要的是人实在，这个年纪了，会好好过日子的。

“这个年纪”果然提醒了女方，于是，那个问题出来了。

大嫂刚一转脸，欧阳成那一掌已经拍在桌面上，大嫂拉住他袖口的时候，他那句怒喊已经出口。欧阳成从对方的表情中意识到自己失态时，大嫂已经将脸侧到另一个方向，欧阳成只能对着某个空白处目瞪口呆。

倒是女方先平静下来，问，尹大发？一个男的吧，跟他什么关系？

这次大嫂及时转过身，及时拦住欧阳成往外挥出去的手，及时让他咬住话头。

三

欧阳成和三五朋友凑茶局的时候，他的事又被提起来，说欧阳成你到底怎么回事，这帮朋友相交几十年，转眼儿孙满堂了，都活过一半了，你这辈子不打算活了？欧阳成说，我这样就不是活了？一个朋友说，若你不是真的打算单飞一辈子，想和我们一样有点拖累有点支撑有点尾巴，你现在就不算活着。欧阳成沉默了，极快地旋洗着茶杯。

朋友说，欧阳成你倒给我们个明白话，怎么弄成这样？

在这帮老友面前，欧阳成放松得多，他突然涌起说不清的委屈，他想，若是个女人，他也许会抹抹鼻涕眼泪，将眼皮揉得肿肿的。但他是个男人，鼻头那股酸味变成焦躁，他说喝茶喝茶，提这做什么，你们不是都知道了？

知道你像鬼上身，这么多年摔在同一个坑里，想知道那个坑是怎么回事。

真是鬼上身，既是鬼，我怎么说得清，反正就那样了。

静了一会儿，有个朋友突然提到有个办法，他对欧阳成说，我们今天将那只鬼找出来吧。

怎么找？所有人好奇了。

我们模拟你相亲的场面，看看在哪里卡壳，就在那里撬通，这样吧，我委屈一下，扮某个女人，当你的相亲对象，我们来谈。

哄笑了一阵，但觉得这办法说不定可行。于是，一个朋友很“妩媚”地坐在欧阳成对面，其他人绕在周围当忠实的观众。

他们开始谈，从泛泛的社会现象谈起，慢慢谈到最熟悉的茶，再进一步谈到各自的生活习惯，周围人几次忍不住笑，说倒是有经验，像真的一样，那朋友很投入，严肃地制止了玩笑，说要演便演真，这关系到欧阳成以后的日子，于是都严肃了，希望这一个“游戏”真能扭正欧阳成的生活。

时机似乎成熟了，两人的话题涉及年龄时，朋友抓住机会问出那个问题。欧阳成正端着一杯茶，脸色一变，杯子蹾在茶桌上，尹大发的名字和一句粗话同时脱口而出。周围的人面面相觑，朋友说，这就是结，欧阳成你说点别的行不行，只要不提尹大发，这个时候你提个男人做什么？就是提个女人还正常点。

欧阳成抱着头说没办法，就是没办法，才这么一年年过来，每次要跟人家见面我就提醒自己，别说漏嘴，结果一次比一次喊得响。

你这个提醒就害了自己，愈紧张愈往上撞，你应该练习，说好听点，该有点实战经验。我重新问，你重新回答。

于是调整情绪，喝了两杯茶。朋友微笑着，问出那个问题，你条件不错，怎么等到这年纪……

还不是那个尹大发害的！欧阳成吼起来。

周围死寂一片。

欧阳成你脑子真有问题了。朋友说。

我都说住进一只鬼了。欧阳成拍打着额头。

你真不能说点别的？欧阳成你再这么下去，日子全毁了。

就是尹大发害的，这是真话，你们让我怎么说。欧阳成立起身，狂乱地挥舞着双臂，就是他！我为什么不能说？

你当然能说，问题他怎么害的你，你说清楚了。

说不清。欧阳成焦灼地走来走去，反正我不想提。

这就是问题所在，怪异的不是那个什么尹大发，是你这样的反应和你的不想提，你明明提了个开头又说不提，要不就不提那个人，你让人胃口半吊着是怎么回事？有什么说不清的。

日子里总有些说不清的事，哪能都像一二三那样清楚。欧阳成突然坐下，沉思着说。

你倒有理了，日子是有些说不清，但这种时候这种事你能说不清？就你这样，谁都要怀疑的，谁都会想三想四。

一个朋友说突然模模糊糊想起那个尹大发，好多年前听欧阳成提过，还是欧阳成的朋友。

朋友？欧阳成哼了一声。

朋友们的好奇被撩拨得忍耐不住，骂起来，尹大发到底把你怎么了，弄得你大半辈子光棍？他阉了你吗？

欧阳成还是那句话，说不清和不想提。

一个朋友说，若是他儿子，他早一巴掌拍过去了。

关于尹大发那一段还是从欧阳成的大哥那里问来的。

二十多年前的事了，欧阳成的大哥已经成家生子，欧阳成的母亲患了重病，她在病房上拖拖沓沓躺了几年，唯一挂心的是欧阳成成家的事，大哥大嫂四处奔走，替欧阳成找相亲对象，这事无论如何得完成，父亲去世早，母亲将他们拖扯大，该让她在走之前闭得上眼。可欧阳成完全不理会大哥大嫂安排的相亲对象，说不认识的人就那么拉在一起，谈婚论嫁起来，太可笑，说什么得找有感觉的。大哥将他大骂一顿，说他的感觉是狗屁，但也没法押着他去相亲。

好在不久之后，欧阳成竟真碰上个有感觉的，他将那女孩带到母亲床前，脸上带着光，那光芒将母亲的脸也照亮了。两人很快订婚，订婚后，欧阳成认为已经了了母亲的心事，大哥说这只了了一半，人得娶进门。他们开始凑钱，家里所有的积蓄拿出来，又找亲戚借了些，凑出挺像样的一笔。

说到这，欧阳成的大哥就停嘴了，周围急着催问，后来呢？

后来就让那个叫尹大发的害了。没想到欧阳成的大哥也是这一句，大家悚然一惊，好在大哥还讲得下去。

尹大发那时是欧阳成最好的朋友，他到外面走了一圈，回来后跟欧阳成说了一个特大的好消息，说海南那边有个极好的生意机会，需要先投资一点钱，不用多久就能赚回来，他将这个机会与欧阳成分享。欧阳成是有过犹豫的，说自己那笔钱是为成家用的，其中不少是借来的，哪敢做什么投资。那时，尹大发也订婚不久，他痛心疾首地教育了欧阳成,成家做什么,成家是要过日子的,没钱能过好日子么?这是一个多好的机会,人一辈子能有几次这样的机会?周转时间又不长,不等你的吉日到来,钱就赚回来了,成倍地赚呀……

欧阳成的大哥后来骂过欧阳成,说他没脑子,那种人也信,尹大发那张嘴,树上的鸟都能被骗下来。

欧阳成喃喃说他不是那样的人,他自己也折了本……

欧阳成真去海南了?带了准备结婚的钱?

不单带了,还暗地里又加借了一些。

然后呢?

有好结果他现在能这样吗?

尹大发呢?

不知消失在哪一角,死了都说不定的。

就这事?赔一次生意能让欧阳成这样?就是刚赔的那一阵困难点,也不至于这样,这些年他那个公司也算风生水起了,不会还挂着那点钱吧?

鬼知道。

有人突然想起欧阳成已经订婚的那个对象,她呢?那时不是已经订婚了?

吹了。

因为他赔了钱?

还能因为什么?

难怪欧阳成这样,朋友们似乎释然了些,这就勉强说得通了,但欧阳成未免死心眼了些。

欧阳成的大哥说，那以后好多年，欧阳成都不肯相亲，还是说要找有感觉的。大哥骂他，问他以前的感觉到哪里去了？欧阳成急了就赌咒发誓说不成家，有段时间，大哥大嫂是真害怕他的誓，又从没见他带回有感觉的女友，公司里条件不错的女员工也不算少，也不见他提。近几年，他突然同意相亲了，只要有人介绍，他便按安排去见面，又小心又郑重。

四

刚从海南回来，欧阳成就找了她，他坐在她面前，半垂着头，半天不出声，她也不出声。后来，欧阳成先哑哑地说了一句，都败了。

她点点头，我知道。

你别担心，这事我能应付。欧阳成说，声音还是哑着，但抬头看了她一眼，她显得很平静，这平静让他莫名地不安。

她说，生活总有些事的，只要人没事就行，总能应付过去。

他点点头，两人又沉默。许久，她站起来说要走了。欧阳成忙也起身，说那明天见，我先去找找朋友，看有没有什么出路。她说明天不见了。欧阳成猛抬头看住她的嘴，需要她再说一次的意思。

我是说以后都不见。说出这句话后，她深深透了一口气，然后退了好几步。

欧阳成感觉眼前晃了两晃，他向她侧过去，问，你什么意思？

以后，我们别见面了。她咬咬牙，再次将这话抛出去。

欧阳成逼到她面前，这话是随便说的吗？你什么意思？为什么？

他似乎吓着了她，她又往后退，脖子垂下去。

因为我败了生意，输了钱？

你说是就是。她说。

不。欧阳成摇着她的肩说，你不是这样的人，我知道。

是的。女人尽力将肩膀从欧阳成掌心里挣出去，我是这样的女人，配不上你的……

别说了。欧阳成截断她的话，他说我们重新开始，一切从头来，我很快会恢复的。他开始描述他接下去的计划，描述他们将会共同拥有的日子与未来，他描述中的未来平常、幸福，是个完整而温暖的画面。最后，他歪着脸，努力寻找她发散的眼光，说你稍等一段时间，很快的，我们的事只是暂时推后——当然，现在你若愿意，我是完全同意的——不，那太委屈你了，你再等等，不用多久，那时，我们的事……

她让他别说了，她的话里带了哭腔，但她不看他，这让他的不安愈来愈浓重。他又去扳她的肩膀，让她的脸面对自己，好像这样自己就能装进她的目光，他又说起来，说她和他都还年轻，再稍等等没事的，又说等不等由她说了算，如果她不想等，他会想办法，先找别人借，他提起他还有些亲朋好友能帮上忙的，不会让她寒寒碜碜地进门……

她极力缩着身子，扬高声音，我们别见了。然后奔门而出。

欧阳成冲着那个逃离的背影喊，说他会努力，很快会将她接进门。

欧阳成打工，每天打几份，白天晚上连着转，白天有一份固定的工，晚上到夜市摆小摊，中午下午下班后的零碎时间去打零工，大哥大嫂极力反对，他摇头说不累不累，语气像打了鸡血那样亢奋。那段时间，他一直保持着半弯腰、脖子往前伸、肩膀向前送的姿态，好像他的日子碎成一地，他正一角一角重新拼凑。

这样的日子里，他仍挤了时间去找她，对她细细叙说每天的工作，好像汇报他拼凑日子的进度，他不停地说，不难的，只要真用了心用了力。他向她笑笑，一整天累积着的疲累一层层松展，灰尘一样抖落满地，然而她不笑，眉头愈蹙愈紧，偶尔插一句话，总是那个意思，没必要这样。

一个黄昏，欧阳成去找她，她匆匆走出家门，也不应声，将他带到街道拐角，立住，让他有什么话就说，她好回去。说完就那么盯着他，等他的话。欧阳成愣住，他是有很多话想跟她说，可说到底也没什么话，他说不出来。她说没话我就回去了，闪身要离开。欧阳成拦住了她，抓住她一条胳膊，这是他第一次这样抓着她，他的手在抖，但抓得很紧，她呀的一声。

欧阳成说我们去公园那个地方吧。她知道公园那个地方的，在公园最东北角，靠河的位置，有几棵极大的老树，周围长满杂草，很少人到，很安静的地方。第一次带她去公园时，欧阳成苦苦找着话题以维系他们间的谈话，后来实在词穷，两人干脆不出声地走，一直走到那个地方去。发现那个地方时，欧阳成极惊喜，没想到公园还有这样一角静地，两人靠着站，望着河面，很久没出声，也不觉得尴尬。那个地方，他们又去了几次。但往后欧阳成邀请她去，她再也没去过。现在，欧阳成说今天有时间，风又好，去那里走走吧。

她摇头，说有事要回去了。又要走。欧阳成再次拦住她，有些突兀了。她看看欧阳成，终于点了下头，那就再走走——以后就不去了吧。

欧阳成兴奋地让她坐上自己的摩托车，将她后半句话忽略掉。

两人在树下站了一会儿，欧阳成又述说起以后的日子，他的述说里，两人是日子里的主角，他安排得又周到又详细，语气充满自信。他说了很长时间，她则静默了很长时间，欧阳成终于感觉到不对头，停下来，希望她回应一两句。他发现她的目光在很远的河面上，飘忽不定。她说，以后别来这里了，我们也别见面了。

多久？欧阳成问。

别再见了。

欧阳成说，直到我有能力的时候？

她不答，慢慢走出那几棵老树的树荫，欧阳成随上去，说，那好吧，等那时候我再来找你，不会太久的。

她仍往前走，含含糊糊地应，也许吧，再说吧。

至少该还清了之前借下的债，再凑齐办一个像样婚礼的钱。欧阳成觉得她应得太含糊了，自己定了个基本目标。

送她到家附近，她说以后别来喊了，我不会出来。

欧阳成点点头，我知道得等，到那个时候我再回来，照目前来看，不会很久的。

她一离开，欧阳成就上了摩托车，拼命踩油门，开得飞快，他觉得自己正在赶那个目标，赶得越快，离重新见她的时间就越近。多年以后，他才发觉自己从未意识到那一瞬是在逃离某个念头，他让那个念头在风里散去。

欧阳成果然没再找过她，他一头埋进目标里。大哥说日子不是这样拿命磨的，大嫂说他死心眼，说不见就不见，这是什么规定，又不是演电影，也不是小孩过家家，日子是能安排的么？那是过着凑着，慢慢走过去的。欧阳成目不斜视，就盯着那目标。他确实没用多长时间，一年半而已，还清了赔掉的钱，还勉强凑够能办一场婚礼的钱。他带着它们去找她，像带着一个相认的证据。

她不在家。欧阳成问什么时候回来。她的母亲垂着眼皮，半侧开脸，说近一段很少回，她家里有空时才会回。

她家里？

欧阳成最终问出了她家的地址，他走上楼，在门前站了半天，下楼，靠墙站了半天，再上楼，仍站着，站着站着蹲下了，后来有人上楼，他猛地站起来，手伸出去按了门铃。一个男人来开门，欧阳成僵住，他恍恍惚惚听见那男人问了什么，没听清，男人转头朝屋里喊了一声，欧阳成就听见她的声音。她出来了，站在男人身边，欧阳成看见她隆起的肚子。

五

欧阳成想不到自己会几次提到陈文欣，这还是大嫂提醒他的。那天午饭桌上，欧阳成夹着菜说饭后要去买点绿茶，那个陈文欣提过镇东有家茶叶店的绿茶不错——对了，大嫂，陈文欣住在那家茶店附近？

大嫂没回答，只静静看着他，看得他停了筷。大嫂笑了，阿成，你对那个陈文欣挺有意思的。

欧阳成嗯嗯地清嗓子，说大嫂开玩笑，就见过那一面，还弄得不欢而散，再没有联系过，什么意思不意思的。

这些天你提她好几次了。

欧阳成吓了一跳，细细回忆，摇摇头，说，只是刚好提起。

大嫂于是将那几次“刚好提起”罗列出来，笑欧阳成总是很刚好地就把她提起来了。大嫂谈起陈文欣，她是了解的，是她一个好友的亲戚，性格好，长得不算差，可拖到三十多岁，谁想得到，总是有说不清的事。

主要是还算谈得来。欧阳成接话，接完自己愣了愣。

大嫂呵呵笑起来，这是最重要的，这些年，相亲后能让你再提起的不多。

反正也就这样了。欧阳成甩甩头，有点沮丧，可竟也有说不清的轻松。

你就是容易往后退。大嫂动了动筷子，还有希望的，别人我不敢说，陈文欣我是能让老朋友去说说的，再见一面没问题。

和陈文欣的第二次见面大嫂陪着去，两人互相打了招呼，却发现第一次见面时的自在不见了。几个人东拉西扯说了一阵，总不在状态，欧阳成那只在桌底下的手一直攥成拳头，他每隔一两分钟就想那个问题的答案，按在家里准备好的答，欧阳成没法说别人编的那些，就谈真实情况，只谈一半。但陈文欣不再问那个问题，那问题是他们间的沟，但她现在视而不见。

上次你问的那件事，我今天说说吧。欧阳成终于忍不住，自己主动提起来。接着，他“流利”地讲起那个答案，为什么那天会突然骂人，会提到那个尹大发。大嫂再三交代过，只提尹大发，不能提她，提女人在这种场合是最大的忌讳，不管这女人有没有关联，总之是死穴。

小包厢里极安静，剩下欧阳成在说，滔滔地，额角冒着微汗。讲了一大段后，他突兀地闭了嘴。陈文欣看着他，满脸莫名其妙。欧阳成提示了一句结束语，就是这样的。陈文欣眉梢眼角立即堆满怀疑，她的神情几乎令欧阳成崩溃，他拿起水壶沏茶，目光避开陈文欣，洗杯的手微微发抖。

大嫂说，文欣，就是这样的，年轻的时候摔了个跟头，老婆不跟他过了，那些年总不肯谈这事，性子是直了点，认死理。

陈文欣噢了一声。

欧阳成竖起耳朵，可陈文欣噢了之后再没有下文，几个人就这么不自然着，一直到陈文欣最后匆匆告辞。回去的路上，大嫂责怪欧阳成，说对方不提你没头没脑说什么。欧阳成很委屈，今天不是来解释的么，我想尽快说清楚，彼此也自在些。大嫂说你这样一解释，就什么也不自然了。

主要还是我没全把话说出来，我自己说着拗口，自己都不相信，叫别人怎么相信。

大嫂摇摇头说，你这脑子怎么转的我真没底了。

欧阳成突然决定再好好跟陈文欣谈一次，他让别人安排了这么多年，该自己安排安排了。他给陈文欣打了电话，约她出来，陈文欣说她忙,一时走不开。欧阳成鼓起勇气说那就在电话里谈吧,你什么时候有时间了再约。

你说吧。陈文欣终于没挂电话,说我听着。

欧阳成在电话这头喝了口茶,谈起来,他将自己抛进回忆里,豁出去般不时咬咬牙,抑制住不时涌上胸口的焦灼,停下来喘一喘气,他谈到尹大发,谈到生意惨败,由生意惨败谈到生意本的来源,于是扯出了她。扯出她时,欧阳成的话顿了一顿,陈文欣那边没一点声音,欧阳成鼓起勇气继续说,所以不成了,那时候就散了,再也没见过。后面这几句话他反复强调。

终于说完,欧阳成觉得身子轻了,他又喝了两杯茶,等待陈文欣的回答,陈文欣仍没出声。

欧阳成试探地加了句,就是这样,不是什么好事,可也是没法的。

陈文欣终于开口,就因为这些事?

欧阳成在手机这边不住点头,就这些。

当时怎么不说。陈文欣追问,这么多年一直这样?

我也弄不清楚,反正很不想谈的。

陈文欣又噢了一声,欧阳成的心沉下去。陈文欣说有另一个朋友打电话给她,她得接一接。欧阳成抓紧时间说,你什么时候有空,我们去喝茶?

陈文欣说,再看吧。说完断了通话。

欧阳成觉得“再说吧”变成他体内隐着的一根刺,开始在肌肉深处活跃起来。

后来,大嫂托朋友去问过陈文欣,到底是为什么,欧阳成已经说清楚,这些事说到底不算什么事,不该有什么大影响呀。

陈文欣说她知道欧阳成说的是实话,可不知为什么就是觉得怪怪的,有了这种感觉,她没法和欧阳成走下去。她还说了一句令人摸不着头脑的话,说欧阳成也许没有说出真正的实话,只是他自己觉得说出实话了。

大嫂给欧阳成回话说陈文欣是个不对头的,不要也罢。

为了弥补,大嫂的朋友又介绍了一个姑娘,也是大龄女性,但再怎么大龄也比欧阳成小好几岁。欧阳成的朋友笑,说没想到社会上的存货这么多。欧阳成似乎没什么心思,说太急了,像赶任务。大哥大嫂说你以为不是任务,这是最大的任务,这事不做好,其他的都白做。刚开始,对方听说欧阳成的年龄,有些不愿意,大嫂及时将欧阳成的照片送过去,相见的日子就定下来了。

大嫂决定这次还是她陪着去,她总结了一下,虽然和陈文欣的事不成,也不是全无收获,至少断断续续的几次联系中,欧阳成有办法将那事说出来了,能给那个问题一个解释了,还是欧阳成不别扭的真实情况。这一次,女方若问到那问题,欧阳成应该能稍自然地应对,能及时给人家一个解释,多年来的结总算在慢慢解开。大嫂说她跟着去是加一重保险,毕竟欧阳成刚刚能将事情讲出来,还不太适应,她坐在那里,是一个提醒,免得又出错。

女方长相一般,但欧阳成似乎没什么意见。这些年,他几乎习惯了,每次相亲都在等待对方点头,似乎只要对方点头,自己便庆幸了,那个问题像极沉的重物,将他压趴在地上。

谈话不太顺利,欧阳成一时没法从和陈文欣谈话的状态中恢复,他没有为找话题做一点努力,完全由大嫂在一边牵扯,对这个说一句,对那个说一句。趁女方低头喝茶的瞬间,大嫂拉拉欧阳成的衣袖,用眼神提醒了他。欧阳成知道自己太闷了,这样显得没有诚意,但他实在没法,这次他急着将那个解释说出来,他相信,只要说出来,一切就自在得多,可对方为什么还不问,和这个年龄的男人相亲,对方有着外人看来不错的条件,她不好奇吗?

服务员第一次加水后,欧阳成终于决定由被动转为主动,近期,他对生命突然紧张起来,总有莫名的焦灼感。他将两手放在茶桌上,像一位讲课的教授,述说起来,我到这个年龄还在相亲,是因为……

说完后,欧阳成感觉喉头发干,他连喝两杯茶,对木然着的大嫂和女方说,你们谈,我去一下洗手间。他丢下两个一时摸不着头脑的女人,离开包厢。

欧阳成从洗手间回来的时候,女方已经准备走了,大嫂苦苦相留,欧阳成觉得委屈,说我只是提前解释人人都会问的问题,这也算是一种诚意。女方笑笑说其实没必要的,两人要都觉得合适,解释没那么重要,有没有诚意会心知肚明的。

说完,女方站起来,说有事得先走了。

欧阳成将自尊揉成一团攥在手心,问,下周再吃个饭?

再说吧。女方说。

又是再说吧,欧阳成肌肉里那根刺极重地扎了一下,他一掌拍在桌面上,低低骂,该死的尹大发。

转身即将离开的女方一愣,转回脸看着欧阳成,良久,她说,就算真是因为那个尹大发,也不该一辈子走不出去。

当天，欧阳成一直待在那个包厢，独自一泡一泡地沏茶。

六

很长一段时间内，欧阳成近些年一直持续着努力着的相亲活动停止了，其间，亲朋好友还是热心地打听，介绍过一些合适人选的，但欧阳成不去，说想歇歇，休息一段时间，亲朋好友又奇怪又好笑，说这又不是上班，不是扛重物，还得歇歇的？欧阳成说比管理自己的小公司还有压力。

不是说出来了么？那件事说出来了，那个问题有了合理的、真实的解释，欧阳成你还考虑什么，按你现在的条件，还过得去，得抓紧。有个朋友说得更狠，你现在算回光返照时期，这时还能吸引些不错的大龄青年，若四十五岁以后，就难说了，你这张脸再有棱角也要松弛，性格再好别人的目光里也有怪异。一句话，现在正是好时机，不说千载，至少是这么多年相亲以来最难逢的。

在那几个老友面前，欧阳成不敷衍，他沏着茶，说想静一静。

你静什么，这二十年还不够你静的，火气都静没了。欧阳成说这么多年我日子静心不静。

几个老友彼此对看了一眼，说欧阳成你是不是男人，屁大点事弄成这样，不就那个尹大发，再说现在也说开了，还有什么过不去的。

欧阳成不说话，一杯一杯沏茶，朋友们便一杯一杯地喝，屋内只有煮水和杯子碰撞的声音。最后，朋友们不喝了，欧阳成你倒是出个声，愈活愈往回走了。

我得去找一下尹大发。欧阳成说。

欧阳成你现在该找的是老婆,你找尹大发做什么?

欧阳成你脑子是不是坏了?

欧阳成说我脑子坏很久了,现在得修一修,找尹大发是必要的,想对得起他,也想对得起自己。

老朋友说认识了这么多年,欧阳成原来不是欧阳成。

欧阳成真的寻找起尹大发来,他与尹大发二十多年没联系了,一时毫无头绪,只能从最初的线索寻起。欧阳成和尹大发高中时认识的,两人一起考上县重点高中,同班同桌,一拍即合,认识不到一个月,就好成一个人,一个喜静一个喜动,一个内敛一个外向。毕业后还是好,当年就连订婚的时间也差不多,尹大发说,就是订婚后突然强烈感觉到钱是多么重要,是养好老婆养好儿子过好日子最基本的保证,他将这个思想灌输给欧阳成,不断地说,说欧阳成人太死板,得让这思想成为他脑子里的种子,发芽长叶开花,他到处寻找机会,为他自己也为欧阳成。后来,他真找到了机会,毫不保留地和欧阳成分享了。

尹大发的老家在隔镇一个寨子里,先从那里找起。欧阳成直奔那个小寨,二十多年没来过,小寨早已废弃,荒草及膝,寨门口坐着几个老人和几条老狗,欧阳成找了看起来最有精神的一个借问,老人半天还说不清,末了指指新寨的方向,说都搬那边去了。欧阳成赶到新寨,边走边打听绕了整个寨子,得出的确切消息是尹大发一家搬走了,早搬了。人家只记得他父母,他在寨里用的是大黑的外号,尹大发这名字极少人知道,欧阳成经历不少周折,但他迷醉在这些周折里，好像这些周折能弥补什么，好像他在这些周折里将岁月深处一些东西慢慢翻找出来了。

最后的结论是，尹大发一家搬到县城去了，欧阳成当天就赶往县城，打听到一个电话号码，那电话号码是尹大发一家有来往的乡下亲戚给的，但接听的是他父亲，说尹大发去深圳了，好多年了，并将尹大发的手机号给了欧阳成。电话里，欧阳成突然极想问问尹大发的父亲，他结婚了没有，如果结了，是不是当年订婚的那一个。当年，生意失败后回来，两人坐同一辆车到县城下车，一个往南走，一个往北走，再没有见过一眼。

拿着尹大发的手机号，欧阳成按了几次，终没有拨出去，他莫名地胆怯起来，觉得见到他本人才说得出话。从县城回来，欧阳成就收拾衣物，对公司的人说要出差几天，将事情交代给得力助手，奔深圳而去。大哥觉得欧阳成完全在胡闹，已到了无法理喻的地步，他拦住欧阳成，说若要私奔他倒可以放行，可闹这事做什么，他说欧阳成现在像撞了南墙，死在墙角还不知道。

欧阳成说他现在就是要去推倒那面墙，他必须去说清楚一些事，这辈子才能重新往前走。他说必须的时候，表情陌生得令大哥心底发凉。大哥默默偏开身子，说，别去太久，你再耽搁不起的。

几天后，欧阳成从深圳回来，精神出奇地好，五官似乎都光亮了一些，眼神也清澈了。几个老友提到，他笑着说我欧阳成别的不说，这张脸一向不错，就是上上电视也算有些光彩的，怎么会不亮。朋友说那不一样，以前是长得好，可总蒙着层什么，说难听点，怕是你心里那个鬼产生的鬼气。欧阳成便不说话了，只管喝茶。朋友说这下事情可以正正经经展开了，现在赶赶，凭你这张脸，到时去幼儿园接孩子，还勉强能让老师相信你不是孩子的爷爷。

欧阳成竟摇头，说现在反而不紧张了，心里总想着完成任务，别扭，顺其自然吧，慢慢来，碰上对的再说。

老友们紧张起来，说又不正常了——不管怎样，只要有机会，相亲再不能推。

机会说来就来，这次是一个老友提的。欧阳成笑了，你怎么也成媒婆了，我说了别总这样勉强，顺其自然好些。

倒真是顺其自然了，这一次是人家主动找上门，托人来提的。

托人来提?

是，女方托人来说，点你的名。按老法说，这就是缘分了，虽然有点晚，也是不错的，对方我有点模模糊糊的印象，一个朋友的堂妹，叫杨依，好多年前见过一面，还小，但样子该是不差的。

既是老友提的，见了。杨依，人和名字一样，给人清爽温暖的感觉，欧阳成的笑自然了，沏茶也有了兴致。她端起茶，喝之前稍稍闻一闻，微微闭了下眼，这让欧阳成对她的印象一下子提升了。还是谈茶，从谈茶中欧阳成主动提及自己对日子的看法，说不清为什么，他想跟她分享并听听她的意思。她听得很用心，微微笑着微微点头，很明白的样子。

为了表示诚意，欧阳成提了自己的年龄，他的脸能很好地将年龄掩盖起来。后来，和朋友说起，欧阳成说见鬼了，见了别人我恨不得说少几岁，见了她倒坦然了。

杨依笑笑说我知道，堂兄说过，我的年龄也不小了。

我的事拖到现在……欧阳成往沙发后靠了靠，他准备好好讲那件事，从头到尾，毫无巨细地讲，他想对她讲，也觉得该对她讲。

她举起一只手，截断欧阳成即将出口的话，说不必讲了，我都知道。说句实话吧，就是因为知道这些事，我才托人找你，这么多年来，我第一次这么厚脸皮，要知道，我一向被人骂“假清高”的。

欧阳成惊讶了，知道这事反托人找我？好奇吗？

杨依说，就是好奇，这个年龄也不会随便好奇了。

那是为什么，一般说来，这种事是不讨喜的。

杨依喝着茶，若有所思地说，我也说不清。

“说不清”这几个字让欧阳成胸口一紧，他举起手，说喝茶喝茶。他想，这种说不清挺好的。

两人沉默了一会儿，开始谈别的，坐过了整个下午，又约了再次见面的时间。

第二次见面时，杨依突然又提起欧阳成之前的事，让他好好讲一讲。

你不是都知道了？欧阳成奇怪，上次说不必听了。

我不是想听故事，而是想听听你心里怎么想的，为什么那样一件事，会在意这么多年，拿出来摆在桌面上，一些东西或许会变得清晰。

欧阳成突然不想说了，虽然只是第二次见面，他觉得和她相处得不错了，有熟悉的感觉，也许真能走下去，不必再挑起什么，他说那事不提也罢。

反正事都清楚了，摆开来将结解开不是更好么？杨依竟很坚持，为了引他说，她挑起话头，听说是因为那个叫尹大发的吧？

欧阳成的声调莫名地扬起来,不是因为他,是因为她,一个女人。

七

接到她的电话,是欧阳成想象力范围之外的事,她喊出他的名字那一瞬间,他就知道是她了,他的表情和声音一起僵住,不知是被她的声音吓住,还是对自己能如此快辨认出她而意外。二十多年,其实她的声音已掺入太多的岁月,完全面目全非了,但他这样快认出来,他莫名地对自己生起气来。

见他沉默,她又唤了一声,并报出自己的姓名。

我知道。欧阳成说。声音干燥。

她说是欧阳成的大嫂给她的手机号,欧阳成弄不清这和自己有什么关系。她说见个面吧。

见面?欧阳成反问,好像不理解这个词的意思。

明天中午有没有空?她问。

欧阳成下意识地点着头,说有的。

她走进茶吧时,欧阳成已经等在包厢外面,两只手垂在身子两侧,腰背也显出垂顺的状态。她丰润了一些,样子竟没怎么变,连脸上那种表情也是熟悉的,看见欧阳成,她笑了笑,像招呼一个老友,欧阳成也笑笑,终不够自然。

喝下第一杯茶后,她自己解了欧阳成的疑惑,是欧阳成的大嫂找的她,让她跟欧阳成谈谈。她对欧阳成的大嫂说谈什么,我和欧阳成早没关系了。大嫂说你知道谈什么的,现在欧阳成已经将和尹大发相关的事说出来了，可他的心结还没解，这就不对劲了。

欧阳成说大嫂真是乱来，现在侄女去读大学，侄子高中在校住宿，她闲得没事干了。

她摇摇头，说大嫂说得对，其实我早该来的。她对欧阳成说提提当年的事吧。

欧阳成胸口突地一跳，他想走，远远走开，但她坐在对面，紧盯着他，将他盯在座位上。

欧阳成低头沏茶，尽量让口气风轻云淡，当年的事都清楚，因为尹大发那一次……

不，跟尹大发无关。她截断他的话。

就是因为那一次，事情断了。欧阳成仍低着头。

不，事情会断不是因为钱的事，我不是那样的人。她的语气有些急。

就是这原因。欧阳成放下茶壶，猛地抬头，盯住她。

她在摇头。

当年你自己承认的。欧阳成几乎一字一字咬出这句话。

不，我不是那样的人。她突然沉静了。

这么多年后说这些话没意思。欧阳成说。

她笑笑，说这么多年我也该说实话了，订婚那时是真想一起过日子的，你人不错，我们也还算谈得来，我以为就是这样了。可我后来碰见了他——她顿了一下。

欧阳成身子一抬，像被什么刺激了一下，他下死劲咬住舌尖才没有打断她的话，才没让焦躁喷口而出。

似乎为了顾及欧阳成的感受，她喝了口茶，给他一点缓和的空间，接着述说。欧阳成看见她脸上有亮色，她说碰到他后一切突然不一样了，怎么不一样很难说清楚，反正那是从没有过的感觉。

若可以的话，欧阳成想捂住耳朵。

她说在他面前会奇怪地紧张，一会儿想哭一会儿想笑，那时候，日子像换了个面目。

我像被什么拉扯着，对自己毫无办法。她摊摊手，颊边竟有层红晕。

欧阳成垂下头。

她还在说，碰见他时，你和尹大发刚刚去海南，我愈走愈远，能怎么说。你回来，我和他已经把后面的日子安排好了。

欧阳成按着茶壶的手瑟瑟发抖。

她说也是我不对，当时就该说实话的，可那时你刚好那样，我没办法雪上加霜。她终于说完，往沙发一靠，费尽力气的样子。

算了，你何必费心编这些话。欧阳成声音被喉头的焦躁烘哑了，当年就是因为……

好了，该有个度了。她直起身子，目光如刺，你自己心里其实知道，我不相信你不知道。你比自己想象的胆怯，还虚伪。

极长极韧的沉默，水在酒精炉上一直响。

两人在茶吧门口分手时，欧阳成突然说，我得去见见尹大发。

她说那是你的事，她顺便提了个好消息，说她儿子考上一个重点大学，过两天准备请朋友吃顿饭，让欧阳成若有空过去吃顿饭。

欧阳成恭喜了她，说有机会会去的，但几天后他去了深圳。

看到欧阳成，尹大发没有一点惊讶，他立在门口向欧阳成展开双手，说你终于找我来了。

欧阳成说，你父亲说了？

尹大发摇摇头，没人告诉我，也不用别人告诉，你我还不知道？只是早晚的事，没想到会等这么久。

欧阳成木在门边，胸口突然绞痛起来，他来不及进门，就那么急急地说，当年其实不是因为钱，开始两天是有点周转不了，后面就不是了。

我知道。尹大发侧着身子，你想就这样谈话，这么多年没见，你这样给人又匆匆要走的感觉，进屋。

尹大发的妻子削了水果出来，是二十多年前订婚的那个，欧阳成见过。她向欧阳成点点头，说大发一直在等你。尹大发说未搬到深圳前，欧阳成的事情他零零星星听到一些，并开玩笑说托了欧阳成的福，他可出了名。

欧阳成曲起手指叩着太阳穴，一时不知如何开口，他没法说对不起，在尹大发面前说这几个字他觉得怪怪的。

尹大发呵呵笑说你敲脑门做什么，这么多年真还有想不开的？

你为什么不来找我。欧阳成突然抬脸，口气里竟带了质问。他还想说如果你早点来找我，我不至于拖这么多年，我遮眼的那片叶子也许早就没了。

没有用的。尹大发敛了笑，不停摇头，坑是你自己挖的，叶子是你自己拿着的，你得自己爬上来，自己拿掉叶子，别人有什么办法。

欧阳成说喝茶吧，好久没喝过这样的好茶了，一杯进喉，茶香沁人心脾。

那是。尹大发扬起下巴，珍藏多年的老茶。

欧阳成在深圳待了几天才回来，回来后不久，老友就将杨依介绍给他。

现在，他对杨依说，一切跟尹大发无关，是因为一个女人。

不知安静多久，杨依说，谈谈那个女人吧。

开始，欧阳成很不自在，但终究谈起来，他没想到自己谈得那样坦然。

谈完了，欧阳成看看杨依，她一直垂眼喝茶，毫无反应的样子，她终于抬起眼，看看欧阳成，目光显得生硬，说，你一直用尹大发做借口，其实是不敢看自己。

曾有一瞬间，欧阳成胸口一阵不舒服，但他很快点点头，说，所以这么多年一直在相亲，说到底完全不是自己的意思。

这么说，和我见面应该也不是你的意思。杨依放下茶杯，我也是这么多年来一堆人中的一个。

杨依……这是欧阳成第一次当面喊她。

你回去想想再说吧。杨依站起来告辞。

欧阳成一直在想，相亲那么多年，成堆的脸在脑里浮起来，但每张脸都含含糊糊，他无法辨认，甚至连他自己曾认为合适的陈文欣也模糊了，想得太久，那堆面目含糊的脸弄得他恐惧起来，他努力将那些脸赶出脑子。最后，竟还有清晰的一张，是杨依的脸。欧阳成认为是刚见过杨依的原因，还没有足够的时间模糊。欧阳成甩甩头，想这最后一张脸很快会消失在那些脸中的。没有，这张脸一直在，时不时闪一下。

好些天后,欧阳成拨通杨依的号码,说,一起去喝茶吧。

杨依似乎在想什么,没有立即回声。

这是我自己约的,不是相亲,算我们自己认识的。欧阳成说,还有,那件事其实不是因为一个女人,是因为我自己。

杨依刚想回答,欧阳突然问,当时真是你托人来说的?真是有心有意的?

琴声落地

一

那天，阿芝进门就说："阿爸，给你买架扬琴吧。"

老独正刮着锄头上的泥，猛地抬脸，表情又茫然又怪异。

阿芝说："刚刚去镇上，几个老人在公园奏潮乐，那曲扬琴敲得真好……"

秋红一碗菜蹾在桌上，阿芝转头看阿嫂秋红，秋红脸色铁青，阿妈惜霞立在一旁，眉目愁苦，阿芝避开阿妈的目光，想把后半截话说下去。

老独还僵着，目光却软散成烟。

秋红扭过身，扭得腰背咔地一响，朝灶间走去，抹布啪啪在腿边拍打。

"吃饭。"老独说。

饭菜摆在小圆桌上，五岁的阿虎和六岁的阿聪吃着闹着，桌子显得局促，阿芝人插不进去了，立在儿子阿虎后面，惜霞抱了两岁的阿成，一手端碗，从桌边退开："阿芝，你来这，我去门槛边喂阿成。"秋红刷地起身："阿成，阿妈喂你。"伸手把阿成拉抱过去，惜霞只感觉阿成双腿被抽出的力度和速度，半圈着的胳膊空了，碗也被秋红接走，阿成错愕地哭了几声。

老独看了秋红一眼。

因为抢汤勺，阿虎和阿聪打成一团，扫掉了碗，碎瓷片和粥在地上白花花一片，秋红扬起掌在儿子阿聪肩上狠拍了两下，阿聪张嘴大哭，她追加几掌："再哭，再哭，让你闹。"阿聪哭声尖利了，阿成也哭了。阿虎躲在阿芝身后，目光畏畏缩缩，阿芝也想扬起的掌突然无力了。

饭后，阿芝抹着桌子说："我和阿虎想搬去老屋。"

秋红把阿成放在凉席上，说："阿姑尽管冲我来，不用说这样的话。"

惜霞扯阿芝的袖子："阿芝……"

阿芝面对秋红："阿嫂，不是气话，在这长住不是法，我从小在老屋长大，再说老屋一向收拾得干净敞亮，环境不差。"

"老屋好，这个家环境差。"秋红的话有了棱角，"我不贤惠，委屈了阿姑。"

阿芝咬咬唇："阿嫂是好媳妇，大寨哪个不知。"这是实话，秋红嫁进家后，阿兄出门在外，这个家她操持得井井有条。

秋红说："哪个当得起好媳妇，阿姑都要出门另起炉灶了，一家人起两灶。"

"是我要清静，再说，我本就该是另一户……"

老独咳了一声："阿芝。"

“寨头寨尾起两个炉灶，知道的说阿姑自重，不知道的说我这当阿嫂的没理。”秋红话一突一突地。

“要我怎样么？”阿芝有了哭腔。

“别这样说，外人听见了，以为我这阿嫂使了什么手段……”

“够了！”老独喝了一句。

秋红捂住嘴，没能捂住哭声，跑进里屋。阿芝手按额，跌坐在藤椅上。惜霞抱了阿成，默默进灶间。

秋红躺在床上，把被角塞进嘴，她也觉得委屈，上个月回娘家，她跟阿妈提阿芝的事：“要是做客，想住多久住多久。这样回来，算什么事？我腰背又疼了，这能忍，阿聪他阿爸在外行走，要的就是顺，无运怎么顺？”

阿妈只是皱眉，叹气，嫁出去的女儿，是另一家的事，没法多嘴的。秋红明白了，娘家不是她的了，她的家在大寨，系在另一家子身上。可阿芝呢？

阿芝回娘家了，带着不满五岁的阿虎。

二

虫鸣蛙声把初夏的夜晚叫安静了，屋里静得黏稠发闷，老独蹲在天井角，烟头一闪一闪，燃在银白的月光里，阿芝出来了，立了片刻，走来蹲于老独身边。

“阿爸。”阿芝手指在地上画来画去，阿爸脚边有一小堆烟头，都是卷烟，他还是不抽自己和阿兄买的香烟，画了一会儿，她抬起头，觉得中午半截话还是吞不下去，说：“阿爸，买架扬琴。”

老独吓了一跳的样子，扔掉烟头：“怎么突然提起这个，我不敲扬琴。”

阿芝看看阿爸，月光里，他眉头心事重重，她很奇怪，一提到扬琴，阿爸就这样，而他明明是会敲扬琴的，要不，她也不会有买琴的念头，这念头起了不是一天两天了。

是阿芝高中时的事了。

阿芝考进县重点高中，弥补了阿兄不爱念书的缺憾，老独亲自带她到县城报名。下了汽车，老独站住了，目光牵扯在路对面一家乐器店上。

“阿爸，过去看看？”

老独直直走进那家乐器店，阿芝疑疑惑惑地随着，唤：“阿爸……”乐器店里摆的挂的，有阿芝认识的二胡、笛子、洞箫、古筝、电子琴之类的，还有很多认不得的，不知阿爸要看什么，阿爸不回头不应声，在乐器店中间站下了。

看店的女孩走过来：“阿伯，想买哪样？”

老独不答话，手上的行李扑地落在地板上。阿芝凑上去，想寻找阿爸的目光，老独往前走，阿芝和看店的女孩明白了，他的目光在一架扬琴上。

乡里祭祖请潮剧[①]团演戏时，阿芝到后台要，看过扬琴，看潮剧时听过混在潮曲里的扬琴声，除了这个，她的日子和扬琴毫无关系，在

---

① 潮剧：又名潮州戏、潮音戏、潮调、白字戏，主要流行于潮州方言区，是用潮州方言演唱的一个古老的地方戏曲剧种。

她印象里，阿爸和扬琴就像后山的树和金河溪的鱼，没法往一块凑的。

老独立了许久，手指试探性地伸出，轻触了下琴弦，受惊吓般地缩回手，然后，又伸出。看店的女孩说："阿伯试试，琴是调好的。"

老独在扬琴前的椅子坐下，掂起琴竹，眼皮微闭。

阿芝唤："阿爸……"阿爸没弹过扬琴，别弄坏了人家的琴。

琴声起了，轻轻，一声，两声，像隔夜的雨水，从瓦间滑到檐边，风拂来，飘落，咚地在石阶边散开。水醒了，回忆醒了，忆起它曾经于山泉涌出，绕石而过，叮咚向前，或急或缓，或嬉戏于草间，或浅睡于河面。

老独糙硬的手灵活了，双颊的褶皱柔软了，头微点，身子轻晃，双臂扬起、收缩。阿芝呆了，看见阿爸身体里有什么东西飘出，升腾，飞扬，想唤阿爸，唤不出，她不确定这还是不是阿爸。

阿爸是老独，独自下田，独自回寨，不和寨里的男人凑堆抽烟，凑堆谈收成。寨里哪个喊帮忙，他帮，事完了便走，话不说一句，水不喝一杯，就是笑也不扯一丝，谢他，他不推，恼他，他无谓的样子。寨里人说，这老独，生就独个的命。

小时，阿芝的伙伴来家里，都怕老独。阿芝说："我阿爸就这样，不爱说话，不爱笑，可不凶人。"除了抽烟、下田，阿芝不知道阿爸还喜欢做什么。

现在，老独弹扬琴，眼神消散于乐声中，身子在乐声里充满弹性。阿芝不敢用力喘气，阿爸身体里飘出的东西那么轻，她怕吹散了。

阿芝意识到琴声结束时，曲子已经终了一会儿，老独坐定在那，琴竹在手,眼神随乐声失落在什么地方。掌声,一下,又一下,慢慢热烈起来,乐器店的女孩惊叹:“阿伯弹得太好了,比我们老板都好。”

老独双臂抖了一下,琴竹失落,在琴弦上落出两点叮咚,他木木转过头。

“阿伯一定是识货人,这是好琴,买下吧。”乐器店的女孩笑语如琴声。

老独又抖了一下,笔直地立起,离开那张琴,踉踉跄跄走向行李袋。

“老伯,你细看,这是好琴……”

老独半拖着行李,急急出门。

阿芝追出来:“阿爸,那琴要是好,先问问价钱。”

老独说:“阿芝,学校还有一段路,叫辆三轮车吧。”

“阿爸会弹扬琴!没见你弹过。”阿芝去接行李袋,老独只管往前急走,行李袋的带子被他攥得紧紧的。

阿芝急步跟上,和老独并肩:“阿爸,我想知道……”

“我们先吃碗面,一会儿报名还要排队的。”老独朝一家面摊走去。

后来总是这样,阿芝稍稍提起扬琴,老独的话就风马牛不相及。但阿芝忘不掉阿爸弹扬琴的样子,好多年,她没和他提扬琴,买扬琴的念头却埋下了,一年一年发着酵。

现在,阿芝又提到扬琴,阿爸的话让她欢喜,她第一次听到“扬琴”从他口里出来,不管怎么样,他提到了。阿芝说:“早就想买,我想阿爸也是想买的。”她直直看着老独,也就她能和老独这样对话了。

老独看看阿芝,一会儿,说:“现在,还不合适。”

阿芝心里一喜,总有合适的时候,接着鼻头又一酸,不合适多是因为她。

三

阿芝没想到,自己第二天又提了扬琴。

是时,老独依然去守那几分烟田,阿虎和阿聪在巷头耍,惜霞、秋红和阿芝三个女人在客厅看电视。电视放的是潮剧,阿成在潮曲里安然睡着,一个花旦缓缓唱一段有关心声的曲子,一叹三回,配乐里没了鼓点,消了锣声,只一曲扬琴如泣如诉随着,婉转如丝,一进三退,客厅里的女人都有点呆。

曲子到一段落,鼓声起,电视前的女人得了安慰般,舒了口气,阿芝朝惜霞偏过脸:“阿妈,扬琴真好听,阿爸会弹。”

惜霞眼皮睁了一下,极快地垂下去,稀疏的眉往下挂。

阿芝说:“怪,我听不进唱曲,就听到扬琴声,我想给阿爸买架扬琴。”

惜霞说:“阿芝,你怎么的,这两天无缘无故老提这个。”

阿芝看着阿妈:“阿爸扬琴弹得好,你不知?现在阿爸有些闲时间,弹弹扬琴倒是很好的,阿妈在一边听着……”

“好了。”惜霞打断阿芝,声音柔软,阿芝立即住了嘴,她不记得阿妈插过话,或打断过别人的话,记事以来,阿妈的话多是附和某些话而已。

惜霞转脸看电视，她对着那个花旦，用侧脸说："现在操心的是你的事。"

阿芝要张开的嘴合上了，越过阿妈看秋红，秋红腰背僵着，鼻子嘴角僵着，阿芝甚至看得出她目光也是僵着的。

秋红咬紧牙齿，咬住要出口的话：是的，她想说，操心的是你的事。昨天已半撕了脸，再撕一次便没了脸面，她不想阿芝再提搬去老屋的事，当初去就去了，在家里住了大半年后，再不能提搬的话。

大半年前，阿芝来的时候，秋红迎在门边，把阿虎的手捏在掌心，她顾着欢喜，没看见阿芝很差的脸色，也未意识到她不同以往的沉默。秋红和阿芝是高中同学，阿芝邀秋红到家里耍，让她和阿兄阿锐见面，秋红来得愈来愈勤，直到嫁给阿锐。在男人阿锐那受了委屈，秋红说给阿芝听，阿芝敢说阿兄的不是。阿芝有私话不跟阿妈说，单单凑在秋红耳边喳喳半天。

八九天后，阿芝和阿虎仍住着，秋红才看到婆婆眉头遮遮掩掩的忧色，发现阿芝脸上那层灰色很浓重了，她原以为阿芝来了月事，以前阿芝来月事脸色就很差，现在才发现，灰色已浸到阿芝目光里。老独那里是看不出来的，他一年到头总无悲无喜的样子。秋红才知道，阿芝要住下去了，没人说得准日子的。

阿芝和男人闹了。秋红劝阿芝回去，不关住的事，阿锐前两年把"下山虎"的伸手房都叠了两层，有的是房间，她说："发发气就是，难不成要真闹？"秋红和阿锐闹气时，阿芝说了阿兄后，就是这样劝秋红的。

"是真闹。"阿芝头垂下去，鼻子一抽一抽的。

秋红知道事重了，先不问，只把手搭在阿芝肩上。

阿芝说："阿嫂，这次我和阿虎要住一段。"

"这话要你开口？住回家里，我正好有伴，阿聪也有伴。到时他来接人，就算阿爸阿妈点头，也要过兄嫂这一关，得给个说法。"

惜霞只叹气，叹得小心翼翼，秋红不指望婆婆，她就是不明白公公，不吭声，阿芝的事像和他无关，她不知道老独最近费烟丝了，每晚在天井边燃出一堆烟头。

阿芝偶尔醒来，蹲到老独身边，老独一口口抽烟，一支一支卷烟，阿芝低声抽泣一会儿，抹抹眼皮，说："阿爸，我去睡了，你也睡吧，我能安排好自己。"有时，是惜霞睡不着出来，坐在灶间门槛上，看着老独说："怎么办，阿芝的事……"

老独说："去睡吧。"

惜霞摇摇头，缓缓站起，缓缓进房。

那天，上圩买菜前，阿芝给秋红塞了一沓钱："阿嫂，凑着家用。"那沓钱数目不小，阿芝是有几个钱的，嫁的那家是隔镇大户，办着厂。

秋红眉眼拉上一层黑，双颊飞出赤红："你弄这些也不怕笑话。"秋红真生了气，不知阿芝怎么就见外了。再说，她不需要这些，阿锐给的是足够的。

阿芝喃喃说："要住一段日子的。"

"自己家里，管多久。"

阿芝的男人一直未来接人，像阿芝说的，真闹了。大半年间，她回了一次，去和男人离了，那家子给阿虎分了挺大一笔钱，他们想要阿虎的，没敢开口，是他们儿子不争气。阿芝和阿虎很长一段时间吃用不愁,可阿芝的家没了,只有娘家。离婚后一个月,阿芝又去了一次,男人被抓了,她被警察唤去的。

秋红蒙了,她怎么想得到阿芝那个有钱长得又好的男人会吸毒卖毒,阿芝不是回娘家而已,是住下了,避到这里,带了不明不白的前景。从那一天起,秋红的脸色就不好了。

离婚那天,阿芝很晚才回,老独立在寨外竹荫路边等她,她的脚步一绊,哭出来:"阿爸,我当初没听你话……"

老独摇摇头:"是我蒙了脑子,没拦着你,你那点年岁,懂什么。"

四

直到扬琴进门,阿芝没提过扬琴,因此琴一进这个门,就显得突兀而尴尬。

饭菜晾在桌上,阿虎和阿聪已吃个半饱,惜霞喂过阿成,哄他入睡了,黄昏在天井一层层暗下,时间突然静下,拉扯得那么长,阿芝还未回,她去找工作。

老独说:"吃饭。"

秋红端起碗,听见外面一阵说话声和脚步声。老独抬头,惜霞起身,秋红朝阿芝,或朝一个消息迎出去。秋红迎到门槛边往回退,进来几个人和一片呼喝声,他们搬着什么东西,大声说话。几个人放下一些纸箱后走了,阿芝端起碗半凉的汤一口喝下,抹着嘴角说:"阿爸,看看。"

阿虎和阿聪朝纸箱奔去,阿芝喝住:"别碰,那不能吃不能要,我这有奶糖瓜子。”阿虎和阿聪冲过来抢袋子，跑进里屋瓜分。厅里安静了，箱子在厅另一角，老独站在藤椅边，阿芝说：“我去了县上，回来晚了。”

“我去热菜——阿芝，那是什么？”惜霞朝那些长形箱子张望。

“扬琴，阿爸，一架好扬琴。”

秋红的碗放下了。

惜霞说：“阿芝，你怎么买这个东西？”她脸上现出哭相，惊慌地看看老独，又惊慌地收回目光。

“给阿爸买的。”阿芝寻找阿妈的目光，疑惑愈深，“阿爸爱弹扬琴，阿妈……”

惜霞喃喃说：“怎么能买这个？你阿爸要买的？买这个做什么……”她坐下，忘了热菜。

阿芝转脸看老独，他在厅另一角很安静，半侧了脸，捏着半截烟。阿芝不相信阿爸不喜欢扬琴，那年的琴声她印象太深了，怪自己出嫁后一直未想这事，她走近前，老独嘴边那截烟是灭的，捏烟的手指抖得厉害，半截烟揉得歪歪扭扭。

“阿爸？”

老独猛抬起眼，满脸罩着雾状的东西，阿芝看见这层雾状物哗哗散去，散去后是什么，她看不清了。老独垂下头，掏烟丝，卷烟，阿芝只看到他额头几道皱纹。第一支烟卷散了，第二支烟纸撕坏了，第三支终于卷起时，阿芝帮他划了火柴，阿芝看到火光后他杂七杂八的表情掩盖得很好了。

“阿爸，把琴架组装起来，上弦试试音。”

老独木木地看着阿芝,听不懂的表情。

秋红说:“饭菜全凉了。”话里的怒气一突一突的。

阿芝端碗扒饭,说:“阿爸,吃了饭就装琴,我第一个想听。”

“倒有闲心,忙这样的正事。”秋红话低低的,却有硬度,扔到阿芝面前。

阿芝啊了一声,一口饭急吞下去,说:“昏了头,忘记说了,我找到了工作,在镇上,得搬过去住。”

几张脸扬起来,秋红的脸亮在灯下:“什么工作?别太重的。”

阿芝笑了:“去镇小学当代课老师,校长知道我进过县重点高中,很快点头。以后,边教书边函授,争取拿大专毕业证。”

秋红笑:“函授费是你阿兄的事了,有住的地方?”

“有教师宿舍,环境挺好,以后阿虎上学也方便。”阿芝说,“要开学了,我这几天搬过去,也好收拾收拾——阿妈,你吃饭,老转着做什么?”

“好,好……”惜霞还是转着,“那边有锅炉?有桌被?有……”

阿芝和秋红对视而笑。秋红坐进竹靠椅,背不疼了,一阵风从鼻孔和喉头拂进胸口,胸口那团坚硬的闷气通透了。饭后,她挡住阿芝:“我收拾,你让阿爸把琴装好,我也见个新奇——阿虎,阿聪,看阿公装琴啦。”

惜霞直直走到老独面前:“真要弹扬琴?”

老独突然扔了烟头:“怎么不能弹?人半埋进土了。”他没表情的脸现出了激动。

扬琴亮出来时,家里笑声朗朗,除了惜霞,琴弦上响出的第一个琴音，听起来透亮发脆。

为了工作，阿芝得搬去镇上。秋红参与了宿舍的布置，腰疼胸闷的毛病全好了，没有离婚的阿姑住家里，霉运一扫而光，男人阿锐在外包工程，她操持这个家，日子会好好的。阿芝在的大半年，秋红被日子揪住了，她相信老一辈人说的，男人进了监狱的阿芝是活寡，是团黑气，缭绕于日子之上，不知哪天就会兜头而下。

五

掂起琴竹，老独整个人变了，蜕皮般褪去层说不清道不明的东西，琴架前的他成了月下的烟，邈远、神秘，目光蒸腾，表情游离。琴竹敲出第一个音，余音袅袅。第二个音响起，曲子就起了，他蒸腾的目光收聚成点，闪烁在曲子深处，涣散的表情一扫而光，面皮浮起光彩，随曲子起落而明暗。

阿芝立于琴边，思绪纷飞，回到那家乐器店，她看到另一个阿爸。她一直认为，那个才是真正的阿爸，比平日见到的更真，也更假，那个阿爸是片林子，密而深，她和所有人都进不去，她相信，林子里有了不得的风景。慢慢地，阿芝想起自己某些事，时而缓和时而急促的曲调勾起她杂乱的情绪，这些情绪她平日压得很紧，好让日子老实一点，现在，她任这些情绪流淌。

秋红站在灶间门槛边，半张了嘴看老独，她不相信阿芝说的，不曾见老独练过扬琴，这曲子明明是从指头流出来的。她暗想，鬼才信这是几十年不沾琴的手，要不就是每晚在梦里练琴了，她常看潮剧，听得出琴是弹得好的，曲子耐听，能入心，她猛然想起阿锐三个月未回家了，胸口莫名地一阵柔软。

阿虎和阿聪含着糖，望着老独的头低下扬起，胳膊起起落落，有些发呆。他们不爱潮剧，可阿公两把小竹棍敲出的曲子比电视里好听多了。

阿芝后来才发现阿妈不在的。老独掂起琴竹时，惜霞走到天井沿，曲子响起时，她一只脚跨出大门门槛，只有出去，走到巷尾，才听不到琴声。在门口立了一会儿，她退回天井，她不知曲子结束后回去会怎么样，怎样解释对琴声的回避。无人注意她进出，她沿墙退进里屋，叠阿成的尿布，收拾屋子，给阿成缝颈兜……

一曲终了，老独默坐半晌，给扬琴盖了块布。

阿芝看见阿爸像猛然想起什么，环顾大厅，阿妈早不在了，他低下头，伸手掏烟丝烟纸。阿芝抚着琴架想，总有一天，会知道扬琴的故事。

夜深，月光从窗口进来，透过帐子，惜霞在被单下小心地呼吸，老独想拍拍那个躺不安稳的肩膀，手悬了一会儿，落在自己身上。晚上，老独进屋时发现她在发愣，他刚进门，她手里的针线就慌慌拉动，她想心事也想得这样小心，老独要开口的话吞了回去。

惜霞后悔了，今晚本要让阿聪过来和自己睡的，可阿聪偏要和阿虎阿芝挤一张床，她怕再坚持，反让人多想，便随阿聪去，要再哄哄他就好了。惜霞相信，若听着阿聪微微的鼾声，心就会静，现在感觉老独那么静地醒着，她就听到那些声音，从遥远的岁月扑面而来。

那些年，过节真像过节，潮剧总会演的，不单乡里的潮剧班，县里的潮剧团也要尽量请来的，惜霞抱着三岁的阿锐，每夜凑在戏台边。阿锐喜欢台上台下的热闹，她喜欢潮剧悲悲喜喜之后总会来临的皆大欢喜，更重要的是老独，他会在戏台一侧，配合演员的一开口一举手，敲那架扬琴，她有时忍不住挤到前面一角，看老独的胳膊、神情随琴竹飞扬。

后来，她来了。

四乡八寨的人都来了，为了看她，县潮剧团最有名的花旦。她有着比金溪河更清爽的嗓子，比报春兰更耐看的面孔，比三月的风更柔软的身段，特别是那双眼睛——那双眼睛怎样？说的人叹口气，说不出来。老校长说，深到像起了雾，又清到要滴出露，一直说着什么，又什么都没说。说得人一头雾水。如果请到她，四乡八寨几天前就传，花旦映婵会来，都要早早去占好位。

花旦映婵来了。那次，她指着扬琴说："我登台，让王扬琴来。"王扬琴就是老独，她不知道他的名字，但记得他，直接喊王扬琴。这话很快传出去，花旦映婵专门点名老独的扬琴伴奏，虽然县潮剧配乐队是随了来的。

她竟认得老独。上次她来时，配乐队被借到某地，那次演出由乡潮剧班配乐队配乐。戏演过后，人们记得她的精彩，谁记得配乐队？没人知道她记下了老独。

王扬琴，老独突然有了新名字。花旦映婵要王扬琴给她配乐，随来的扬琴手当晚就回县城了，那几场演出都是老独敲的扬琴。

让王扬琴来。人们记得这句话，惜霞更记得，她抱着阿锐立在田园中，远远看着戏台，花旦的声音在月夜里柔情万种，老独的扬琴随了她的一声一唱，也柔情万种。

让王扬琴来。惜霞知道，老独一定记得这句话，但从未表现他记得，这是惜霞最害怕的。因为这句话，当年四乡八寨编了多少故事，关于老独和她的。那些故事或依着她唱的故事编，或依着老独的扬琴编。故事惜霞记不清了，那句话却愈来愈清楚，以风的姿态，从几十年前呼呼刮来。惜霞忍不住想，对老独说这话时，她那双说不透的眼睛是怎样的？老独看那双眼睛时表情又怎样？

惜霞很清楚，老独的心事也被今晚的琴声扯回去了。今夜真静，静得无着无落。

六

花旦映婵说："走，一起走。给我敲扬琴。"老独又听到这句话，在岁月里跳弹，滚磨成发亮的珠子，他仰躺，让月光浇了满头满脸。当年，也是这样的月光，她一身长裙，银辉烁烁，说这句话时，她手在月光深处扬了一下，撩起的裙裾沾满月光，老独突然产生错觉，觉得她还在台上，着了故事里的衣裳，用故事里的灵魂在说话。

老独待了一会儿，说："你怎么来了？乡里又请戏？"他还想问，怎么这样巧，他突然想出门走走，就碰到了她。要不是惜霞那样安静和小心，他不会半夜出门走走的。

她说："一起走，给我敲扬琴，你的扬琴知道我唱的东西。"她走了两步，看老独没动，便站住了，稍稍伸着一只手。那只手伸成一朵兰花，老独恍惚想着，这次她唱的又是怎样的女子，怎样的人世。

老独说:“现在去？戏什么时候开始？哪个寨,你言语一声,我明日过去。”老独想,她这次是没带扬琴手,还是又把扬琴手气走了。

她摇晃了一下,仰脸,好像月光是雨丝,能清洗眉眼。一会儿,她低下脸,直望着老独:“不是现在,不是明天,一辈子,到处去,你弹扬琴我唱悲喜。走么?”

老独呆了。

她仍伸着手,整个人是台上的姿势,故事里的表情。

老独后退,被路边的草绊了一下,说:“我就是弹扬琴……”

“一起走?”她又问了一句,声音是飘的,像梦呓。

老独望着她,月光在她周围灿烂开放,他抹了一下脸,拿开手掌时,只看到她一个背影,又轻又远,月光正一点点融掉那个背影。背影消失在月光深处后,老独周围只剩下静这种东西,月光也像尾随着那个背影去了。

老独立在那里,想起当时也是这么静的。他琴竹下去,眼睛抬起,她一声长叹,转身,眼睛偏向这边,目光与目光相对时,一切静了,包括面前敲着的扬琴,她唱着的一段独白,台上台下所有声音都凝成一点,停止了。老独感觉所有东西唰唰往后退,空出圆大的空间,她人随周围的东西消失了,只剩下一双眼睛,咿咿呀呀地唱,或急或缓或干脆或委婉。老独认定,她是用眼睛唱的,自己的身子也退在那个圆大的空间外,也只剩下眼睛,琴声从他的眼睛出来,或平柔或起伏。唱腔和琴音变成两股柔韧的烟状物,追随,缠绕。后来,老独听到噼噼啪啪的响声,这两股东西闪闪发亮。

老独抖了一下,所有的东西归位,圆大的空间消失了,他敲错了一个音，忙低头寻找音符，她转身，对着台下狂起的掌声轻唱。

老独的感觉里，为她的戏配乐过程中，充满这样的静点与空白，戏结束后，他回忆，整出戏被她和他静成一段一段的。老独恐慌起来，第一次想起当时台下四乡八寨的人，戏散场后，怯怯问了戏台下的人："今晚戏怎么样？"

那人奇怪地盯住他。

老独脚底发软，转身要走。

"你没听见掌声？少有的好身段、好唱腔。你的扬琴也配得好，难怪这花旦映婵专找王扬琴，哈哈！可惜，扬琴不露面，只有老戏迷才听得出——也不怕，有她那句王扬琴，你老独的名声出去了。"

老独发呆，他不知道那些静点是怎么回事，后来，又一想，那些静点只是她和他的，无人知晓，他胸口疼痛起来。

现在，那双眼睛背过去，背消失在月光里，疼痛剧烈起来，在骨头里四处爬蔓，他弯腰蹲下，疼得瑟瑟发抖。

没了月光的夜里，老独一直听见她说："一起走，走么？"而自己说："我就是弹扬琴……"老独弄不清楚自己是不是只这么想，他对惜霞也是这样说的。

那晚的戏热闹得有些过分，加了场，老独回家时已经很晚了，惜霞坐在床前，见他进去，慌忙拿起阿锐的一件上衣叠着，她说："太晚，阿锐早睡了，怕沾了夜露不好，抱他先回。"以往，乡里潮剧班演戏，她总等到散场，老独从侧台走下来，接过阿锐，两人并肩回家，一路谈论当晚的戏。

"会加场，我事先也不知，你也不先睡。"老独倒着水说。

沉默了一会儿，惜霞说：“你和那个花旦认识？”

老独转过身，惜霞叠着阿锐的衣服，还是刚才那件，他说：“不认得。”

“你的琴好，她耳朵也好，专门点你的扬琴。”

“上次县潮剧团配乐队有事，才用了乡配乐队，这次换我这个扬琴手，或是县戏班的扬琴手有事吧。”老独语调极平。

“都说那扬琴手原是来了的……”惜霞声音低了。

“我就是弹扬琴……”老独声音也低了。

后半夜就一直静着，静得空气都凝固了。

静惊醒了老独，背影早没了，月光随去了，四周黑乎乎的，刚才那一幕比梦还虚幻，老独转身往家里走。屋里静静的，老独希望惜霞未醒过，但他掀开帐子时，知道她醒过了，睡姿变了，面朝里。他躺下，凑近枕边，摸到枕头有一片凉凉的湿意，他想扳过她的肩，给她擦擦泪，告诉她，他就是出去走走。他终没有做，他用力地想，半夜出去走走做什么？走走就回了？他无法圆满解答这些问题。

这些年，老独一直想说：“那晚，就是想出去走走。”终没有说，他知道，那一夜的静已经结成块，硌在惜霞心里。

今晚，再次敲出扬琴之后，老独知道，他该说：“那晚我就是想去走走，不知道会碰到她。”还是没有说，几十年后，他对那句话更没有把握了。

七

早粥刚过，前巷四老叔就来了，接着后巷大乌伯也来了，奔老独而去，秋红愣在门边，嫁过来这么些年，几乎没见过哪个人找老独的。偶尔来的人，有的找阿锐，有的找婆婆，后来，多是找秋红的，这座“下三虎”里的日子是她握了轴转着的。

又陆续来了两三人，都是老辈，都找老独，老独努力动了下双颊，又挤不出一个像样的笑容，只用心煮水、洗杯、沏茶。茶沏好，惜霞说：“喝茶，喝茶。”

几个人附和：“喝茶，喝茶。”厅里只有喝茶声，都喝得很小心，不自在了。

大乌伯突然指向厅一角：“扬琴，老独，昨晚听到扬琴声了。”

惜霞脸色苍白，她起身添水，手指微微抖，终究躲不过。

“是，听到了。”一片附和，几个人围在扬琴前面，掀琴上的布。

“老独，来一曲。”

“来一曲，昨晚细听了，这么多年没听见你的琴声，一点也没走样。”四老叔叹着，他家的后窗正对着老独家大门。

琴被轻轻挪出，摆在厅正中，几个人转头看着老独，虽然隔了这么多年，他们几乎记不清老独说话的样子，但记得他的扬琴声。老独的琴声代表了某段日子，某种生活，听着这琴音，这些老辈人的记忆突然有了某种依托，柔软而温暖。

老独望了下惜霞，她的脸还有点白，但望着他的目光突然放松了，好像是放下什么，顺其自然的样子。老独朝扬琴走去，坐下。

琴竹扬起，落下……

几个老人眼皮微垂，他们看见金河溪水在日光下闪得人睁不开眼；看见溪边竹子被风拉扯着一波一波往远处伏过去，风被染成绿色；看见着花衫的女人斜挎整篮的衣裳，在堤上一扭一扭地走；最后看见戏台上哭着笑着的人世……他们听见溪边女人们唰唰啦啦的洗衣声和嘻嘻哈哈的闲扯声；听见夜里田间水车咕咕的吸水声和男人的喘息声；最后听见花旦映婵弯弯转转的唱腔……

琴竹停下，老独静坐琴前。

良久，有人叹："还是那个味，这么些年什么都变了，老独的琴声还是那样。"

"扛了这么多年锄头，也没把老独的手指磨硬。"

"我看老独心里那把琴一直敲着。"老乌伯说。

"不愧是当年金河乡一把好扬琴。"老四叔说，"可惜乡里潮剧班散得太早。"

秋红想，原来是这样，真想不到不言不语的公公还曾是乡潮剧班的。

"还用说，当年金河乡哪个不知，王扬琴！"

这话几乎随口而出，客厅猛地静了，老独伸手摸烟丝，秋红看见婆婆猛地立起又坐下，腰背哧地像漏了气，直到那几个老辈要离开，才勉勉强强起身相送。

关于王扬琴，秋红没问公婆，一是探听长辈的事不合礼仪，另外她想，过日子便过日子，正常过下去最合适，什么王扬琴李扬琴，最好什么事也没有。她要的是四平八稳，日子没必要拐弯，或弄得花花哨哨，阿芝的事有了着落，这个家的日子就该妥妥当当走下去。但关于"王扬琴"的闲话与故事还是迎面扑来，零零碎碎，像风，躲都躲不掉，像某种气味，拂都拂不去。

听到老独的扬琴曲，很多人想起他几十年前的琴音。当年，四乡八寨看戏的都知道他，因为花旦映婵那句王扬琴，看戏的人用耳朵找过老独的扬琴声。

最特别的不是配戏那段，是戏散后的扬琴声。

戏早散了，戏班的人回临时搭的棚舍歇下，戏台静静地立在池塘前，扬琴声突然响起，水一样在空荡荡的戏台上漫流，接着花旦映婵的唱腔起了。没人听得出扬琴敲的是什么曲子，也没人听得出花旦映婵唱的是哪出戏的片段，琴音和唱词一应一和，像两个人在说话，一会儿是和缓的闲谈，一会儿是急急的争论，一会儿又是莫名的哀叹。棚舍里的人醒了，躺在帐后安静地听着，发现琴曲是即兴起的，唱词也是即兴编的。

王扬琴和花旦映婵半夜琴歌对和的事传出去了。人们提到他们的名字，口气和眼神都不正常，由此衍生出的想象和故事，已无人能说清。

有人把想象延续到几十年后的今天，如果当年花旦映婵没有离开，她和王扬琴的琴唱相和会一直持续到现在么？会是什么样？无法想象。当年，花旦映婵到金河寨这样的小寨唱戏，每请必到，全是因为王扬琴。县团的名旦，乡镇都得三请四请的。金河寨她来了，戏台一开便来。

有人说，花旦映婵自己要求来金河寨唱戏，说想在王扬琴的琴音中唱。这样的话是真是假，已无法根究，只是又有新故事枝枝蔓蔓地生出来，开满叫“花旦映婵”和“王扬琴”的花。

八

扬琴的琴弦再没有松开，老独每天必敲。

开始，琴曲敲起时，秋红或扫着屋子，或烧着水，或摇着水，她当放了录音机，或是开了电视机，听听也还好。可那些故事被一点点剥开时，就不行了，秋红莫名烦躁，她在琴曲里洗碗，手上隐忍了极大的力气，碗捞出来时，灶间里扣出很响的声音，但很快后悔了，阿芝搬走那天，她就想好了，这个媳妇要当像样点。秋红对日子是有安排的，扬琴这样的事，是在安排之外的，她喃喃叫着男人阿锐，说当个媳妇怎么这样难。

秋红极不喜欢那些故事，看着沉默如生铁的老独，她无法把那些软绵绵的故事搭到他身上，那些老辈人说，老独还是“王扬琴”时生得好，比花旦映婵搭档的小生还好，秋红不喜欢听这个，公公眉眼周正，利利索索的皱纹，是正正经经的面相，家长的样子，不是什么小生。但秋红挡不住别人的嘴。还有，婆婆惜霞也让她生疑，扬琴声一起，她就像暗夜丢了手电，慌慌张张，走得又磕碰又小心。婆婆含着什么话，没对公公说，对公公的不言不语她简直没法，可惜不是阿芝，要是的话，秋红早扯她去公公面前说透透的，亏得阿锐是另一个性子，要是承了他阿爸的闷，她都想撞墙了。

秋红走出灶间。老独的琴竹还在起起落落，惜霞抱着阿成，木木地坐在客厅，秋红想起被她扣掉一个角的碗，脸颊热了一下，她对公婆笑了一下，没人看见，她突然涌出莫名的委屈，腰背又疼了，连续几夜睡不好。她不再喜欢往人多的地方凑，人家嘴皮一张，她就感觉会漏出“扬琴”两字，然后，话题就会浸漫开去。

晚饭后弹几曲变成固定模式，碗筷一收进灶间，扬琴声就响起。阿聪看动画片，把声音拼命拧大，让老鼠和猫用盖过琴声的声音追逐。声音在客厅里拥挤、翻滚，阿成在声浪里有时欢喊，有时哭叫，老独的琴音丝毫不乱，耳朵像能过滤，除了琴音，听不到其他声音，秋红甚至怀疑他连琴音也听不见，只沉在某些她弄不明白的东西里。

那天，秋红端着碗筷进灶间，琴音随后响起，她站住了，急走出灶间，抱过阿成，转身出了门，像赶一件耽搁不得的事。出了门，秋红急走过好几条巷，直到听不见琴音，她进了秀丽嫂的门，和秀丽嫂闲话，喝茶。几天下来，这成了习惯。秋红把碗筷收进灶间，带阿成串门，回来时扬琴已经盖了布。

那晚，老独放下碗，蹲到天井边，凑着门檐下的灯泡，细细切起烟丝。秋红把碗搬到天井洗，厅里只有动画片的声音，简单又欢乐。阿聪凑到老独身边：“阿公不打琴啦？”

“阿公切烟丝。”

第二天晚饭后，老独蹲在天井边他最喜欢的角落用心地卷烟。

阿聪走到扬琴边绕了一圈，蹦跳过来：“阿公，你又不打琴？”

“阿公吸烟，阿聪去看电视。”

晚饭后再没响起琴音。

那段日子，秋红吃吃喝喝招呼公婆，极用心，话里脸上都是笑，要不是那件事，她真觉得日子没有扬琴什么事了。

那天，老独从镇上回来，突然从门槛边扑进厅，伴随着一声断喝，不单是秋红和惜霞，扬琴边的阿聪和阿成都没反应过来，因此，阿聪依然拿着琴竹在琴弦上敲打，阿成从椅轿里半立起身，抓另一支琴竹胡乱勾扯琴弦，另一只手握成拳，很欢喜地捶打。老独扑到扬琴前，夺过孩子手里的琴竹，把他们扯开，动作之快之粗，令两个孩子一时没法反应。“这是玩得的么？”老独吼，阿聪哇地哭了，阿成的嗓门也打开了。两个孩子的哭声突兀极了，后半声粘在喉咙里，两张脸立即青紫了，惜霞扑过去抱住，摩挲两个孩子的胸口。

秋红看着老独，瞪大了眼。

“你做什么，这么吓孩子？”惜霞疑惑地看老独。

老独看看琴竹，对自己也疑惑似的，喃喃说：“琴要毁了的，我交代过的。”

“小孩子懂什么。”

老独在琴前颓然坐下。阿聪和阿成还在哭，不依不饶的，秋红默坐，不言一语。老独突然提起琴竹，轻轻落下。一声，两声，曲子缓缓而来。

九

老独的扬琴一般在早上响起。

大乌伯和老洪兄吃了早粥就过来，老独洗茶杯，换茶叶，默坐一阵，老四叔也来了，仍抱着那把老二胡。听老独弹了好几天扬琴后，他想起阁楼角不知哪代留下的老二胡，说：“老了老了，闲下来时无处抓挠，我也弄点消闲消闲。”他把断了弦、满是灰尘的二胡拿到镇上修好，让老独调了音，无事便拉锯一样来回牵扯，来老独这里，二胡是必带的，说要跟老独配乐。

老四叔这样说，大乌伯鼻子哧哧喷着笑："我们这些老家伙来这，就是要听听他的琴音，清清心，你弄这锯石板的声音，像猫抓心。"

老四叔说："谁生来就会，我的二胡跟着老独的琴，孩子学步一样，跟着跟着总能迈几步，迈着迈着路就走起来了。"

现在，老四叔进门就冲老独说："还是来一段？"

老独拍拍衣襟的烟灰，在毛巾上抹了手，朝扬琴走去，老四叔在木靠椅坐下，二胡置于大腿上，摆出好看的姿势。

流水样的扬琴曲中，掺了老四叔磕磕碰碰的二胡声，像豆腐掺了沙，大乌伯和老洪兄牙疼一样滋滋吸冷气。总是跟了几个音节就跟不下去，老四叔手乱了，一牵一扯急切了，二胡吱吱尖叫，他嚷："停一停，老独，给我说说这一节。"老独从未停下，琴竹一上他的手，琴音响起，旋成圆深的洞，他咚地掉进去，再不知琴音以外的声音和人事，老四叔嚷得再用力，老独的琴音没一丝犹豫。老四叔抹抹额角，别别扭扭拉下去，怪异的二胡声让阿成兴奋，他的小鼓敲打起来，啪啪啪咚咚咚……二胡声不像配琴音，反配着阿成的鼓点。

一曲终了，从老独的表情看出他只听到自己的琴音，大乌伯和老洪拍着脑门，说："老四，你这二胡能要人命。"

老四叔摸摸二胡，神色黯然："我不是这料，要是老建兄还拉得动就好了。"

"老独这扬琴他怕是和不上了。"老洪叹。

走到茶桌边的老独又回到扬琴边，用琴竹若有所思地扣出一个音符，接着，曲子缓缓开始，这一曲是给老建的。

老建灰旧的帐子掀开一半，老独坐在床前，高窄的窗口进来灰蒙蒙的亮色，蒙在老建脸上，那张脸又黄又灰，表情模糊。卷了几支烟，老独始终像蒸腾的烟雾般静默，不说病，病人自己早说过，躺一年多了，只望躺的日子别太长。那天，老独扔掉第五个烟头后说："我有扬琴了，阿芝买的。"

老建灰蒙蒙的脸面浮起些亮色，头抬了一下，说："好，早该买了。早买的话，前些年我的二胡也不必那样单音单调的，可惜现在……"

老独点了第六支烟，老建眼神迷蒙了。

老独的扬琴和老建的二胡配起来了。戏前戏后，乡戏班的人朝他们两人点下巴："来一段。"老独望望老建，老建点点头。一个清朗温婉，一个柔韧缠绵……听的人说，他们的合曲能让六月天的日光清爽，大冷天的北风温软。寨里在乡潮剧班的就老独和老建，戏班的人说，有这两双手，才算认得金河寨了。

闲来无事，或老建唤："老独。"或老独对老建点个头。老建的二胡置于腿上，老独的琴竹同时掂起。他们极少对话，别人说他们的嘴长在手指上，声音长在二胡和扬琴上，曲子一响，就是哗哗啦啦一通话，比哪些人说的都多。

后来，她来了，说："王扬琴给我配曲。"县潮剧团来演戏时，乡潮剧班就坐到台下去，除了老独。老独说："老建兄，你的二胡也来吧。"

老建说："点了你的扬琴已经是了不得，县剧团二胡手在的。"

老独默默走了。

后来，有关花旦婵映和王扬琴的故事枝蔓丛生，老独和老建配曲时，老独曲子敲得忧色重重，老建停了二胡，看老独。老独说：“事情怎么这样。”

老建说：“别人的嘴别人的念头别管，要紧的是你自己。”

老独说：“我就是弹琴。”

老建说：“那就弹琴。”

老建有半句话没说，我的二胡该和你的扬琴说说话。那时，老独和老建都想不到，二胡和扬琴会那么多年说不上话。

十

这次，老四叔的二胡搁着，阿成咬着小鼓，很安静，老独的琴曲清清透透。

老独和老建多少年没合奏过了。

那年元宵，戏一演完，花旦映婵就走了，县潮剧团的人回去时脸都灰灰的。老独红包没领，放在县剧团那架扬琴上，当夜回了金河寨。

后来，乡潮剧班有戏，老独便配曲，闲时少动那架扬琴了，就是老建朝他点头，他琴竹下敲出的曲子也总若有所思，老建的二胡声也变得心事重重。

再后来，乡潮剧班解散，老建把二胡带走，他说：“老独，扬琴也该跟着你。”

老独摇头。

老建闲来拉一曲，听起来总落落寞寞，四邻那些年轻媳妇对老建的媳妇说："老建伯的曲子怪里怪气，听着瘆人。"老建的媳妇把这个意思和婆婆说了，老建的二胡就一天天拉得少了。老建躺倒几年前，二胡几乎搁置了，有时，他想拉一曲，调着弦，咳嗽就一声紧一声，老伴说："别拉了，伤神。"那么些年，老建拉二胡时，老独从来不在。

现在，老独的扬琴弹起来了，老建不在，但老独觉得在。

一曲了了，老四叔叹："还是得老建兄的二胡，才配得上老独的扬琴。"想当年，寨里祠堂平日祭祖，请不上潮剧团，也不唱戏，单单是老建的二胡和老独的扬琴和一段，黑压压一祠堂的人就能静得像入了定。

"花旦映婵的唱腔更配得上。"老乌伯自言自语，花旦映婵的唱腔突然从几十年前一唱三转地到面前来。

老四叔点头："那真是少见的好唱腔，好身段，要一直唱下去，不知会唱成什么样的名角。"

惜霞离开茶桌，老独沏茶，眼皮垂着。

人都在外国了，这么多年，孙子该成堆了，还有什么不能说，老乌伯扬高声："可惜一走就没回过。什么海外华侨，回乡做了什么好事我不知，只知带走了个好角，潮剧这些年都败成什么样了。"

老四叔说："也不能怪人家华侨，那样的人，能轻易碰得上的？再说，潮剧早淡了，金嗓子也拉扯不住的，现在后生哪个还听得进潮剧？老独的扬琴和老建的二胡就是有机会再合奏，迷的也就我们这一辈了。"

这是实话，没人接腔。

秋红刚好踏着这段静默进厅，她发觉，那些落满灰尘的故事已经爬蔓进家里，从几十年的岁月里牵扯出来，在眼前的日子里一截截抖落开，腾起呛人的尘雾。

老独突然说："我搬去老屋。"

秋红看老独，看惜霞，看几个阿叔阿伯，然后才听清老独那句话。

"我搬去老屋。"老独又说。

秋红眉梢和嘴角微抖着，不知在控制哭泣还是努力把哭泣挤出来，她说："阿爸……"老独肩背耷拉下去，年轻壮实的身子有了疲软的样子。日子怎么了，这个家怎么了，秋红不知道。

惜霞看着老独，小心又抑制的眼神。

老独说："扬琴搬去，有闲了在那弹琴，老屋空着也是空着。"

秋红说："阿爸，这客厅阔阔敞敞的……"

老乌伯拍手："早该想到了，吃过饭，下了田，闲闲走过去，闲闲敲一曲，日子过到这份上也就足了。"

老四叔附和，话对着老独，脸冲着秋红："老屋清静又干净，我们这些老家伙凑那里正合适，专门作为一个闲点。等我的二胡拉顺了手，再扯上邻寨个把会吹竹笛、会拍小铙的，说不定就凑成配乐队了。"

"老了老了，就指望点乐子了……"老洪说，"明日去打扫，我有茶盘。"

老独按灭了烟："就是这意思……"

惜霞坐下，秋红嘴角努力挂着笑意。

"秋红，怎么不用家里电话？坏了？"阿锐问。

秋红转身，背对杂货铺的李嫂，压低声："阿爸要搬去老屋。"

“出什么事了?”

“阿芝前段时间买了架扬琴,阿爸要把扬琴搬去老屋,说闲时去弹。”

“扬琴?阿爸会弹扬琴?老了想学这个?”

“你也不知?阿爸是弹扬琴一把好手,有许多关于扬琴的事,一时说不清。”秋红说,“他硬要把琴搬去老屋弹。”

“随他,阿爸一向这样,就图清静,老了老了,性子愈加孤僻了。”

秋红松口气:“你知就好,我是想着住了这些年新屋,阿爸反搬去老屋弹琴,说出去不好。”

阿锐笑了:“什么不好,又不是分开过。你持这个家,我放心。”

听到阿锐后一句话,秋红耳边烘烘地有些热。

扬琴搬去那天,老屋很热闹,老辈的说,有耳福,又能听王扬琴的曲子。小辈的问,王扬琴是什么?他们缠老独立即弹一曲。

老独弹了极轻缓的一曲。

后半段时,有小辈打起呵欠,说声音倒是好,就是没词,听久了困。他们拿琴竹好奇地碰碰弦,听叮叮咚咚响一阵,终觉得不如四大天王歌喉的百分之一,陆陆续续离开了。

有老辈就叹:“现在的后生人懂什么?坐也坐不住,多少好东西就这么扔了。”

老独眉目散淡,静静沏茶,日子早变样了,老辈也不定听得下去了。他没说出口,就算说出来,恐怕老辈人自己也不承认的。他想,扬琴是我自己的事。

后来,金河小学的校长说,扬琴不只是老独个人的事。

十一

几十年的沉寂后，王扬琴的名声再一次张扬了，如一个声响脆亮、笼着烟雾的物件，又引人又神秘。金河小学将有一场大型文艺表演，校长要老独的扬琴上表演会，为文艺表演增色。

老独摇头，他低头点卷烟，校长递来的过滤嘴香烟放在桌角。燃了烟，老独说："喝茶。"伸出的手掌心朝上，很恭敬了。校长虽是小辈，毕竟是金河学校一校之长，代表了四乡八寨最黑亮的墨水。

校长也伸了手，也掌心朝上："请。"老独是长辈，曾经是"王扬琴"，代表了某段岁月的辉煌，敬他就是敬礼节。

校长说："王阿叔，扬琴是现成的，曲子任你选，你就当是在这屋里弹。"

老独说："扬琴是闲来耍着的，是我自己的事，不去众人面前现眼了。"

校长立起身，他四十多岁，比一般人高点壮点，站起来时不自觉带了一股豪气，他目光扬上去，下巴随着稍稍抬起，一只手也扬上去，话有些滔滔了，他说，老独不单单代表他自己，他代表的是一种回忆、一种文化，代表了历史的某个片断、某些让人怀念的东西，让他去文艺表演会弹扬琴，已经不是单纯的弹琴，而是一种传承，是对文化的献礼，特别对几乎不认识扬琴的孩子们，是一种最好的教育、一场高雅的熏陶。

年轻的校长双眼燃烧着一种叫激情的东西，双手搭在桌面上，朝老独倾过身子："王阿叔，建校三十周年，你也算见证人，这段历史和记忆由你的扬琴来诉说，此外还有什么更合适的？"

这些话，年轻的校长还对别人演说，一次比一次激情，老辈人想起当年老校长述说花旦映婵时他眼里那些云里雾里的话，说，老校长会说，后生校长更会说。

面对年轻校长的激情，老独吐出的烟雾安安静静，他说："校长，喝茶。"年轻校长出门时，在门槛边转过头，看看屋里盖着花布的扬琴，看看喝着茶的老独，说："我喊一个人来，王阿叔就会去了。"

老校长来了。

年近九十的老校长站在老屋门边，老独扑出去迎。老校长摇晃着烁烁发白的头，声调清朗："去，弹一曲。"

老独说："怎么要烦老校长专门来。"

老校长扬起爬满老人斑但斯文如指挥家的手："嫌我老了？我两条腿还行，怎么叫专门？我闲时都要来听听的。弹琴。"他坐下，一只手搭在大腿上，准备打节拍，老独掀开扬琴上的布。

老独琴竹停下时，老校长眼微眯，朗朗作声："清风明月，泉语河声，急缓自如。好，还是那个味，若再配上当年那个唱腔，那个步法身段，就绝了。"

老独说："闲来耍耍。"

老校长猛睁开眼："怎么是耍？是精神财富。三十年前，金河小学第一次开学典礼有你的扬琴曲，建校三十周年文艺表演，你的扬琴曲能少？三十年前听过扬琴曲，还在人世的，会来。"

老独将在三十周年表演会上弹扬琴，呼应三十年前那场演出。

消息很快传开了,小辈的好奇和老辈的期待让老独的扬琴未弹先成曲,在无数人的想象里幻化出无数曲调。

老独坐在台中,琴竹掂起。台下,孩子们探长脖颈,由坐着变成半蹲、半跪,老师们守在四周,用威严的眼神把一个个跃跃的脖子身子瞪老实了。嘤嘤嗡嗡的声音响起:那个就是扬琴?声音很怪么?我知道,潮剧里就有。骗人,我在潮剧里没看过。傻呀,是听的,躲在幕布后敲,戏子在台上唱。阿公说弹琴的王扬琴,把人也弹成扬琴了……

咚——

叮咚——

台下寂然无声,呼吸静在胸口,孩子们半仰着脸,微张了嘴,像朵绽放的牵牛花。琴音缓缓走了一阵后,有些仰起的小脸低下了,等琴声猛地急切起来,那些小脸又闪过一丝兴奋,往台上仰探,琴音再次和缓,这一次,缓到极点,拉得特别长,有孩子细声说:“怎么总这样?”很多孩子这样想,东张西望起来,老师们站起,目光扫过一片又一片,但喳喳喳的声音已经蔓延,像成群的老鼠在啃东西。

老独被琴音带着,急速后退,退回三十年前的开学典礼,花旦映婵舞着,唱腔和水袖舞动飞扬,琴音和唱腔扭成一股,以烟的形态变幻缭绕。

琴音又急,孩子们的喳喳喳声愈来愈密集。

三十年前,老校长亲自写的唱词,老独配的曲子,她自己设计的唱腔、身段,从那以后,他们便即兴配曲了,曲子以柔缓为多,一叹三回。

琴音变得淡而慢,孩子们坐姿和声音都凌乱了,老师们的目光无能为力了。前排是有头脸的长辈和建校那年出了力并一直出着力的华侨,他们中有些脸往后转,老校长桌面上的手指在微微发抖,年轻的校长起身,绕全场转,目光很凌厉,扫过学生们,也扫过教师们,一圈下来,喳喳声沉淀下去,但他一坐下,喳喳声又一层一层地浮起,细细碎碎。

琴音静下。

松了口气,包括两代校长,包括老师们,包括所有的孩子。

琴竹仍掂着,老独看到她拧过腰,浅笑着:“再来一曲。”老独的琴竹再次提起,另一首琴曲响起。

所有的嘴巴张开了,前排的嘴很久没合上,后面孩子们的嘴控制不住了,扬琴曲被吵闹声弄得零零落落,碎片满地。

十二

那天,阿芝从镇上回来看表演,她在老独第二首扬琴曲接近尾声时,随报幕女孩上台,把老独扶下去。她本来有个想法,“六一”让阿爸到自己任教的小学也弹一曲,扶老独下台时,这个想法消失了,甚至想,当初给阿爸买扬琴或许是不该的。她看见阿妈远远站着,缩着脖子缩着肩,秋红早不见了,阿成被她抱走,阿聪和阿虎也被她带开了。

老独在老屋弹,老辈人陆陆续续随了来,除了大乌伯他们几个,又来了一些,空落多年的老屋热闹了。老校长没再来,他躺倒了,文艺演出后,他不出声地走回家,抖抖颤颤爬上床,说:“教育,三十年的教育！还不如当初在几间猪棚里学到的。”

年轻校长垂头立于床边，说：“那年要不是老校长牵头，动员四乡八寨有华侨的人家，金河小学立不起来，那几间猪棚不定还立着羞先人。”

“学校就建了个壳！带出这样的孩子。”老校长指关节在床沿咚咚响，混浊的老眼溢满自疚的湿润。

老屋有阿芝备的茶叶、香烟、新茶盘茶杯，她说：“阿爸，这才是弹扬琴的地方。”老独沏茶，弹琴，几乎不说话。来老屋的人多了，总有些招呼要打，有些事情要打听，有些心事要诉说，他们说他们的，老独静着。老屋好，都是同一辈，暂时没有烟烟火火要操心，没有小辈要顾忌，自在了。

后来，老独的扬琴曲弹到缓淡的一段时，有人问了句日子里的话，有人低声接嘴，话题就一言一语地撩拨起来，说得很投入了。老独的琴音猛地拉高，凑得很近的几个头猛地错开，呆愣地看看老独，尴尬地擤擤鼻头，他们突然悲哀地感觉到，“王扬琴”的扬琴曲再好，还是忍不住要分神，老了老了，反没了后生时那份沉静。想到此，他们不再细想，特别是当某个人提起“六合彩”时，那丝悲哀已经没了痕迹。

特码，连码，散码，赔率……这些词鼓荡着人心，他们细数那些一夜暴赢的人，由一些数字推算出的某种规律，从某些预示里猜测出的生肖，在对上一次失误的痛心疾首中对下一次满怀信心……

扬琴音淡成背景。

老四叔端着茶，对老乌伯摇头，不像样。但放下茶杯时，他鬼使神差地想，特码一赔四十，确实惊人，他吓了一跳，偷眼看老乌，老乌蹙着眉，也走神了，老四叔感到某种无能为力。

几个月前，老独的琴音还让人痴了一样，才几个月，“六合彩”已匀匀搅在日子里，几个月的东西挡在几十年岁月前，又霸道又理所当然。谈到兴起，互相招呼，喝茶，喝茶。有人朝老独招手，你也歇歇，喝口茶。

琴音不断，老独不抬头，不歇，不回应。谈话尴尬地静了片刻，琴音清朗片刻，但很快化解了：“他魂散在琴声里了，别管他。”

谈话声又热烈了，最炙热的部分依然是关于“六合彩”的。听到某人昨晚用一只猪仔的钱赢回两头肥猪时，大乌伯彻底忘记了琴曲，拍着大腿：“现今的日子是烧着过哪，哪个坐得住。”

隔壁老珍婶来了，抱着两岁的孙子，孩子哭得只看见嘴巴。

“怎么哭成这样？老珍婶，也不哄哄。”老四叔两掌扣出极响的声音，逗着孩子，孩子身子乱扭，哭得愈用力。

老珍婶说：“哄不住的，找老独伯想想法。”她凑到扬琴前，暗影和哭声朝老独兜头罩去，老独终于抬起脸，表情未及从某处归位。

“老独兄，劳神了，想想法，孩子从未这么哭的。”老珍婶拍着孩子的肩背。

老独放下琴竹，说：“老珍婶，怎么？”伸手想探探孩子的额头。

老珍婶闪了一下：“老独兄，托你福天天听扬琴曲，可耳朵也该有歇歇的时候，孩子在梦里翻来翻去，躲不开这声音，刚歇一会儿，孩子眼总算合上，琴声又飞了，哭哄不住了，除了老独兄，哪个有法呢？”

老独拉布盖上琴，抓了把奶糖放进孩子怀里，抚抚孩子头顶：“老伯不像话,以后不会了。”

老珍婶抱着哭声渐小的孙子出门时,屋里极安静,老独端起一杯茶,不出声地喝。老独一来,话题就散展不开,大家谈了一半的话搁在半空,哽在齿间,开始有擤鼻声、清喉头的咳嗽声。老独是属于扬琴的,谈话不属于他,他不买“六合彩”,是金河寨极少数不买的人之一,儿子阿锐包工程,他有几个钱的,但不沾“六合彩”,也不谈,这就让人觉得出了尴尬。现在,谁碰到谁都要谈谈“六合彩”的,谈得自在又投入,因为彼此彼此,只有老独不彼此,他们在他面前说不出“特码一赔四十,中三连码赚大钱”之类的话。

十三

老建走了,躺了两年之后。

接到报丧时,老独下田刚回,肩上的锄头滑下来,灰发零乱,目光零乱。

几天前,老独坐在老建床前。

老建说:“前两天去学校弹琴了?”

老独摇摇头:“别提这个。”

老建极轻地呼了口气,他想得出是怎么回事。

老独说:“过去的东西了。”

“过去了。”老建说,“对了,三仔前些天让木匠陈做了张木椅,到时安上轮子,闲时推我去晒晒日头,我第一个想,到时推我去老屋,听听扬琴曲。”

老独在病床前转圈，然后猛地停下，低头凑近老建："椅子什么时候到？"

"多不过十天八天吧。"

那天起，老独就想好了，弹哪些曲子，到时让老建想想，用二胡怎么配，他一次次擦扬琴，调弦，但老建没挨过这十天八天。后来，椅子来了，上了清漆，老独手搭在椅背上，对老建的三仔说："去的前几天，和他说话还好好的。"

三仔哽咽："阿爸脑子一向是清楚的，就是身子坏了，这么躺着才是受罪。"

老独的扬琴进祠堂时，整个金河寨的眼睛都睁大了。老独要在老建灵前弹扬琴。回过神后，老建的儿女把扬琴放在白帐布外，对老独弯腰点头，阿爸和老独伯的渊源，阿爸生前的心愿，他们多多少少知道一些，但老独这么做，他们想不到。老独摇摇头，他要把扬琴放在白帐布后，棺木旁边，看着老建弹。

所有眼光木愣在老独身上。

老建的三仔最先走过去，帮老独搬琴。

老独家的"下三虎"大门紧闭，阿聪被规定在客厅看电视，秋红在里屋，趴在梳妆台上，背对惜霞，话带着怨怨的哭腔："阿爸这是做什么，又不是丧事锣鼓队的。"她实在忍不住。

惜霞搓着手："你阿爸就和老建伯走动得多，以前同在乡潮剧班配乐队……"

怨不得婆婆，秋红的怨艾还是很明显："阿妈也不说说。"

惜霞手掌捂住脸，抹了一遍，好像这样就把事情抹掉了，一辈子都这样，她不知还能怎么样。

秋红抽泣响了："好就好，上个香，叩个头，多包点礼金，就是学孝子孝孙狠哭一阵，还是好名好声，做什么去灵前弹扬琴。"

扬琴响了，轻、缓，从白帐布后出来，人莫名地感觉琴音带着灰色的凉意，灰凉的琴音变成丝状，在大热天里渗进皮肉，让人发颤。守灵的子孙也出来了，白帐布内只有老独和老建，加上扬琴曲。这一首扬琴曲真长，反反复复，弯来绕去，絮絮叨叨，像老独和老建低低的言语，又像老建的二胡和老独的扬琴相和相缠，老独把老建的二胡调好，和扬琴一起带到白帐布后了。

老独用琴竹说，老建，都走了，你走了，她也走了。

老独看见她站在面前，满身月光，说："走，一起走……"或许，老独那时真没想到她走得那样彻底。老独说："老建兄，比你还彻底，以后清明还能给你弹一曲，要给她弹都不知朝哪个方向。"

元宵戏最多，那年元宵，花旦映婵的唱腔和王扬琴的扬琴曲成了最耀眼的烟花，在四乡八寨上空啪啪开放。在乡里配完最后一场戏，老独就回了，花旦映婵随县潮剧团回，有个华侨没有回，这是一个老华侨的儿子。

老华侨的儿子一头扎进花旦唱的故事里，在她的目光里无法回神，他跟住县潮剧团，跟到县上，一直跟到花旦映婵家，对映婵的阿妈说："把她嫁给我。"年轻的华侨斯文修长，痴醉的表情让他与众不同，映婵的阿妈竟无法摇头，只是看着映婵，然后看那个年轻人，做阿妈的突然想，太远，可这样的女婿少见……

不久，老独就听说，花旦映婵嫁了，嫁给某个华侨的儿子，去了遥远得无法让人相信其存在的外国。再后来,又听说花旦映婵的阿妈也走了,去她所在的外国,那个家就像凭空消失了。

当年,如果走……想到这,老独就很努力控制自己,人世能指望什么如果?

白帐布后的琴音一度低缓得要停下了,但始终不断,缓淡一段后重新变得柔婉。几乎整个金河寨的人都来了,或坐或站,琴音织成巨大的网状,把人们网住,他们感到压抑,做阿妈的把小孩赶开,让他们远远耍去,愈远愈好。老建的儿女几次想走到白帐布后,终没有进去。老独的琴音绵绵不尽地绕出来,日光从祠堂的门槛边爬到香炉上,再老资格的潮剧迷也听不出弹的是什么曲子了,有人说是老独心里的曲子,有人头皮发麻了,这个老独,不言不语,心里装着这么多东西。

就在人们觉得琴曲无穷无尽时,琴音戛然而断,静默一片,外面的人呆了呆,老建的儿女怯怯探头进去,老独半伏在琴架上,琴竹在手,随手指微微颤抖,他对老建的三仔说:“扶我过去看看。”

“好,老建兄笑了。”老独朝棺材里看了一眼,说。

老建的儿女脊背发凉,棺材里的阿爸,脸上盖着厚厚的纸钱。

十四

老屋很清静了,老独独自弹琴,琴音清朗干净,这是老独耳里的琴音,外人听到的琴音是凉滋滋的,自老独在老建灵前弹了曲子后,他的琴音就带了凉意,有人说是灰色的,像缺了日头的天,有人说是白色的，像祠堂为灵魂挂的白帐布。

没人来听老独弹琴了，愈是老辈愈不想来，琴音一起，他们就看见白帐布在眼前晃，老独的琴曲是弹给老建听的，老建在坟里远远用二胡和着。

老独进了老屋就关门，关窗，弹琴。有时，整半天时间，琴音一直没断，有些是潮剧唱段配曲，更多的是没听过的曲子。潮剧唱段的曲子还好些，老独一弹那些无人听过的曲子，人们便说，这是什么东西，掏心掏肺，要把日子挖光了。

那天早上，老独进了老屋后，琴声一直响到午饭后，曲子往下落，缓到让人误认为要结束的时候，突然又往上爬，愈来愈用心，愈来愈有力。啪啦一声，后窗碎了，一颗拳头大的石头穿破玻璃撞进屋，一声巨响后是纹丝不动的静。黄昏时，老独开门出来，门外没人，但他知道，身上沾满成团的目光，眼睛都在暗处。他一步步走回“下三虎”，步子歪斜，肩背往前缩，像脖子上挂着重物。

老独还是天天去老屋，还是关门，关窗——包括失去玻璃的后窗，但没有琴音了，老屋整天静着，三餐时间一到，老独出来，表情淡然，卷着烟或掏着烟丝。

孩子们的好奇心被静撩拨得厉害，那天，他们用肩膀把伙伴托高，扒老屋的后窗。上去的孩子往窗户一扒，木住了，看了好一会儿，慢慢往下滑，脸上纷飞着不可思议的表情。一个过路的大人揪住要往上爬的另一个孩子，孩子指指窗口：“看里面。”

大人搬来两块土砖，站上去往里望，一动不动了，藤一样半吊在墙上。老独在弹琴，手掂琴竹，没看到扬琴，琴竹敲打着空气，眼半眯，胳膊带着琴竹或急或缓或起或落，带着头脸或点或摇，日光从窗口进去，落了老独满身，他落在地上的影子夸张地变形着。大人挡了一半日光，老独没察觉，寂静的琴音在他周身缭绕，化成烟雾，罩得他整个人模糊不清。

大人默默下来，孩子们满眼恐慌："老独疯了。"

窗口后的秘密都知道了。秋红又去小卖店挂了一次电话。

阿锐回来了，去敲老屋的门。

老独说："工程结束了？不是说这次是大工程？"

"工程做着，还得两个月。"阿锐盯住老独看。

老独说："那你回来做什么？"

"阿爸，跟我出去走走，一辈子没出门走过。"阿锐说。

"出去做什么？"老独缩了缩身子，"我在家里好好的。"

阿锐笑了："看看外头的世界，反正闲着也是闲着。"

老独有些生气："你扔了工程回来，这是做什么？"

"工程上了轨道，走开几天没事。我带你出去，陪你四处走走，让阿妈也去。"

老独卷烟。

"我现在做活的城市是旅游城市，景色比电视上还好看，我包的工程也是一个园林的一部分，工地都有花花草草的。"

老独说："我好好的，你做什么？"

阿锐低下头，老独想叹气，终把叹息含在喉头，只喃喃着："你们懂什么？"

十五

阿锐走了，阿芝来了，她一进老屋就四处找，问：“阿爸，扬琴收起了？”

“坏了。”

阿芝说：“镇上老茂乐器店的老师傅会做乐器，让他修修。”当天下午，老独带了扬琴随阿芝上镇子。

老独在镇上住了几天，那几天，除了晚上回阿芝向男老师借的宿舍休息，其他时间都待在老茂乐器店，或一件件细看乐器，或看老茂修扬琴，或琢磨老茂那些做了一半的乐器，有时，连中午也买面条和老茂在乐器店吃，说些关于乐器的话。有时，老独一恍惚，老茂变成老建。

扬琴修好那天，刚好周末，学校大门紧闭，阿虎在操场耍沙子，宿舍前的走廊一片树影，清凉地安静着，老独说：“阿芝，我给你弹一曲。”

琴音袅袅，在枝叶间缭绕，叶影微晃，像琴音走动的痕迹。阿芝想，这样的琴音无法在闹处落脚，也只有这样的闲静才听得入心。抬眼望去，空旷的操场，旗杆的影子瘦长地横着，阿虎靠了密密的九里香蹲着，显得那么小。阿芝思绪飞了，绕着某些事某些人，那些人事与阿芝的命纠缠不清，平日，她把这团纠缠不清的东西塞在某个角落，塞得又密实又隐蔽，以为忘掉这团纠缠，日子就那么过去了。这团纠缠一直在，现在，一线线牵扯出来，四散飘飞，收也收不住。

阿芝要随那个人走时，老独不知为什么没有拦彻底，他知道惜霞看着他，阿锐和秋红也看着他，阿芝性格硬是硬，但听他的话，只要他口气硬一些，好好说一说，她至少会再想一想，至少不会那么急，或许她走的就是另一条路了。

老独没有，他看着阿芝，莫名其妙地听见那句话："一起走，你弹扬琴我唱腔……"花旦映婵的眼神暗了，背过身去，一点点远了，他突然对阿芝说："真的想随他？"

"就随他。"

老独点点头："真想做什么就去做吧。"

惜霞、阿锐和秋红都愣了，看住老独，满脸迷惑。

那人和阿芝并肩走进"下三虎"时，老独心就往下一沉，他借口找茶，上了二楼，在窗边坐下，想理理头绪，找出不自在的缘由。毫无缘由，那个人对所有人笑着，眉是眉眼是眼，和阿芝站在一起，让人想起金童玉女。

不单是老独，家里其他人对那个人感觉都不好，除了阿芝。秋红说："不是过日子的人。"秋红话直了些，老独却觉得多多少少说出了自己的感觉。惜霞说："阿芝，再想想。"阿锐摇头："我在外走动，看的人多了，这人目光不正。"

他们看老独，老独沉默了一会儿说："我的意思，别走得太近，这事不急。"

阿芝还是和那个人走得很近。那个人又来了几次，话多了，他话愈多，老独话就愈少。老独对阿芝说："我还是那个意思，这是大事，再好好想想。"阿芝有些沉默，从小到大，阿爸的话极少，她知道阿爸不是随便说的。

有一段时间,阿芝真和那个人疏远了,但那个人靠得愈紧。阿芝那样把雨当成珍珠的年龄,面前那样的眉眼盯着你,那样的嘴巴说着那样的话,那样修而壮的胳膊揽着你,能看清楚什么,她对那个人点了头,随他走。老独本该好好说说的,阿芝需要他的帮助,甚至需要他一点强硬的阻拦,他没有,他竟说出那样的话:“真想做什么就去做吧。”

阿虎起身跑来,摔倒了,阿芝思绪断了,高喊:“阿虎,看路!”

曲子渐渐缓淡,老独停下琴竹,阿芝捧了杯子走过来:“阿爸,喝杯黑豆水。”

老独没接杯,说:“我下午回去。”阿芝有了自己的日子,她的日子跟扬琴无关。

阿芝低下头,她知道,自己听的扬琴曲和阿爸弹的不一样,阿爸的音符是片密林,她最多立在林边,感受翠色,都不敢进林子的,进了许会迷路。

十六

最近,金河寨有人半夜听见扬琴声,从远远的田间传来,淡得像夜色。日间说起,被人多问几次,又犹疑了,不知是不是自己胡想,或是做梦,近年来乡寨很少请人演潮剧了,有也不会在半夜。然而,接连几夜感觉到这烟一样的声音,耳朵不能用力捉,一捉就没了,半睡半醒之间,那声音反而真切起来。隐隐听到琴声的人有好几个了,人们很快发现,这些人大都住在寨子外围,一点点犹疑的碎片凑一起,愈来愈近事实。

老独的扬琴修好后仍搬回老屋,但没听见弹了,甚至很少见他去老屋了,他仍然下田,去烟叶地,或侍弄几棵老橄榄树,人们不知该不该怀疑他。

老独的扬琴在老橄榄树下,老橄榄树长在靠田的斜坡上。夜深,风凉,日间的灰尘重归地上,烟火气被叶子吸收干净,月光极其清澈,老独坐在扬琴前。掂起琴竹,老独觉得身子透明了,月光一样又清凉又洁净。

琴音起,在风里弹跳,闪烁着低调的亮色。

月光在她的身段和水袖上流动,成了舞。老独弹新谱的曲子,她听了一小段,点点头,两只蓄满月光的眼睛漾起一层纹,启了唇,与曲子相配的唱腔出来了,老独听着,若有词若无词,他点头,就是这样。身段与水袖随着配起来,月光一样自然,风一样柔软。像早已配过无数次,他们的曲子与唱腔总是这样随心而出,有时,是花旦映婵唱腔先起,轻轻哼几句,水袖甩出去,老独的琴音就起了。

弹完一曲,老独总要呆坐一段,他常常无法确定自己在哪段岁月,月光下的她是真是幻。他们白天配戏里的唱曲,但更喜欢自主配曲配唱腔身段,只能在夜里,远离所有目光,因为他们无法向任何目光解释他们的痴迷。

老独说过,他只是自己弹扬琴,但那种时候,他为自己弹,也为她,或者说为她那样的人。她也是,为自己唱和舞,也为他,或者说为他那样的人。当那个年轻的华侨随到她家,指出日子的另一种可能性，她突然梳理起原先的日子，最后剩下的东西是：自己的唱腔，戏台上的水袖，他的扬琴声。

日子有了两种可能，花旦映婵当天就离开县城，对年轻的华侨说，她去证明一种日子，再决定另一种日子。她住在金东寨女戏迷家，和金河寨隔着一片田和两个池塘。

那几夜，月一起，花旦映婵就走过田间小路，走过池堤，在金河寨外那片田间长久站立，她相信王扬琴会来，她有水袖的味道，他有扬琴的味道，这两种味道是认得的。他出寨走走那天晚上，花旦映婵已经站了四夜，她几乎习惯了默站到天半亮，一无所获地离开，当他惊讶地走近她时，她几乎反应不过来。

他问："你怎么来了？乡里请戏？"

她要说的有那么多，可只说了那句话："走，一起走，你弹扬琴我唱曲……"

看见他的表情，她突然想，琴音和唱腔配得或者并没有想象中那么好。她知道该解释的，但不想解释，如果需要解释，她的唱腔身段和他的扬琴还彼此需要么？有一瞬间，她胸口极痛，以前的日子正从身上撕离，她得接受另一种未知的日子。

她原先想好了，只要他点头，她就唱戏，一辈子在故事里唱，在故事里舞，带着他的琴声，把这辈子唱成一个故事。他们走，只是唱戏和弹琴，这本身已经是一个故事，她会对年轻的华侨摇头，说她要故事，不要日子。若他摇头，她便随年轻的华侨走，将日子过得风生水起，把故事丢个干干净净，远离所有的唱腔、身段和琴音。

他发愣，听不明白么？如果他摇头，她还知道他明白了。

她背过身。

王扬琴的故事又传开了，深夜的琴音，橄榄树下的身影，都是故事极好的种子，在人们的想象里发芽，长叶……与几十年前一样，故事或细节丰富，或框架模糊，或离奇或悠长，与几十年前又不一样，现今主角只剩下王扬琴一个，几十年前的故事与几十年后的故事碰撞、互补、交织，变成一出漫长的戏。

听见老独出门的声音，惜霞起身在床沿默坐，老独的琴音变成丝状，带了黏性，整夜在她周身缠绕，缠得她喘不过气，缠在身上的每一丝都喳喳作响，说着某个故事，没有一个故事是相同的。她抱住头，决定和老独好好谈一次，让他把真正的故事说出来，这事拖了几十年，她觉得再拖不下去。

秋红醒了，作为媳妇，能不能问关于扬琴的故事？这个家的日子已经在那团乱麻样的故事里磕磕碰碰了。

老独已经分不清楚，哪些故事是真实的，不管是几十年前的还是几十年后的，他甚至无法确定是否真有过故事，或者算不算故事。

那晚，天大亮，老独还未回，他一直没再回。找他的人看见了扬琴，端放在橄榄树下，他们找遍四乡八寨，找到镇上、县上，贴寻人启事，在县电视台发布告，一直没找到。

据说，现在那架扬琴还在老独家的橄榄树下，他的家人还在四处寻找他。

延　续

一

自己接下来的日子，就在这协议里，由他们这样摆在桌面上，商量、安排，规定成白纸黑字。王若雅呆呆地想，充满奇怪的虚幻感。她的手轻轻挪到肚子上，固定在那里，好像这样能找到支撑的力量。

屋里的人分坐在桌子两边，那边是李六丁李七丁兄弟，王若雅始终不习惯把目光留在李七丁脸上。王若雅在桌子这边，挤在母亲和丈夫陈实中间，她不知道还能不能称他为丈夫。陈实另一侧是他的母亲，不知道还算不算自己的婆婆。桌面摆了两份协议，一支笔，一盒印泥。王若雅不想看这些东西，侧过脸，却看见旁边茶几上的结婚证书，她猛地挪开眼光，眼睛还是剧烈地疼痛起来。她垂下头，闭上眼，那张结婚证在面前晃，不单挥不掉，还翻开来，清清楚楚展示在面前：李七丁，王若雅，还有他们两人的合影。王若雅把拇指握在拳里，指甲死命抠着手心，控制自己不跳起来，不大喊大叫。

你们看看，若是没问题，就签个字，印个手印。陈实的母亲说，都是按之前谈好的写。说完，她偏过头看看王若雅的母亲。

王若雅的母亲点点头,是表态的意思。

李六丁把协议拉到面前,细细地看,鼻尖几乎触到纸面,让人怀疑他是否全都看得懂。

李七丁安静地坐在一边,耐心等待哥哥李六丁的答复,好像哥哥就是他的家长。

李六丁又抬头看看陈实和王若雅,似乎他们也得最后表个态。不知为什么,王若雅该点头的,一切都说好的,但她就是点不下头去。丈夫陈实看了她一眼,又极快地掉开目光。王若雅猛地想到"离婚"两个字,它们像喉头的两根刺,使她无法开口,无法安生。离婚证压在她提来的箱子里,带着这本离婚证和这个箱子,她有家不能回。陈实像是下了很大的决心,在桌底下握住她放在肚子上的那只手,紧了紧。等她抬头,就迎住她的目光,是鼓励和打气的意思。但他经不起她的直视,迅速地缩回目光,握着她的那只手也一下子变得软弱无力。

该陈实签名了,他像得了借口般,很快放开她的手,把手伸到桌面上。拿起笔时,他看看自己的母亲,又看看王若雅的母亲,两位母亲都下意识地偏开脸,似乎他要写的是密码,其他人该避嫌的。陈实放下笔,重新细细看起协议。他突然想起路上两位母亲一再交代的话,她们叮嘱,那件事该再说一次,交代清楚的。是要他开这个口么?他求救般地看看身边的人,除了王若雅,没人看他,但他不敢看王若雅,怕再看一眼,就提不起笔了。

妈……他喊自己的母亲。她是代表自己和父亲来的,可她不开那个口,全部推给陈实。他突然不敢开口喊王若雅的母亲了。

陈实喉头发烫，咽了一阵唾沫，终于哑着声说，若是女孩……

放心，若是女孩我来领养。李七丁突然接口，我原本也想抱养一个的。李六丁惊讶地看了弟弟一眼，很快笑了，附和着点点头，对，若是女孩，就算我们李家的孩子。

陈实不为人知地松了口气，两位母亲也不为人知地松了口气，王若雅抚住肚子，感觉眼泪已经逼到眼眶。她知道他们的意思，事先B超检查，若是女孩，就流产。都是这想法，但没人愿开这个口。王若雅抬起头，看了李七丁一眼，她想对他笑笑，就是为了她可能有的女儿也好。

来之前，双方家长就和陈实商量好了，这一条是定要说清楚的，因为这些话不好写进协议，协议里只有简单的一条，直到生男孩为止。免得到时横生枝节。

当然，关于女孩该怎么处理，之前陈实是和王若雅商量过的，王若雅把目光和声调都变成尖锐的刺，扎向陈实。陈实任她扎，扎完了摊开手，问王若雅，那怎么办哪？都走到这一步了。王若雅捂住脸大哭。两年后，陈实就后悔当时对王若雅说那些话了。也许在他对他们可能有的女儿说出“处理”两个字时，王若雅心里已有了难以察觉的绝望。

协议已签好，他们该走了，王若雅将留下，和她的箱子。李六丁李七丁挽留他们，既然来了，吃过午饭再走吧。好像他们是李家一群亲戚。陈实极快地摇头，不了，不了，单位还有事。他无法想象面对李七丁和王若雅吃饭。陈实和两位母亲站起身，将往门外走去，王若雅顿时像被丢弃的孩子，充满巨大的恐慌和无法言喻的孤独感，她想冲上去抱住陈实，对他说，她不想这样了，让一切见鬼去吧，日子好好的，做什么要弄这些花招。他们不是有了小秋了么，女儿就不是他们的孩子？这时，陈实转过脸，无声地看着她，她一下子失去拥抱的欲望。

这段时间，她不止一次地问他，真要这样吗？有必要么？你不觉得太荒唐了吗？有一天，我们会不会无法面对这段日子？

他一直不正面回答她的问题，只说，若雅你配合一下，都是为了我们的将来，为了我们的孩子，这是最保险的方法了。

她极想问，什么样的将来？说到底是为了他的将来。在他眼中，小秋不算真正的孩子？她不明白为什么会有这种想法，包括她的父母和他的父母，在他们心里，什么才是最重要的？他们心里最深处有着什么样的念头？开始听这个计划时，她的父亲大骂，荒唐，这算什么事！她充满安慰，至少，父亲是和她一起的，但慢慢地，父亲也不开口了，他不点头，只是保持沉默，他到底是怎么想的？还有陈实的父亲，自始至终，似乎与这事无关，他用置身事外保护自己么？这些问题让她恐惧，像一只只苍白的手，从未知的深渊伸出，揪住她，把她往暗黑的深处拉扯。

看到那所谓的计划已着手进行，她扭不过的时候，曾对陈实说，要不名义上程序上做做样子就成，她可以住回娘家，她父亲母亲正嫌家里太空，没人作陪呢。王若雅的母亲也是这意思。陈实摇头，既要做就得做得像，现在闲着无聊挖人私事的人太多了，还是保险一点好。他说服王若雅的母亲，用他的话说，要做到天衣无缝。是的，他总是能安排得天衣无缝，朝他想要的东西准确地伸出手，朝想去的地方照直前行，丝毫不差。

他们都出门了，李六丁李七丁送出去，王若雅也跟出去，她迷迷糊糊的，不知自己是被送的还是要送别人的。她扯着母亲的手，一路跟着，没有停下的意思。一行人默不作声走出寨子，绕过几方池塘，走过田间小路，眼看要拐上大路了，看得到陈实放在大路边的车了。

好了，就到这吧。不知谁说了一声。

王若雅脑里嗡的一声，失声喊了声妈，直直看住陈实。

陈实低下头，向她走来，轻轻拥了她一下，说，我会常来看你的。王若雅突然有把他腮边的肉咬掉一块的冲动。

陈实的母亲走近来，点点头，若雅，阿实会常来的，都说好了。她看看一边的李六丁和李七丁，他们也点点头。

王若雅知道婆婆的意思，这期间，陈实可以来看她，当然要瞒着城里所有的亲朋好友。这个寨子的人也不会闲话的，因为，陈实将是王若雅的哥哥，亲哥。寨里人只会知道他是她哥，不会了解他的一切，包括他的名字、来处、底细。

哥哥。王若雅一阵恍惚，再回神，母亲的手已经从手里抽走，他的拥抱也已经离开。一阵酸辣冲上王若雅的脑门，使她几乎站立不住。

二

协议一份被陈实带走，一份留在桌上，李六丁小心地收起。现在，他们不必再吃力地读了，之前已经细细地读过，次数多到他们记不清了，只知道已经记下协议里的内容，大概是事成之后，李七丁和王若雅随时离婚，当然要以王若雅的意愿为准，离婚后，陈实再付给李七丁一笔钱。在那之后，李七丁和陈实王若雅再无任何瓜葛，不再联系，李六丁李七丁保证为此事保密，不得让第三方知道。

当初，陈实和李六丁李七丁把事情谈妥之后，陈实便提出这个协议，双方签名盖手印。李六丁李七丁觉得没必要，说定的事就是说定的，还能反悔？他们冲陈实摆着手说，不会，不会，做人能那样么？

陈实摇头笑笑，这跟做人没关系，事情就要清楚，一是一，二是二，免得到时有二话。

这话李七丁不爱听，什么叫有二话，怕他赖什么呢。他觉得城里人就是麻烦。

李六丁先点了头，说要签就签吧，你相信的是白纸黑字，我们就给你白纸黑字。但他先不让李七丁签字，说既然对方这样，说明那是心眼多的人，我们也得多个心眼。他对陈实说，得让王若雅和李七丁领了结婚证后他们再签字。

陈实说，签字后是一定会让他们领结婚证的，不可能反悔，要不我找你们做什么。

李七丁觉六哥这样不太好，这么一来太小气了。

李六丁不管他，对陈实说，你要白纸黑字，我们要个证，都是要个清楚。

陈实看看面前兄弟俩，想了想，点点头。

于是，李七丁和王若雅去婚姻登记所领结婚证，陈实和李六丁作陪。这一行人显得怪异，从打扮上看，王若雅和李七丁是一对，显得更怪,加上李七丁的不自在,王若雅满脸复杂的表情,登记所的人盯住他们直看,直到看见王若雅户口本里离婚的字样,才若有所思地办理手续。

拿了结婚证回来那天,李六丁就让李七丁安排纸钱供品,给父母上坟,准备把结婚证带到父母坟前。

这样不好吧,事也不是真的。李七丁捏着结婚证,为难地说。

这证可是真的,有政府的盖章,有两个人的相片。李六丁拿过结婚证,翻开来细细看,喃喃地说,我们家里从没有这证,不该让阿爸阿妈欢喜欢喜?

提到相片,李七丁想起他和王若雅那个合影,胸口莫名地突了一下。这种感觉对于他是陌生的,他有一刻愣住了,好像活了几十年,突然发现身体还有个他从未知晓的角落。

兄弟俩提着供品往山上去,李六丁走得很急促,李七丁走得犹犹豫豫,拖拖拉拉。李六丁不时用手压压口袋,那本结婚证在他口袋里,不时回过头看李七丁,催促他快点。

六哥……李七丁眉梢满是为难,想说什么。

好了好了。李六丁打断他,显得不耐烦了,七丁你磨什么?走不动?

山上极静,兄弟俩摆供品,燃香,跪下,便有满胸满腔的话想说了。李七丁看着缓缓的烟,听见自己呼吸的响声,一时不知如何开口。李六丁插了香,就把结婚证掏出来了,李七丁想拦,李六丁已经把证端端摆在坟前,说,阿爸阿妈,七丁结婚了,这是他的结婚证。

李七丁愣愣地看着六哥,伸出的手缩回来,他听到六哥喉头的哽咽,看到六哥的嘴角在发抖。他还听出来了,六哥只说结婚,没有说成家,他知道这是不一样的。他在六哥身边跪下,半天无声,直到第一炷香燃尽。

李六丁点了第二炷香,今天他们兄弟俩要好好陪一下阿爸阿妈。他起身,找块草团坐下,让李七丁也坐。李七丁还跪着,突然说,阿爸阿妈,结婚证不是真的。

李六丁跳起来,说,证怎么能是假的!

李七丁继续说,阿爸阿妈,证是政府发的没错,可结婚是假的,我哪娶得上那样一个城里女人。

七丁,你……

六哥,不敢骗阿爸阿妈的,再说,他们都是成仙的人了,有什么事不知道?我们骗不了的。

李六丁颓然坐下,把头抱在胳膊里,闷声闷气说,你没本事拿个真的证来,倒有本事说,这事,你和阿爸阿妈说吧。

李七丁开始从头到尾叙说这件事。说完,兄弟俩就在静默里不停地抽烟,看影子在身边慢慢挪动。

再跪下去重新点香的时候,李六丁说,阿爸阿妈,现在就盼着那肚子是个女孩,到时就是李家的孩子了。虽说是女孩,也算是一点指望,不定以后有出息,能给李家招个上门女婿,看孩子的父母,都是有文化的精明人,孩子不会差的。阿爸阿妈保佑吧。

李七丁说,六哥,这么说不太好吧,那一家子盼着生个男丁,都走到这一步了。

你不想要个养女?李六丁猛地转过脸。

想是想,可总不能那样盼人家……

好了,反正讲好了,直到生男孩为止,他们总要等到男丁的。李六丁说,要不,若真想有个孩子,你说怎么办?

李七丁沉默了,他不知道怎么办,他理解六哥的着急,这是整个李家的疤,这个时候还能怎么办。没人知道,李家为什么会走到这一步。

上一代,李家是乡里的大户,有着足够的田地和殷实的家境,最重要的是,他们的阿妈嫁到李家后就一直生男丁。直到他家被打倒,李六丁出生,李家已经有六个男丁。李家最大的男丁甲丁在李家被打倒之后,因为血性方刚,死不服软,第一个被狠斗,吐血而死,二丁三丁为大哥讨说法,忍辱加入一个武装队,双双死于一次武装冲突。五丁在一个暗夜里为偷番薯填肚子,不小心滑进池塘溺死。李家彻底零落了,阿爸去世不到两个月,阿妈生下李家最后一个孩子七丁,自己随阿爸而去。

“文革”后,李家剩下的三兄弟稍稍缓过气,四丁娶妻成家,李家兄弟看到李家抽枝长叶的希望,他们甚至大胆地预料到枝繁叶茂的一天了。没想到四丁中年得病去世,妻子另嫁,没有留下一男半女。

那年春节,李六丁和李七丁立在破屋中,对着供品零落的祭祖桌,看见李家的枝叶纷纷飘落,被风卷走。这样的李家,哪个敢嫁进门?

李六丁比李七丁长八岁,早已过了最好的成家年龄,最后的希望都压在李七丁身上。后来,兄弟俩曾用五年的积蓄买来一个外省女人,但她没待多久便跑了。不是七丁不好,是李家底气确实太虚,穷得只剩下一个“李”字。

兄弟俩把成家的事先放下了，他们算是清楚了，就是不放下也没辙，李家没有底气，手里没握着东西，想让人踏进李家的门是空想。他们需要钱，需要家底，才可能有一个肯进李家的人，成一个真正的家，不像上次买来的那个，兄弟四只眼还是盯不住。那女人跑的时候，李六丁要追的，李七丁拦住他，说别追了，至少她没有像其他买来的女人，卷走家里的东西。李六丁愤愤地说，这个家还有什么能卷的吗？都在买她时弄光了。李七丁声调便低缓了，像含着叹又叹不出的气，算了，追回来又怎样，心都跑了，不是家了，这样有什么意思。

陈实在这时候找上了他们。这次的事到底算什么事，他们无法把握。

兄弟俩就这么待在坟前，思绪纷乱，直到夜色爬上山，他们才在夜色里慢慢走下山。

三

到底多晚了，王若雅不知道，她不知第几次看手机上的时间，那行表示时间的数字一清二楚，但她完全没有概念，她记得起床的时候，床头的窗已经大亮，鸟叫声很喧闹了，屋后的路也有人来来往往。隔壁厨房（他们叫灶间）和门外都有声音，是那兄弟俩在忙什么。她觉得自己起晚了，换衣服时有些不好意思，好像借住在亲戚家，显得懒惰了。等她换好衣服，摸出手机一看，竟才六点多。她洗漱，吃饭，看电视，看育儿方面的书，剪指甲……那么久了，还是早上。她拿手机看时间,不住地看,看到最后,她对那行数字失去了感觉,刚看过,立即又忘掉,但她还是看,带了一种徒劳的病态。

吃过早饭,李六丁李七丁兄弟俩就肩挑手扛地带了工具到田里忙,王若雅坐屋子里,没有车声、人流声、高跟鞋声、音乐声,城里所有的声音都成了另一个世界里的。她感觉屋内的静变成液体,从脚背一截截浸上来,直到把她淹没。她那么待着待着,自己也变成了液态的静,融化成屋子的一部分,没有呼吸,没有活力,也没有指望。时光把她抛弃了,她缩坐在门边,大热的天里紧紧抱着胳膊,好像被冻坏了。

李六丁李七丁回来的时候,王若雅忘掉了反应,她半抬起脸,愣愣看着他们,完全无法从胶着的静里抽离,厚厚的落寞盖住她整张脸。李七丁向她点点头,她只是木木的。李七丁从一个筐里掏出一把东西捧到摇井边洗,用盘子端到王若雅面前。王若雅看见一盘亮色的黄皮,刚洗净,水淋淋的。王若雅吃着黄皮,刚离枝的果子,汁液饱满,新鲜得像晨露。她一点点回到时光里,终于知道,已近中午,早上是过去了。

李六丁李七丁淘米做饭,择菜炒菜。王若雅坐在房间里,听见兄弟俩在他们的灶间里进进出出,百无聊赖地猜测饭煮到什么程度了,菜炒得怎样了。黄皮吃完了,她希望有别的事做,吃饭是一件可以磨掉很多时间的事。

李七丁在门外喊,吃饭啦。王若雅便走出门,到隔壁屋子去,饭菜已经安排在那里了。昨天李六丁就笑着说,以前兄弟俩是在灶间吃的,随便应付过去就是,以后都摆在正屋茶几上吃。正屋是会客室,站了半截木屏风,里面以前是李六丁的床,现在是兄弟俩的床。王若雅知道李六丁的意思,为了她,他们是尽心安排的。

一盘青菜,一盘豆腐,都是盛在大盘里的,一碟炒瘦肉,一碗肉丸汤,单放在王若雅面前。王若雅握着筷子只是看。李六丁说,肉是你吃的,你现在得补。

李七丁说,我们平日吃青菜豆腐,习惯了,你吃。

王若雅想说,猪肉就算补?再说,她根本就不爱吃肉,更别说肉丸,若在家里,她看都不看的。

可还能夹什么呢?她夹了炒瘦肉,奇怪,味道竟出乎意料地好,不知是兄弟俩手艺好,还是因为肉比超市冰柜出来的新鲜,更可能这就是城里人趋之若鹜的农村家养猪。这种肉,也许真是补身子的。王若雅莫名其妙地想。

王若雅吃得很慢,细细地嚼,像倾心于一件精密的细活。当她试着拿汤勺舀一颗肉丸时,才发现饭桌太静了。兄弟俩小心地夹菜,小心地扒饭,小心地合上嘴咀嚼,小心地吞咽,怕弄出一点声音,像两个到了客人家的内向孩子。他们只夹菜,只舀豆腐,王若雅想让他们也吃肉,想说以后她出钱,改善一下伙食。但她终没有说,她的胸口还堵着一团硬实的委屈,赌气般地不开口。还有,她跟他们不熟,不知开这样的口是否妥当。

午饭刚过,便陆续有邻居来,说是过来喝杯茶,目光却在王若雅身上跳来跳去。王若雅知道他们是看自己来了,李七丁"娶"了自己,他们怎么能不好奇?他们朝她点头招呼,她淡淡地把头点回去,脸上纹丝不动,好像五官被什么固定了。她讨厌这样的观看。他们好奇什么呢？要从我身上看出病态来？借口早编好了，她身体不好，差得在城里嫁不出去，只能嫁到农村，也算是借着农村的空气和清静休养身体。所以，这些邻居觉得李七丁是碰上狗屎运了。

陈实这么安排的时候，王若雅骂他，什么手段都使得出，这样的咒都往我身上扣。

陈实半拥住她，说，你信这个干吗？迷信，这不都是为了我们的将来。

将来？王若雅迷惑地低语，挣开陈实的怀抱，她感觉这个怀抱不再温暖柔软。

邻里还在看，边看边和兄弟俩拉着家常，喝着茶目光还是不挪开。王若雅站起来，微微点点头，走出正屋，回到隔壁自己房间。她听见身后李六丁笑着解释，去歇午了，城里人叫午休，很看重的。

她的房间不会有人进来的，包括那兄弟俩，这几乎是不成文的规定。除了刚到时，李七丁帮她提了行李箱进来一次。

房间极简单，但看得出精心下过功夫的。新铺的红砖，新刷的墙，简单却崭新的竹床，桌椅和衣柜都很廉价粗糙，却也都是全新的，还有土气的窗帘，带了阳光的洁净。对比隔壁的正屋，就知道这间屋是彻底地改头换面了。刚进来时，不想开口的王若雅也忍不住说，没必要这样，又不是真的。屋里猛地静下去，李七丁转身出门，王若雅看见他落寞的背影。一年多以后，这个背影总莫名地在眼前晃。

安排了屋子，李七丁开始操心王若雅的闲。他提了很多看法，没事可以到镇上逛逛，备着自行车，她来之前，他们新买了一辆女款自行车，原先家里那辆是老式男款车，又笨又旧。李七丁说，镇上街道是小了点，也没有城里那样的大市场，但镇上有很多老房子，被市里评为什么文物的。也许她会感兴趣，他听说城里人总跑老远找老房子看。还有，附近小山上的风景也不错，走着去并不远，城里人该也喜欢这个。他搓着双手，笑笑，这也是听说的。然而，他又说山上蚊子多，交代她穿长袖长裤，拿了些青草叶子，让她带着，说是驱蚊。他还说……说了很多。王若雅突然想，他什么时候开始搜集这些想法和资料的？

一天，兄弟俩背了很多细竹子回来，王若雅走出屋，静静看那些竹子。李七丁在摇井洗着手说，我和六哥准备给家里围个篱笆。

李六丁说，也是想着你在这，把家弄像样点，早上专门砍了竹子，买了铁丝铁钉。

李家两间半屋子在一个小山坡边，门前有片挺开阔的地，长满杂草，围上篱笆确实不错。王若雅嘴角不易察觉地扯出笑意。

李七丁说，围了篱笆，爬一些牵牛花，里面再种些花花草草，城里人喜欢这个吧。

王若雅不禁点点头，她眼前出现一些乡村风景画，那些画面鲜活起来，将有味道，有露水，可触可感。不知她的点头是对这画面还是对李七丁的。

不过，可能种不起什么好花，我们也不太懂。李七丁在裤子两侧擦着手，显得有些腼腆，你说，种什么花好？

王若雅猛地抬起目光，直直望着李七丁。李七丁点点头，确定是在征求她的意见。

茉莉和百合就挺好。王若雅极少见地开了口，这是她最喜欢的两种花。

这两种花不难种。李七丁笑得一脸灿烂,王若雅已经转身回屋。

竹篱笆一个星期后就竖起来了,围出一个很像样的小院,院里的杂草也整理了。都是争早晚的零碎时间做的。

竹篱笆围好后的隔天傍晚,兄弟俩回来时便带了花苗。李六丁在灶间里准备晚饭,李七丁蹲在篱笆边种花。

王若雅走出屋子,看李七丁种花。他不停地挖坑填土浇水,不停地弯腰蹲下,忙碌又安宁。王若雅看着看着,无意识地被扯进一种单纯的宁静里。她觉得好玩,拿起旁边一把小铲子,开始松土。

接下来那几天,李七丁种花的时候,王若雅便拿着小铲松土,黄昏从竹篱笆流泻下来,流到两人肩头,又流到脚边,一种轻软明亮的暖意裹着他们。

四

李六丁李七丁兄弟出门干活时,王若雅用最多的时间待在自己屋里,在屋里则用最多的时间手抚肚子,似乎这样肚里的孩子便能快点长大,好她使早点走出这个骗局。她意识到骗局愈来愈结实了,一层一层地把她网在中间,连微小的漏洞也被细心地补缀好。她等待咬破骗局飞出去的那天,但对能否从这骗局挣出去越来越没把握,恐慌越来越深。

协议写得多简单哪,只写骗局之后的安排,忽略了整个骗局,把她丢在这里,当骗局里最重要的棋子。

和李七丁结婚。这话是陈实亲口对王若雅说的。虽然他之前隐隐对她提过这计划，王若雅还是揪住丈夫的衣领，目瞪口呆。

若雅，别这样。陈实双手按在她肩膀上，之前不是说好找一个人么，李七丁就是找到的那个人，是假结婚，你都知道的。

真的要这样？王若雅没有放开丈夫的衣领，对那个所谓的计划，她其实一直没什么概念，下意识里也没准备会真的成为现实。

陈实扶她坐下，你别激动，现在你不能动气，我们不是说好了，主要是去那里以合法的名义把孩子生下来。

王若雅甩开丈夫的手，额头触在沙发扶手上，久久不动。她不想再听人重复这荒谬至极的所谓计划。她知道，若检查出是男孩，就生下，到时寄养在自己娘家，若是女孩，她便仍是农村那李家人的媳妇，她会找时间回娘家，陈实会过来和她在一起，直到生下男孩。这算什么？她想问陈实，还想问，若是检查出是女孩怎么办？陈实完全忽略了这个问题。她不敢问，怕听到他的回答。

若雅，别这样。陈实软声劝着，都是为了孩子，你现在不能这样。

是的，都是为了孩子。她有近一个月的身孕了，不能这样的。他害怕影响孩子，那么她呢？她不知道自己在不在他的考虑范围之内。从这时起，这问题就一直困扰着她，像一片阴影，裹罩于她头顶。其实，阴影从得知第一胎是女孩就开始了。

第一胎怀孕五个月后，陈实把王若雅带到老家小镇的卫生院做B超。陈实立在检查的医生身后，暗暗塞过一个红包，笑着说，麻烦医生了，是男是女？

医生看了陈实一眼，说，这是违反规定的。

陈实点头，仍赔笑着，我们不在城里大医院检查，专门跑到这里，是相信家乡自己人的。

医生瞄了一眼红包，王若雅随着她的目光也侧脸瞄了一眼，红包是厚实的。

这是违反规定的。医生又说。

明白的，只我们做父母的知道。陈实笑着说，麻烦医生了。

医生沉默了一会儿，说，女孩。

陈实和王若雅沉默了，良久，陈实伸了头往那台机器前靠，好像他看得懂。

医生说，我看得很清楚的。

走出卫生院时，王若雅整个人被一种漂浮感托着，她害怕被飘走了，扯着陈实的胳膊，说，这是我的孩子，我一定要生下来。

陈实说，当然，这也是我的孩子，就是不知以后怎么办，最近一段时间正是查得极严的时候，想生第二胎没什么可能……

这是孩子，我们的孩子。王若雅突然立住，冲陈实尖叫，你要做什么！

四周的目光纷纷落在他们身上。

我知道。陈实低声安抚着她，我没说什么呀，生下来再说。

从那时起，他们已经开始想他们的第二胎。

第一胎小秋出生后第四个月，陈实的单位就要她的妇检证明，那晚回家他便长时间地一言不发。饭桌上，陈实的母亲问起，陈实说了妇检的事，整张饭桌都一言不发了。王若雅默默哄着怀里刚三个月大的小秋。

晚饭快结束的时候，王若雅听见婆婆把碗顿在桌面上，愤愤地说，多生两个又怎样，又不是养不起。实在不行，就自己做生意，我、你还有若雅一起做，会比单位差？

乱说。陈实的父亲挥挥手，阿实是男人，要做点事业的，该进取的，况且他现在势头正不错，倒出来跟你去当小商人？

小商人？陈实的母亲眉角揪起来，商人不好？

好了，爸，妈，小秋刚睡。陈实放下碗，截住父母又要爆发的争辩。

从王若雅踏入陈家开始，公公和婆婆的争辩就没停过。

公公一生在政府单位工作，用他的话说，踏踏实实地进取。婆婆则一直和服装打交道，从在服装厂当女工到开店卖服装再到如今经营着一个服装商场。王若雅也在她的服装商场里帮忙打理。公公看不上婆婆的经营，说一辈子就折腾那身衣服了。婆婆则嘲笑公公一生清贫。

陈实是想走父亲的路子的，母亲本来不多说什么，自碰上计划生育问题后，就三番五次鼓励陈实出来经商。王若雅知道，陈实是不喜欢经商的，特别是服装，他不可能舍下他认定的大好前途。因此，婆婆让她也劝劝陈实时，她只是笑笑，从没有在这方面浪费口舌。

现在，问题来了，陈实的父亲鼻孔哼着气问，现在怎么办？给单位做贡献当标兵吧。

陈实的父亲极近地凑近报纸，几乎盖到脸上去了，他是意识到这个问题的，却想用报纸挡掉。婆婆冷笑，这就是你的做派，拿纸遮眼。

陈实说，我想想，总有法子的。那时，王若雅没想到丈夫会有那样的想象力,想出这样一个方法。那时,她是希望他尽快想出办法的,这不单是他们两人的事,已经是王陈两家的事了。

王若雅是王家的独生女,当年母亲生下她之后大病一场,从此再无法生育。王若雅嫁人时,母亲只反反复复交代,多生几个孩子,特别是男丁,到时一两个过来这边住,由她来照顾。你一嫁人,我身边都没人了。

一两个！王若雅惊叫,笑喊,我是母猪呀,能生一群?

能生一群当然最好。母亲竟很严肃地答道,眼神奇怪了。王若雅知道触了母亲的痛处,开玩笑说,我尽力,定要多吃多生。但心下却莫名地沉重。

嫁到陈家后,一次玩笑中,陈实曾透露,王若雅第一次到陈家,他母亲便看中了她,就是因为她丰乳细腰肥臀,会生孩子的。王若雅拍打着陈实,笑嚷,这算什么,你们用什么眼光看我呀。

这是大事。陈实的语气变了。

没错,在陈家,孩子是大事。慢慢地,王若雅才知道,他们说的孩子主要是男孩。陈实上面有三个姐姐,当年,陈实出生之后,婆婆一直就等不到肚子的动静,她已经准备在三间服装店中拿出一间交罚款了。

然而现在,要罚的将是陈实的公职。

王若雅曾认真问过陈实,先别说上一代的看法,就你自己,是那样看重男丁的?

还用说。陈实回答得很干脆,没有男丁算什么后代？我三个姐姐现在在哪里？过年过节来一次,跟客人一样,我才是陈家人。

你已经被洗脑，王若雅说，完完全全被上一代毒害。

不管怎么说，已无法消毒。陈实摊摊手。

那怎么办？王若雅把问题绕回原点。

我想想。每每这时，陈实就陷入长时间的若有所思。

陈实，单位的公职真的那么不舍得？有一次，从不劝陈实放弃单位的王若雅试着问了一句。

陈实不答。后来，他们就极少谈及这个话题。直到王若雅发现再次有了身孕，已经近一个月。

就是那时，陈实提到了离婚。

王若雅死命瞪着他的时候，陈实答非所问地说他单位最近有个处长的空缺，有不少人盯着那空缺，而他是有很大机会的。他还说，专门翻人底子、找人差错的小人多得是，他不能在这时出差错，千万不能。

五

在婚姻登记所门前，王若雅不开车门，她再一次问陈实，真的要离吗？这不是儿戏。

谁说要离了。陈实扳了她的肩膀笑，这是假的，只是计划的一个步骤。

你确定吗？王若雅用目光逼视陈实。

假的，若雅你记住，这是假的。陈实握着王若雅双肩的手摇晃了一下，像要把她摇明白。

王若雅摇摇头,我已经不明白了,不知道什么是真的,什么是假的。她开了车门,摇晃着下车,几天来的商量、劝说、争辩、吵闹,她已经累极了。

离婚后十多天,他们就找到李七丁,陈实兴奋地说太巧了,注定他的计划要顺利,主要是这个人选各方面条件都极适合。

是陈实在老家的舅舅牵的线,陈实的舅舅则是受陈实的母亲所托。陈实的舅舅和李家隔乡。李六丁一向砍竹子卖,陈实的舅舅在一次买竹子时认识了李六丁,连带认识了李七丁,便一直交往着,已二十多年,既知根知底,又非亲非故,不怕有什么瓜葛。

靠得住么?开始,陈实是有些担心的。

别的不敢说,人品是没得挑的。舅舅向他拍胸口,他们没什么本事,但我们挑的就是人品。特别是那个李七丁,一干二净的人。李六丁精明一点,计较一点,但也绝没有坏心眼的。

李七丁四十五岁,和六哥李六丁一起生活。李六丁主要砍竹子卖竹子,李七丁以前在邻近乡镇建筑队做泥瓦工,近两年回家种点玉米。长相也好,人品也好,都是端端正正的。陈实的舅舅说,再找不到这么合适的了,交往了这么多年,交情不比自家兄弟差。他说王若雅去了李家,就当到乡下亲戚家住一段时间,要不,当在乡间找了个清静去处休养,就像现在流行的农家旅馆——他听城里的儿子提过,乡下人开的旅店。只是这旅店专为王若雅开。陈实的担心在舅舅的保证下一层一层散去。

最主要的是,李六丁李七丁急需要钱。

因为李七丁买来的女人跑掉,兄弟又托媒四处寻人不成,成家无望后,兄弟俩真正明白了,没有点家底,再怎么蹦也是没用。那段时间,兄弟俩每天早晚凑在门槛边,一支接一支地抽烟,直到两个身影被烟雾笼罩。几天后,兄弟俩做了一个也许是有生以来最为重大的决定。当然,他们没想到后来还会有更大的决定。

兄弟俩决定不再小打小闹只图过活,要弄点大动作。李七丁仍种玉米,但要大面积地种,把山边大片荒地包下来,政府最近一直在鼓励包地种农作物。李七丁种了几年玉米,也有点经验了。现在,这种专给人吃的玉米走俏得很。李六丁则养猪,就在玉米地边养,猪粪猪尿当肥料,玉米也能当饲料,当然也得养成点气候,不是一头两头地养。玉米和番薯叶养的猪肯定被抢着要。对于养猪,李六丁是有一手的,四丁在的时候,李六丁一直养猪,李家的肥猪在寨里是养出名堂的。四丁去世时,猪卖掉买棺木了,从此李六丁灰了养猪的心。

不用说,这是好路,正正经经。对这,兄弟俩毫无疑问,问题是本钱,虽说包荒地政府有支持,但还需要修猪房,需要猪苗,需要玉米苗,需要肥料……没有本钱,就全是瞎想,白日梦。

陈实的母亲给陈实的舅舅打电话,简单说明情况,托他在乡下留意合适的人选时,李六丁前脚刚走。他早上过来喝茶,叹了一上午的气,没有本,说什么都是空话,想贷款又没抵押。

妹妹的话,陈实的舅舅听着先是觉得荒唐,接着认为男丁是大事,然后这事就合理了,他开始转动脑子。

放下电话时,陈实的舅舅双手一拍,对上了,李七丁是最合适的。刚刚李六丁叹气时,他只管沏茶,嘴上不敢应一声,作为交情这样深的朋友,他该开口的,可李六丁李七丁需要的不是小本,自己每个月靠城里儿子寄钱过活,没有帮忙的能力。李六丁李七丁需要钱,而妹妹和外甥有什么样的家底,他清清楚楚。妹妹在电话里声明了,只要人靠谱,成了事,钱不是问题。

当天下午,陈实的舅舅就找了李六丁。

荒唐。李六丁把卷烟从嘴角拿下来,干干脆脆地答道。

你先别说荒不荒唐,反正这是真事,就是我的亲妹妹亲外甥。你就说这事是不是七丁最适合。

李六丁愣住了,良久,含含糊糊地晃着头。

哪里不合意?陈实的舅舅手指敲着桌面,就是知根知底我才放心,别人我敢提?你和七丁也不损失什么。

假结婚,他家生了男丁后又离,这算怎么回事。

假结婚是小事,主要是他家要男丁,你家又刚好缺本钱。说白了,就是和他做个生意,借你家的屋子住一段时间,借七丁的名字办件事。

李六丁不出声。

七丁已经这个年岁,再不挣点什么,还有人肯进李家?

李六丁受了惊吓般地直起脖子。

李六丁回去和李七丁说了。李七丁总是摇头,除了摇头,他不知怎么表达这事的怪异和不靠谱。那天晚上,直到半夜,李家门槛边还有两个红点,一明一暗的,就像兄弟俩一进一退的谈话。

我对人家点头了。李六丁最后说,只是桩生意而已。

李七丁额头触到膝盖去,事情闹大了。

至少给人家一个交代,去看看再说。

李七丁不说话。

直到这件事实行,王若雅住进李家,李七丁都想不起是怎么被牵扯着,一步步走进这个圈并变成中心点的。

一开始是陈实的舅舅和李六丁在谈,然后他通过电话转达给妹妹和外甥。双方觉得差不多的时候,便约下日子。

李六丁和李七丁踏进陈实的舅舅家时,几乎站不住,一屋的人,花花绿绿。李六丁想,这就是大城市了。陈实和王若雅坐一边,陈实的母亲和王若雅的母亲凑在一起。李七丁感觉还没迈进门槛,身体就被目光撞得受不住。来人都很清楚,年纪较小的,身板高挺的那个就是李七丁,真正要找的人。

话头由陈实的舅舅挑起,渐渐走进事件里去。李六丁和陈实谈,陈实的舅舅为这边解说一句,为那边说明一句,尽职尽责当他的牵线人,陈实的母亲和王若雅的母亲都探着上身,凑得很近,听得很细心,适时地插话,是表达也是补充。气氛渐渐热烈起来,一点点走向融洽。

李七丁和王若雅静静退在热闹的谈话之外,局外人一般。他们的眼睛都没有抬起来,李七丁的目光在自己脚尖,王若雅的则完全不知道停在哪里。其他人的谈话热烈的时候,他们的安静让彼此的尴尬更浓。

后来,是王若雅先抬起眼睛,陈实说是一桩生意,到乡下借住一段时间而已,她得看看这位"房东"。当她把他当成"房东"的时候,一切就自然多了,人也自在了。她开始打量他,几乎有些居高临下。他是一个农民,彻头彻尾的,衣着发暗发皱,皮肤偏黑,但细看,脸孔是端正的，眉眼清清朗朗。她甚至感觉到有股隐隐的斯文气。她摇摇头，觉得自己头脑发热。后来，和他熟悉时，她对他提过这种奇怪的感觉，李七丁开玩笑说，李家上几代都是念过书的，有点书香气传下来，可能是上一代人漏了点给我。王若雅竟严肃地点点头，没错，气质是几代人才沉积下来的，所以那时看，我觉得你这个农民很特别。

对我印象怎样？后来王若雅问过李七丁。

李七丁摇摇头。

王若雅惊问，没印象？那时你对我没印象？

李七丁还是摇头，老老实实回答，那时目光敢放开了看？只看到一个穿着艳丽的人坐在那，像寨里人墙上贴的明星照片，我还以为是陈实舅舅家的电视夜里没关好，女演员跑出来了。

王若雅哧地笑了，哪里艳了，那时我可是一身素色衣裙。看你呆是呆，倒会花言花语哄人。

李七丁认真地辩解，真是这么觉得的，就这么说了，可能当时被那件事弄糊涂了，看走了眼。

好啦好啦，真不会说两句好听的？王若雅摇头，看走了眼？敢情我是不入眼的了。

以那件事为中心，屋里的人围成一圈，李七丁和王若雅坐在人圈外，一人一边，思绪纷乱。

很久以后，李七丁猛地意识到，看到王若雅那一瞬间，他其实已经认同了那件事，只是他自己以为还是无奈的。

多年以后，王若雅说在那之前她一直很害怕，看到他的眼睛，她突然放心了。

六

王若雅已经习惯了早起，眼一睁，天已经亮了，窗帘挡也挡不住光亮，外面的鸟叫热闹又清晰。她总是醒得清清爽爽，很快下床，也没有往常赖床的欲望。她下意识地吸着鼻子，感受空气中微凉的湿润，她认定这是露水的味道。和陈实通电话时，她对陈实说了露水的味道，细细描述给他听。他在那边笑，露水哪有什么味道，你注意多吃多休息。

我以前也觉得没味道，那是因为没闻过。王若雅放不下露水的话题，你什么时候来，闻闻看，保证比酒还醉人。

好了，我只要有空一定去。陈实笑着。她听得出他的不以为然，甚至有些不耐烦。他是觉得我待在这太无聊，没有话题可说了么？她愣愣地想，很长时间不出声。

若雅，我天天都想去看你的，一定争取去。陈实听到她沉默，说，注意身体。

若雅对着手机点点头。她决定，以后不和陈实说这一类的问题了，自讨没趣。

起床后王若雅就开门，总看见李七丁，背对她，蹲在篱笆边给花浇水，时不时放下水瓢，给花加一点草灰或肥料。往往这个时候，李七丁已经从田里回来。他天未亮出的门，在地里忙一段时间，然后回家，煮粥，浇花。李六丁这时是在玉米地边的猪屋里，他得给十头猪熬猪菜，喂过猪后才回家。总是这样，他回来的时候，王若雅刚吃饱一会儿。王若雅提过，等他回来再吃。兄弟俩笑笑，活是说不定的，哪能定时间。还是让她先吃。

看李七丁忙了好一会儿，王若雅仍不知怎么招呼，这是每天早上困扰她的问题。第一次见面时，陈实的舅舅说，按辈分，王若雅得喊李七丁叔，但既然要假装领结婚证，在外人面前是不能喊叔的，私底下才喊叔吧。陈实说，私底下也别喊，别喊顺嘴了，哪天就露了馅。陈实总是很小心。那么喊什么，没人明确告诉王若雅，大概觉得这是不值一提的吧。这个不值一提却让王若雅觉得麻烦，她喊李六丁六伯，又自然又合理，对李七丁，却一直没找到合适的称呼。

找不到称呼，王若雅有什么话时只能对着李七丁直接就说，好在她在这里话极少。现在，李七丁背向她，这么站着总不好，王若雅清嗓子般地咳了一声。

李七丁很快转过身，问，起来啦。起身去洗手。

王若雅想说别那么忙，等六伯回来再吃。李七丁已经进灶间端了粥去正屋，边说，我这就炒菜。

王若雅刷牙洗脸，稍作收拾后，李七丁已经从灶间端出一盘瘦肉，一盘青菜，肉应该是事先切好的，菜也应该是提前洗净的，因此他动作很快。

鸡蛋从粥里捞出来，开水洗净了放在小碗里。鸡蛋是李六丁养在玉米地的鸡生的，每天早上放一颗在粥里煮。自吃过这个鸡蛋后，王若雅就知道以前在超市买的那些价钱很高的所谓家养鸡蛋全是假的，白煮鸡蛋可以这么香，令她惊奇。还有这里的瘦肉，李七丁早上由玉米地回来从寨外肉摊买的，不爱吃肉的王若雅能一下子吃掉小半碗炒瘦肉片。这些都让王若雅感觉到说不清的舒心，某一天，她突然想，就像这里的日子，简单却原汁原味。这个比喻让她暗自得意，得意过后又吃惊，她是开始适应这里了吗？对这几乎静止的日子和无聊？

一切安排好，李七丁就会退出去，继续忙别的活，让王若雅一个人吃。王若雅吃得极慢，好像要咀嚼掉一些时光。等王若雅吃过了，李六丁也差不多回来了，兄弟俩把粥和菜端到灶间吃。王若雅盯着电视屏幕说，六伯在这里吃就行吧，不碍我看电视的。

李六丁笑着说，没事，我们免不了说说田里的事，别吵了你看电视。

反正盘碗也要收回灶间洗的。李七丁说。

王若雅想说，以后她也去灶间吃，就免得麻烦了。终没有说，知道说了他们还会把饭菜搬过来的。

午饭和晚饭三人是一起吃的。兄弟俩喜欢说，弄不出像样的东西，还想吃什么，言语一声，乡下买不到，镇上能买到的。他们一次一次征求王若雅的意见，不厌其烦。

确实，除了排骨、瘦肉、鸡蛋和鱼虾，兄弟俩再变不出什么花样。王若雅估计，这可能是兄弟俩在菜式上一辈子最花心思的一次了。李七丁说，你这个时候得补什么好？

王若雅说我不缺补品。来的时候，家里带了鱼胶、燕窝、红枣，陈实来看她时又不停地带，交代她吃。王若雅一点也不想吃，都塞在角落里。她指着鸡蛋瘦肉和青菜说，这就是最补的，不要别的了。

李六丁想起陈实带来的东西，让王若雅指点做法，说他们可以做出来。

王若雅说，在这里不用吃那些东西。那时，王若雅的意思是这里吃得新鲜天然，空气也好。后来想，在她心里，这个地方已有了分量。这是她从未敢想过的，她从小在城市长大，单独到农村生活对她来说是不可想象的，她认定会有长时间的抑郁，长时间的孤独，目前看来，似乎没有想象的那样严重。

住了两个多月后，王若雅开始在周围小山坡走动。一次晚饭桌上，她夹着菜，让自己显得很随意地说，饭我来煮吧。她想，就是动个手的事，淘个米，放在煤气炉上，饭熟了记得关炉子就行。兄弟俩从田里回来，炒个菜就成，就能不那么匆忙。

兄弟俩不停摇头。李六丁说，饭该我们做的。他的意思是，陈实当初是交代过的。

李七丁说，你这个时候别乱动。

王若雅一下子觉得无趣，好像她是一个极薄的玻璃瓶。住了两个多月，孩子还未满四个月。王若雅腰身苗条，一点都不显。他们这么一说，她猛地觉得自己成了笨重的大肚婆。王若雅说，给我找点事。她吞下了后半句：我要呆发霉了。她还不习惯对他们表达自己的真实想法。

择择菜吧。李七丁说。

择菜算得上什么事。

李六丁说，要是不嫌脏的话，帮忙择择番薯藤，十头肉猪，要吃的太多了。

王若雅点点头。接下来两天，王若雅就坐在门边，按李六丁教的方法择那堆小山样的番薯藤，三四步远的地方燃着一盘蚊香。蚊香本来放在脚边的，李七丁挪开了，说对孩子不好，就像他们的烟味，兄弟俩现在抽烟都在屋外。王若雅想问李七丁，也没当过爹，怎么这样有经验。但胸口随即一沉，问不出口。

择番薯藤是极简单机械的活，王若雅重复着拉、择、放的动作，思绪总是飘忽不定。有时，她择着择着，会陷入错觉，她是一个地地道道的乡下媳妇，守在家里重复着无尽头的活，等候田里的丈夫回来。念头到这，她总悚然一惊，无法抑制地恐慌，感觉自己被丢弃在这里，再也回不到原来的生活。不是么，她跟陈实已经离婚了。这又大大刺激了她，她僵住了。

陈实就那么跟她提到了离婚，心平气和的。那晚，她躺在床上看杂志，陈实从浴室出来，擦着头发，坐在王若雅面前，开口，若雅，我想好了，我们离婚吧。

王若雅的身子弹跳起来，看着这个曾经和她盟誓过的男人，目光燃成一片火。

若雅，你别这么动，小心肚里的孩子。陈实忙拥住她。

孩子，你就知道孩子。王若雅尖声说。

当然，就是为了孩子，我们假离婚。假的，你听我好好跟你说。

还要说什么呢？我不听。后来，王若雅想，那时她其实已经无奈地屈服了。

接着，陈实开始细说他的计划，开始劝说王若雅，她让王若雅不要耍小孩子脾气，事成后立即复婚。

复婚，什么都能恢复吗？王若雅想，却不敢问出口。

后来，王若雅点了头，不停劝说着的陈实却猛地低下头，不敢看她。

七

王若雅习惯去玉米地了，那段日子她几乎感觉得到玉米一寸一寸地往上蹿，玉米棒一点一点地饱胀，她胸口的欣喜便也一寸一寸地蹿，一点一点地胀，好像那些玉米地是她的成果。她看得到李六丁李七丁兄弟脸上日益明显的欢快和希望，玉米长势良好，猪也很顺利地长着。收获像颗金色的果子，一点一点地烁亮起来，他们在等待透亮的那一天。

对王若雅来说，还有更要紧的，陈实带她到上次的卫生院检查过了，肚子里是个男孩。

还是上次的医生，她笑眯眯地看了一下厚实的红包，然后笑眯眯地对陈实和王若雅说，恭喜了，男孩。

确定么？陈实抑制着喉头的颤音。

看得很清楚，十二分确定。

陈实把王若雅的手握在自己手里，握得她手发痛。

王若雅清晰地记得，听到这个消息，李家兄弟表情复杂。但李七丁眉梢很快满是喜色，笨拙地说，这就好，这就好。她看得出那份明显的真诚。李六丁则笑得很勉强，李家失去了拥有养女的机会。

王若雅总是在早上或傍晚去玉米地，避开过烈的日光。早上的晨露和傍晚的微风都是令人舒适的，她在这样的舒适里流连忘返。玉米秆已经高过她的胸脯，张张扬扬举着玉米棒子，又丰实又热烈。前段时间，李家兄弟已摘过一批卖出，嫩嫩的，城里人专门买去熬汤，销路和收入竟不错。卖玉米那天傍晚，李家兄弟从镇上回家，脸色就像成熟的玉米，饱满而发亮。李七丁在身上掏摸了一阵，摸出一个木制摇鼓，递给王若雅，说，将来给孩子玩。王若雅吓了一跳，抬起脸，李七丁的目光已经羞怯得无处安放。

真好看。王若雅接过木摇鼓，欣喜地把玩着，看得出是手工制品，很古老的玩具，但很精致，很耐看。

谢谢。她对李七丁笑，城里买不到这个的。

这有什么。李七丁似乎被她的感谢弄糊涂了，双手不停地搓着裤子。

那天起，王若雅更勤地去玉米地，每天两次，巡视一般准时。

王若雅在玉米地里慢慢地走，一手撑着腰。平日，她耻于将手撑在腰后，那样肚子显得很突出，她不喜欢在别人面前显出不雅观。在玉米地里，她只露出头，怎么走都是没关系的。将手撑于腰后，才感觉这是最舒服的走姿。进了玉米地，她就一圈一圈绕行，走着走着便走回童年绕迷宫的日子了。

在玉米地里忙着的李七丁一直起身，隔着远远的王若雅便看见他。他身板高，腰背又挺，直起身很明显。隔着一大片玉米，李七丁朝她点头微笑，不停地比手势。相隔太远，又有风，他的声音传过来时变得稀薄，王若雅听不清他具体喊些什么，但她知道是要她小心的意思，便用力地点头，表示自己明白了。她穿着胶底的平跟鞋，感觉脚踏踏实实咬着地面，小心得很。这话，王若雅对自己的母亲说过很多次。

反正别乱跑，周围散散步可以，跑到玉米地做什么，还在玉米地里挤来挤去的，脚一滑，人一倒，别人都看不到你。母亲不听王若雅的解释，坚决不同意她去玉米地。

王若雅就点头，含含糊糊说，知道了。说完便暗笑，她知道母亲管不着她。

王若雅的母亲偶尔会来，给她带东西，给未出世的外孙带东西。但她主要想让王若雅回城住住，说好好给她补补身体，改善一下，散散心。好像王若雅在乡下是受苦的小媳妇。王若雅回去过几次，慢慢地不愿意回去了，对母亲说路太远，这么颠来颠去对胎儿不好。这么说的时候，王若雅自己也相信自己不回娘家就是这个原因，一切都是因为爱惜孩子。当她发现自己是真不愿意回去时，自己也吓了一跳。

我不是喜欢这里，只是因为回去也见不着小秋，反而更难过。王若雅给自己找理由，她莫名其妙地感到害怕，至于害怕什么，她说不清楚。

想到小秋，王若雅的胸口就发堵发疼，她似乎不是陈家计划内的孩子。出生后要什么东西有什么东西，唯独没有得到关注和期冀，从知道她性别的那一刻起，陈家的心思就在第二胎上。现在，小秋也在他们的骗局里面。爸爸告诉她，妈妈出差了，有要紧的工作，很久才能回家。她永远忘不了女儿眼里蓄着泪，却乖巧地点着头，重复大人的话，妈妈去出差，很久才能回来，小秋要听话的。

王若雅只能跟女儿打电话,小秋兴高采烈地和她聊一阵后,最后总要追问,妈妈的差出好了么?

快了快了。王若雅每次都这样哄孩子。

小秋每一次都毫不怀疑地笑起来,真的呀,那出了多少?一半了么?还是一大半了?出好了快点回来呀。

每次和女儿通话后,陈实接过电话,王若雅总有和他争吵的冲动。当初,陈实把小秋也安排进骗局时,王若雅坚决反对,对小秋,你不能这样。

这是没办法的。陈实摊开双手,要不,该怎么办?

怎么办?王若雅声音带了哭腔,我倒要问你怎么办,家已经碎成几片了。

若雅,你别总提这个。陈实在她身边转来转去,最终停立在她面前,我说过了,事成之后我们就复婚,你又回到我和小秋的身边,还是完整的一家。到时,第二个孩子放在你娘家,也不远,几乎每天都可以去看。

家还会是完整的么?王若雅默默问自己。

王若雅在玉米地里站住了,才半年的时间,城里的家已经遥远了。她歪着头,揪着眉,努力地捡拾关于那个家的印象,除了小秋的脸,其他的都有些零碎,有些含糊。王若雅抱了头,更努力地想,好像想不起来便会失去。愈用力,愈把握不住感觉和记忆。

陈实似乎也许久没来了。上次来的时候,两人吵了一顿,直到现在,王若雅心里还残留着火气。上次陈实来的时候,和前一次间隔一个多月,王若雅几次电话,他不是没接听,就是接听时匆匆忙忙,应付几句了事。总是那个借口，忙，忙极了。你是知道的，他说，有时会一个接一个开，自己讲话或领导讲话一场接一场，忙得没工夫接电话，就是接了也没时间好好说话。他说忙到回家已经很晚，不敢再给王若雅打电话，知道她已休息，乡下的睡眠总是很早就开始的。他说得有理有据，滴水不漏。王若雅还是生气，完全无法抑制。

陈实提着东西立在篱笆边的时候，王若雅冷冷地说，我以为你忘掉我了，说实话，我可是快要把你忘掉了。

若雅，上次出差，一去就是一个多星期。陈实边走进院子，边说，刚回来那两个周末，单位又加班。上星期以为能来，结果省里来人了，不接待不行……

王若雅转身进屋，烦躁地说，好了，好了，我不听这些，让我清静点。这些解释不但没有让她消气，反而让她焦躁又厌倦。

要是能来，我天天都想来看你。陈实说。

别，当不起，我是被离了婚、被赶出家的人。王若雅冷笑着。

若雅，你怎么又提这个？陈实也莫名地不耐烦起来。

你不耐烦了吧。王若雅说。

是你不耐烦。陈实说。

……

一顿争吵之后，屋里一阵沉默。

后来，是陈实先说的软话。王若雅也不再说什么，她很清楚，和陈实不是和好了，而是她懒得吵了，突然累了。

末了，陈实说，这样吧，若雅，这次我就在这住一天，一会儿我开车去镇上买点好吃的，让李家兄弟做顿像样的。他冲王若雅笑，等待她灿烂的笑，甚至像以前那样抱着他的脖子撒娇。

什么都没有，王若雅猛地立起身，问，住一天，做什么？

陪你呀。陈实嘻嘻笑着。

不行。王若雅想都没想。

为什么？我和李家兄弟说一声就成。

是我说不行。王若雅声调很高，以致她自己都吃了一惊。她没有说为什么不行，说不出。她只是让陈实回去，立即就走，好像他再留一会儿就走不了了。她说，我不是赌气，反正不行。

陈实走的时候闷闷的，这种闷气甚至延续到他们近期的通话里。

想起通话，王若雅伸手掏手机。手机又没带，她愣了一下，以前，她是不可能忘记带手机的，每天要无数次地翻看，看时间，看信息，等待电话。她想不起什么时候忘掉手机的。

她莫名地惆怅，莫名地羞愧，又莫名地轻松。

八

陈实把孩子托在手里，半举起来，像举起一个极有分量的奖杯。陈家的男丁。他喃喃着，对自己说，对守了半夜的母亲和岳母说。母亲和岳母同时伸长了手来接，陈实却把孩子轻拥进自己怀抱，朝两个老人调皮地笑笑。他俯下头，鼻尖凑近孩子额头，半眯起眼，陶醉在孩子的体香里。他在这体香里寻找自己的痕迹。陈家的后代，他想。自他懂事起，类似的话就随着他的生活，融进他的血液，变成他的意念，纠缠在他的生命里。你是陈家的男丁。母亲的话变成烙印，印满他的路。你是男孩。父亲的这个强调变成他的鞭策，动力，希望。他们把关于后代的观念化作一颗生命力极强的种子，种入他的头脑。这颗种子以他的骨血为营养，以他的生活为土壤，在他的生命里一天一天地枝繁叶茂，根深蒂固。

后代！他受惊般地抬起头，把孩子递给母亲，走到王若雅床前。王若雅眯着眼似睡非睡，陈实趴在床边，等她缓过神。王若雅睁开眼时，看见陈实的笑脸，她冲他笑了笑，又疲倦又满足。陈实说，这小子很壮。

王若雅的笑亮起来。

若雅，我明天可能走开一会儿，给孩子入户口，这事愈快愈好。陈实说。

王若雅收了笑，用那样急么？入进谁的户头？

当然是我的户头。陈实惊讶地摊摊手，我们的孩子么。

王若雅说，你忘了，我们已经不是一家人，你户头突然多出一个孩子，不奇怪？你的单位可说不定什么时候又要交户口本建什么资料的。

陈实的眉眼木呆起来，是受到突然打击的样子，好久，他含糊地说，不会的，怎么会那么巧，单位的人员资料全建档了。

你能保证？王若雅问，你也说过，专揭人底子的小人多得是，就怕万一。

陈实不说话，在床前转圈。

你几个月前刚升，这个节骨眼上不能出差错。王若雅紧盯着陈实。

果然，陈实受惊般地立在床前，那，怎么好。他像在问王若雅，但不看她。

入在我的户名下是最好的。王若雅说。

陈实猛地睁大眼睛看住她。

王若雅说，这是最简单直接的方法。

陈实不答，走出去，凑在母亲耳边说了几句。母亲不住地摇头，低声说，那怎么成，现在若雅和李七丁还有结婚证的，要是李七丁到时要什么心眼，我们是拿他没办法的。

陈实感觉毛孔在收缩，全身滑过一层寒意。他大步走进病房，对王若雅说，户口的事先放一放，以后再说。

那孩子就不上户口了？王若雅问。

没事。陈实说，孩子已经生下来，这是最重要的，户口的事以后总能想法的，就是我一时没办法，还有阿爸，他还有不少老关系老交情的。

是，你家势头好得很。王若雅冷笑。

是我们家。陈实揽住王若雅的肩，孩子已出生，那份协议可以终止了。陈实在王若雅脸上没有看到应有的兴奋。

王若雅说，你总是很会安排的，一步一步都想好了。

你和李七丁尽快离婚，然后终止协议。陈实若有所思地说，不然，有些事太不方便了，就像昨天晚上的事。

按预产期，陈实先到小镇订了宾馆住下等着，镇医院也联系好了。预产期那天，陈实住到李家。傍晚的时候，王若雅开始有感觉，陈实把她扶进轿车时，李七丁骑了自行车，随在后面。陈实说，你就不用跟了。

李六丁凑上前说，现在她名义上是李家人，生孩子的大事，七丁没跟着去，反留在家里，邻里会闲话的。

陈实一时无话可说。现在，李七丁就蹲在医院门房，等着和他们一起回家。

陈实本来想说月子后就终止协议的，现在他想立即终止，让王若雅回娘家坐月子。他说，太不方便了，这个地方条件这样差，要什么没什么。

李六丁说，这不太好吧，孩子刚出生，就说回娘家坐月子，说不过去。

陈实说，事已成，该按协议行事了，哪有什么说不过去的。

王若雅说，我现在经不起这么颠来颠去的，再说，回娘家坐月子，我算什么，别人怎么看我。

陈实对王若雅不急于离开李家惊讶不已，王若雅则无法理解陈实只顾着协议，完全不顾及她的身体。

后来，还是王若雅的母亲开了口，她留在李家照顾王若雅坐月子，孩子满月后，想怎么办就怎么办吧。她对陈实说，我在这，该放心了吧。

陈实笑着点头，委屈阿妈了。

陈实买了两张床，一张给王若雅的母亲，一张儿童床，放在王若雅住的屋里，那间屋子便挤满了床和婴儿用品。李六丁李七丁仍负责做饭炒菜。但吃了几顿后，王若雅的母亲反复对李家兄弟说，买点好的。李家兄弟怎么也变不出花样，王若雅的母亲嫌平常那几样饭菜不够营养。王若雅说，在这里想买也没处买去，补品我多得是。她从屋角翻出陈实带来的昂贵补品，说这些吃不下，还是早晨的瘦肉，家生的鸡蛋吃不腻。王若雅的母亲怪怪地看着女儿，说难怪陈实说你在这里住的时间长了，脾气都怪了。

王若雅说，不是怪了，是正常了。

嗯？母亲没听清，反问。王若雅便不说了。

刚满月，王若雅就一直让母亲回城，母亲在这里住不习惯，极不惯。她说孩子已经满月，她自己照顾得了了。母亲又是那怪怪的眼神，小秋出世的时候，王若雅身边除了婆婆，还请了一个保姆。

王若雅说，大概是怀的时候被赶到这个没什么声响的地方，又睡得早起得早，这一个比小秋乖，再说我照顾过小秋，至少有点经验了。

王若雅的母亲便迫不及待地要走，陈实过来，拍着手说，好，若雅一起走，住回城里，阿妈也照顾得到，这边的事该了结了。

王若雅不走。

陈实觉得她不可理喻，说是不是在这乡下闷出毛病了。

你也知道在这里闷，我最闷的时候你在哪里？王若雅眼里含着泪，我是一颗棋子吧，你想挪哪便挪哪。

若雅，你怎么了，这是当初说好的。陈实开始莫名地不安，现在看来，事情很顺利。你回城，我了结了这边的事，然后我们复婚，还有什么问题。好了，别再耍小孩子脾气，这段时间你是受委屈了，回去后你要打要骂随你。

耍？王若雅满脸怒气，是谁在耍？你以为真的很顺利？真的没问题了？

到底还有什么问题？你说，我来解决。陈实莫名其妙了。

王若雅按着太阳穴，说，你以为什么都能解决？

到底什么事？陈实的声音高了。

王若雅尖叫起来，我也不知道什么事，反正就不对头。你是不懂的。

没错，我是不懂。陈实舞着双手，嚷，简直说不通。

没错，就是说不通的事，你安排的事就都是说得通的？

若雅，都是为了孩子，为了我们的未来。

我倒不知道还有什么未来！

孩子在争吵声中惊醒，大哭起来。王若雅的母亲哄着孩子，带了哭腔嚷，你们还有完没完？

李六丁和李七丁蹲在隔壁正屋门槛边，卷烟、抽烟。后来，李七丁站起身，走到隔壁，极少见地推门进屋。

李七丁不管屋里几个人的目光，说，孩子刚刚满月就说离婚，是要引人怀疑的，不如缓几个月，孩子大一点，各方面也方便些。

没人答话，但陈实和王若雅的争吵也没继续下去。

陈实和李七丁走出屋。陈实对兄弟俩说，这屋的门窗得装上防蚊纱，钱我来出。

李七丁说，明天就让人装。

陈实掏出钱包，拿出一沓钱说，多照看。钱的事放心，到时我不会小气的，这些先拿着。

李七丁往后退，说，这个以后再说。

拿着。陈实拿着钱的手伸长了，李六丁接过钱，说，谢谢陈老板，这些算先借我们买肥料,以后结算时扣掉就是。他们母子在这里,我会尽力照看好的,还有,你们自己从城里带来的好东西够多了,他们不会受委屈。

九

那个周末,陈实出差了,婆婆来看王若雅母子。她提着大堆奶粉之类的营养品推开篱笆门时,在门边立住了。

她的媳妇王若雅蹲在摇井边洗碗,她的孙子抱在李七丁怀里,玩着一个木制摇鼓,蹦着身子,笑得咯咯响。站了好一会儿,王若雅才抬头看见她,忙招呼她进屋。婆婆不进屋,呆呆地看着王若雅,你得洗碗的?不是说好了吗,他们包吃包住。

王若雅笑着说,没讲究那么多,哪里分那么清,反正闲着也是闲着。

你就这样洗。婆婆指着王若雅的手,一向极爱惜手的她洗碗竟没戴手套。

王若雅说,不用,这里的碗不腻,摇井上来的是泉水,洗得干净。

婆婆让王若雅接过东西,转身对李七丁点点头,抱过孩子,示意王若雅跟她进屋。

该回家了。一进屋,婆婆就半合上屋门,对王若雅说。

王若雅说,回得了么,孩子连个名分都没有。

婆婆张了张嘴,没有说话。半天后,说,若雅,你也知道陈实是迫不得已。你先回去,孩子放在你娘家。反正现在不吃奶了,不再离不了人。

王若雅知道，婆婆主动说出把孩子放在她娘家，已经是一种疼痛。但还是淡淡应道，再说吧。

若雅，还等什么呢？婆婆走近前，这里太闷了，以前是没办法，拖到现在，外人面前也说得过去了。

王若雅很久没想到“闷”这个字眼了，现在，她照顾孩子，做一些家务，时间就那么过去了，不知不觉的。

带着孩子，王若雅最开始主要是待在屋里，后来，孩子冲着屋门的亮光咿咿呀呀地闹，王若雅便愈来愈经常抱着孩子到院里，牵牛花已经把篱笆蔓得满满密密的，篱笆边的茉莉和百合花已经开得很像样，小院也便很有感觉，很有气氛了。后来，王若雅随口说，若有一架秋千，这小院就更有意思了。当时，李六丁呵呵笑，说是电影里看来的吧。李七丁没答话，但第二天，他弄来了木棍、竹子，在院里叮叮当当地忙起来，两天后竟钉出一架很像样的秋千。王若雅不知说什么，让李七丁抱着孩子，自己走过去，坐上秋千，无声地荡起来。

慢慢地，王若雅把孩子抱出门，在门前山坡边或在屋后近菜园的小路散步，看远远近近的绿色。出门总会碰上寨里人，他们笑着向王若雅打招呼，七丁嫂，吃过了？甚至会停下脚步，逗弄着孩子，讨论孩子的眉眼有王若雅的影子还是有李七丁的影子。王若雅便逃一样躲开，逃一样回屋。孩子对外面有了兴头，对王若雅回屋极不满，用喊叫哭泣抗议。王若雅只能又抱他出门，半躲着人，走向李七丁的玉米地，那是最清静的，几乎总是李七丁一个人在。李六丁一般留在猪屋边的番薯地。

孩子喜欢玉米地，看见玉米地就眉开眼笑。李七丁远远看见王若雅母子，隔着玉米高声招呼，孩子就在王若雅怀里蹦跶，咿咿地喊，和李七丁对话一般。不管手头多忙，他总要放下活，仔细洗过手，脱掉套在外面的脏上衣，走过来抱孩子。王若雅说不用不用。他对王若雅笨拙地笑，说他接下手，王若雅从家里抱着到这，该累了。

王若雅的母亲刚走那段时间，王若雅发现李七丁每天回来得早了，不出声地把孩子的衣服洗了，给孩子煮洗奶瓶，准备好开水。开始，王若雅吃饭的时候，若孩子醒着，他会把孩子抱开一会儿。渐渐地，孩子爱跟他出门耍，见了他就伸长双手，呀呀地喊。李六丁也加进来，兄弟俩一个抱一个哄，孩子闹半天也不愿睡觉。出门多了，兄弟俩请村里的木工师傅做了张木椅轿，装四个小轮子，没事推着孩子四处去。在这里，陈实从城里带来的色彩艳丽的学步车根本没法用。

王若雅向兄弟俩提出分担些家务，正正经经的家务，而不是像以前玩一样偶尔择择菜择择番薯藤。

李六丁摇头说，家里的都是粗活，再说，讲好我们都包的。

李七丁说，家里的活不多，我和六哥做得来，早早晚晚那点零碎时间就安排好了。

王若雅不答话，第二天，她用自行车带着孩子去买了肉和菜，回来趁孩子睡着，煮了饭，炒了菜。兄弟俩回来时，王若雅走进灶间端出饭菜，从木呆着的兄弟两人面前走过，在正屋安排下去，说，吃饭了。

那时候开始，王若雅开始插手李家的家务，自然而然的。

婆婆走后两天，陈实就来了。

王若雅笑着说，这次倒不忙了？

刚出差回家就请假赶来了，再忙也得抽时间来。陈实揽着王若雅，走向儿童床。

孩子睡熟了。陈实和王若雅站在床边，看着孩子，头凑着头，但很长一段时间没出声。陈实先转过脸，扳过王若雅的肩，让她面对着自己，若雅，我们该……

王若雅转了下头，她听见外面有声音。然后，隔着防蚊纱看见外面的李七丁，她和陈实错开一点距离，又自然又突兀。李七丁点点头，说回来拿点东西。他打开防蚊纱门，冲陈实笑笑，却举着一个木制的玩具对王若雅说，刚刚又得了这个玩意。说着摇了一下，连在短木柄上端的木制空心球内的木珠子就跳起来，发出好听的脆响。

这个玩意好玩。王若雅笑着接过去，赞，倒做得精致。

陈实不知什么时候敛了笑，眼睛的余光扫了下儿童床边一个箱子，里面满是城里带来的精美玩具。他问李七丁，田里的活不用忙？

李七丁说，回来拿点工具。

三人一时无话，李七丁立在屋中不动，屋里极不自然地静着，王若雅莫名地不自在，侧过身专注地看着孩子，伸手给孩子掖掖被角。却胡乱地想，今天李七丁有点怪，拿东西就拿东西，进来做什么。就是进来送这个玩具，也该走了。以前陈实来的时候，李六丁李七丁总是不在家的，就是偶尔碰见，也是招呼后很快回避，给她和陈实留出空间。现在，李七丁立在这里，不说话也不退出门。

不知多久，陈实先开口，问，还有事吗？

噢，没什么事了。李七丁恍然回过神。

那你忙你的事吧。陈实声音有点高,冷而硬。接着,他看见李七丁点头的时候,目光是落在王若雅背影上的。这目光变成尖细的东西,怪异地勾出陈实脑里原本没注意过的画面。上次,陈实来的时候,李七丁刚好在,抱着孩子在院里耍,陈实接过孩子,也像现在一样,让李七丁忙自己的事。李七丁扛了锄头出篱笆门的时候,在摇井边洗手的王若雅的目光随着出去。没错,是随着的。她那天的目光在瞬间突然无比清晰。陈实身上什么地方在发痛,他盯住李七丁,再次扬高声调,说,你忙去吧。

孩子在他高扬的声调里惊醒,大哭起来。王若雅俯身去抱,陈实,你惊着孩子了。

陈实接过孩子,轻轻摇晃,嘴里呜呜地哄。

孩子只是哭,王若雅凑上前,又拍打又拿奶瓶,孩子舞着手,踢着脚只是哭。王若雅要抱,陈实却转开身,赌气般地抢着孩子,赌气般要哄住孩子,像确定他的身份一般。他的胳膊摇晃得快速了,嘴里胡乱和孩子对着无内容的话,显出了急躁。孩子只是哭得更厉害。

陈实,你做什么?王若雅伸手接孩子,陈实再一次偏开身。

李七丁拿了刚才的木制小球,摇着走向孩子。孩子的哭声渐渐弱下去,瞪着双眼呆呆看那个木球。李七丁快速地摇出一串脆响,呀呀地逗着他。孩子抽泣了一下,咧嘴笑了,向李七丁侧着身子,伸手去拿木球。李七丁顺势就把孩子抱过去了。

陈实的脸唰地变白,嘴唇爬满细细的颤抖。他死命抑住颤抖,说,结束协议吧,今天就结束。

李七丁冲口而出,离婚得双方同意的。说完,他自己都呆了。

屋里,死寂一片。

十

陈实的母亲和王若雅的母亲来了，与陈实并坐在桌子一边，李六丁李七丁并坐在对面，王若雅一直在屋子另一个角落照顾孩子，游离在事情之外一般。桌面上是一年多以前那两份协议，今天是要给它画上句号的。

陈实翻开自己那份，重复了一下协议里的内容，然后看李六丁李七丁。李六丁有些多余地翻翻自己那份，冲对面三个人点头，说，是这样了。

陈实打开随身带着的公文包，钱是早就准备好的，他一沓沓拿出来，排放在桌面上，拿得很慢，排得很用心，好像这个过程给了他某种快感。李六丁脸上的笑一层一层地浓厚，果然是有底气的人家，出手气派。他看看陈实，陈实鼓励般地对他点头。李六丁拿起了笔，按陈实的提议，要在协议里写上终止时间，还要签一份终止协议的证明。

提起笔时，李六丁下意识地偏过脸看看王若雅母子，感到一种隐隐的不舍。但他转回脸时，目光触碰了桌上那几叠钱，兴奋很快盖过一切。梦一样的感觉笼罩了他，就这一年多的时间，整个李家的局面不一样了。一年多以前签协议时，兄弟俩拿到第一笔钱，投资了玉米地和十头肥猪，一切进展很顺利。现在加上这一笔，李家有点拿得出手的家底了。他计划过了，马上托媒人，找个三十多岁的老姑娘，甚至邻近寨子出门打工的女孩也可以召回来娶进门。这不是乱想的，照玉米地和那些猪的发展势头，只要舍得卖力气，花心思，这条路肯定愈走愈宽直。那时，李家的后代再不是问题。

李六丁看到李家的枯干的树叶上又一星一点地绿起来，开始抽枝长叶。他拿起了笔，看看李七丁，意思是让他也拿起笔。

李七丁一直沉默着。

李六丁用手肘碰碰七弟，七丁，快点，签好了你们就去离婚，这事就告一段落了。

李七丁不抬头，不开口，一口一口抽着烟。

李六丁疑惑地望望桌对面的人，桌对面几张脸比他更疑惑。

若雅在这里住的时间比计划的长，我们可以加点钱的。陈实的母亲说。她莫名地有些慌。

王若雅的母亲忙附和着点头，她们母子拖过了原先说好的时间，是为了让这事收个好尾巴。你再说个数吧，没问题的。

陈实阴着脸，抑制着急促起来的呼吸，半仰起脸，重复岳母的话，说个数吧。

李六丁用手肘再次捅捅弟弟，七丁。

李七丁完全没反应，好像进入冥想，无法对外界做出反应。

陈实一掌拍在桌面上，这是什么意思，想反悔么？当初协议签得一清二楚，舅舅也再三保证了你们的人品。我倒要看看，这是什么样的人品？

陈实。角落里的王若雅开口了，这局面是怎么来的？我是一件东西？任你这样安排来安排去。

若雅。陈实不由自主地站起来，你的意思是……

李七丁出声了，他捏灭烟头，垂着头，像冲着自己的胸口，开始说起来。他说他能养活女人和孩子了。玉米地已经卖出大批玉米，收成很不错，销路也不错。还有那些肉猪，第一批十头猪已经卖出，在镇上市场抢手得很。不管是种玉米还是养猪，都是摸索过几年的，算是上手的活。接下来，玉米年年种，肉猪接着养，照这样下去，一两年就能重新盖房子。李家这两间半屋虽说不大，但包括屋前的院子，也不算太小，按现在时兴的，砌成两三层的小楼，是很像样的。开始先砌一个框，装修和家具慢慢来，挣一点，添补一点，总有一天会像样。我就有了自己的日子。

没人答话，任李七丁梦里呓语般地说。

陈实的母亲和王若雅的母亲低着头，像进入某种沉思。

王若雅意识到自己异样的时候，泪已经滑到腮上，她忙侧过身，将脸半埋在孩子胸口，掩饰着，对自己的泪又惊讶又慌张。

李七丁仍在说，以前欠下的钱我会还，若要赔偿我也没二话，我慢慢还，一定会还上的……

李六丁一把扯住他，扯断了他的话，把他扯到屋外，惊问，七丁，你怎么了？这只是生意，你要把什么都搞坏了，你在想什么？生意，这是生意！

李七丁突然惊醒般，呆呆地看着李六丁，张了张嘴，没法开声。

李六丁捉住他的肩膀用力地摇晃，你到底在想什么？这大辈子也没听过一下了说这么多话，疯了么？

我不知道自己在想什么。李七丁惊慌失措，求救般看着李六丁，六哥，我真不知自己在想什么，就那么说了。

那你现在进去，跟人家好好说。李六丁放开他，手在他肩膀上安抚般地按了按。

李七丁进屋，目光直愣愣的，用生硬的语气说，明天就去离婚，结束协议。他听到一阵呼气声，不知是叹息还是松气，不知是屋里人发出的还是他自己发出的。

都醒得很早，陈实的母亲和王若雅的母亲很早就从镇上宾馆赶来了，她们留在李家照看孩子。李六丁李七丁和王若雅坐上陈实的车，向镇上婚姻登记所去。车里一片静默。静默是从早餐就开始的。

李六丁早起煮了粥，炒了瘦肉，炒了菜，煮了白水蛋，招呼大家都吃点。似乎都没有动筷的意思。李六丁说，吃点吧，都是新鲜东西。天还早，镇上政府办公楼的人没那么早上班。

他们陆续拿起筷子开始吃，好像为了磨掉时间，吃得极慢。孩子熟睡着，端着碗吃饭的没人出声，连咀嚼声也胶住了。

吃过饭，他们静默地坐了一会儿，静默地出门，静默地上车，静默到现在。

陈实把车开得飞快，路不平，车里的人颠起来，他们在静默里极力稳定着身体。

镇办公大楼的人刚陆陆续续上班，通往婚姻登记处的走廊空荡荡的，光线暗淡。一行人朝空荡荡处走去。

后来，这种暗淡的空荡荡一直盘桓在陈实脑里，蔓延到他生活的各个方面，甚至进入他的睡梦之中。在踏入登记处那一刻，王若雅顿住脚步，说，我不离了。

没人反应过来，王若雅已经转身跑开，陈实看见她在暗淡的空荡荡的走廊里跑远，身影很快变得模糊不清。

陈实要追时，王若雅的身影已经完全不见了。他跌跌撞撞地朝背影消失的地方扑过去，接着是李七丁，再接着是李六丁。

参与者

一

刘细平醒来，刘腾将他扶出房间，他抬眼看见客厅墙上那张照片，侧过脸冲刘腾嚷，做什么又挂上，摘！说话用了力，他摇晃起来，刘腾扶紧了他，他身子一挣，晃得更厉害，差点摔倒，他又嚷，不用扶，我还死不了。事实上，他大半个人靠刘腾撑着，若不是沙发就在旁边，刘腾就势扶他坐好，他的屁股接触的将是地砖。

原先不是挂得好好的？刘腾说。语气淡淡的，眼皮没抬，但刘细平瞪的那一眼他感觉到了，转口说，我摘。转身给刘细平倒水。

现在摘。刘细平说。他目光极快地扫过那张照片，妻子陈少媚在相框看着他，目光安静专注，一切心知肚明的样子，他避开脸，大口大口喝水。

妻子陈少媚去世后，刘细平一直把她的照片挂在客厅，妻子去世时六十岁，但用的是四十岁的照片，显得极年轻，那种年轻让刘细平又欣喜又忧伤。每天早饭后，他面对相片，沏一杯茶，慢慢喝，像和妻子对饮。那天，他倒在客厅，刘腾将他送进医院前一刻，他指着妻子这张相片,要求摘下来。

刘腾显然无法很快理解他的意思。

快摘下,放到我房间抽屉里。他忍住剧烈的痛疼,喘着气说,好像那是比他进医院重要得多的事。

刚刚刘细平休息时,刘腾对着墙上浅浅的相框痕迹,愣了一会儿,走进刘细平的卧室,拿出相片重新挂上。

现在,刘腾站在椅子上,伸长手颤颤地摘下相片,半抱着,这个姿势让刘细平莫名地焦躁,他用力挥着手,说,放到抽屉里,别再拿出来。

往房间走去时,刘腾小声嘀咕了一句,放哪里还不是一样,少媚都知道。

腾弟!刘细平猛吼一声。

刘腾闭了嘴,并很快半垂了头,像大半辈子一直做的那样。但那一瞬,他突然有个奇怪的念头,想看看刘细平的钱包里是否留带着陈少媚的照片。

刘腾记得极清楚,刘细平得到陈少媚的照片那年十七岁。那个火热的下午,刘细平扯着刘腾绕操场跑了一圈,再绕学校几座教学楼跑一趟,最后在一个所谓的隐秘角落停下,刘腾感觉已无法呼吸,刘细平头上冒着热腾腾的汗,举着那张照片,像举着一块冰冻的西瓜,喊,陈少媚的照片,我得到了。他竟一点也不喘。那一刻,刘腾凌乱的呼吸也突然安静了,他瞪大眼睛看刘细平,然后看照片,刘细平将照片推到他面前,几乎贴住他的鼻尖。

没错,是陈少媚,笑得比日光还耀眼,刘腾往后退了两步,半垂下头。

刘细平呵呵大笑，什么反应，又不是给你的——我就说吧，她会给我的，这照片可能早拍了，就等着哪天送到我手上。刘细平对照片端详了一会儿，点点头，他说将要去买个钱包，把照片放在钱包里，这是对照片最好的保存方式。就这样，因为那张照片，刘细平有了第一个钱包，他也是全班或者是全校第一个拥有钱包的。陈少媚那张照片一直在他钱包里，直到他结婚。

结婚后，刘细平再不向刘腾翻弄他的钱包，刘腾不知那照片是否还在。

那时，刘细平和刘腾同班且同桌，他们在学校所有的活动几乎都同步。一个中午，刘细平和刘腾打好饭转身时，和陈少媚打了个照面，他们呆了呆，食堂的吵闹声哗地退开，在周围退出一片圆阔的安静。陈少媚靠向打饭的窗口，后面的队伍接上去，挡住了她，刘细平回过脸，冲刘腾哇了一声，挤弄着眉眼朝陈少媚的方向示意，说，可以上海报的嘛。刘腾立即领会了刘细平所有的意思，他猛地扭着脖子，极快地甩甩头，抬脸冲刘细平笑笑，表示同意他的看法。

刘细平很快查明，陈少媚跟他们同级，班级就在他们楼下，并且掌握了陈少媚上学放学的时间段。陈细平和刘腾等在楼梯转角，看陈少媚上学，顺楼梯一阶一阶上来，精致的五官越来越近；看陈少媚放学，顺楼梯一阶一阶下去，马尾一摇一摇地远去。大约一个月后，刘细平对刘腾说，我看清楚了，决定了。刘腾知道刘细平决定了什么，刘细平从没想过刘腾也可以有同样的决定，刘腾也不往那方面想，主角是刘细平，一切理所当然。

那时，陈少媚也对他们——他们代表了刘细平——有了足够的注意。

刘细平开始在放学路上等陈少媚，远远看见她，或打极响的呼哨，或举了冰棍走过去，或冷不丁塞给她几张明信片，做这些时，刘腾都在，刘细平做什么都告诉他，带着他。每每陈少媚朝刘细平侧过脸，接过他的冰棍或明信片，他就转头，冲刘腾眨眨眼，刘腾嘴角就扯出一抹笑意。

刘细平突然发现自己和刘腾都盯着墙上那个相框痕，客厅长时间静默，被某种暧昧不明的记忆塞满，他烦躁了，要进房间，说想再躺躺。刘腾看了他一眼，他立即知道刘腾都明白，烦躁升级成暴躁，双手用力拍打沙发皮面，怨沙发坐着热死了。刘腾扶了他，往房间去，他明白，刘细平不想让陈少媚看见这些。

刘细平向来喜欢陈少媚看着一切，或者说是让刘腾看着一切。

约陈少媚出去时，刘细平肯定带上刘腾，他们三人往某条河边或某个山坡走去，或踩着自行车冲进夕照里，刘细平和陈少媚一路说说笑笑，刘腾一路默然。他像刘细平和陈少媚两人的保护色，有了他，刘细平和陈少媚的出行变得自由自在，理直气壮，不必担心同学的嘲笑或老师的关心。

第一次和陈少媚搭上话时，刘细平向她介绍了身边的刘腾，他不提和刘腾同班同桌的事，而是揽住刘腾的肩说，这是腾弟，一向跟着我。这句话几乎奠定了刘腾以后的位置。

陈少媚冲刘腾笑笑，带了姐姐的亲切和温暖，不知是因为刘细平的话，还是因为刘腾瘦小的个子。这个笑容也几乎奠定了陈少媚以后对刘腾的笑。

二

都买了吗？刘腾进门那一刻，刘细平就问，他的脖子探过去，目光搜索刘腾手上的袋子，虾必须是市场南门边那一摊的，是不是？

刘腾没答话，只含糊地晃着脑袋，很快把东西提进厨房。

我要的东西买了吗？刘细平扬高声调，他感觉刘腾手里那些袋子不对头。

刘腾在厨房里放水，水声哗哗响，没听见他的声音。

你哑巴了吗？刘细平放声嚷，钱都在桌上，怕我用了你的？

水龙头关了，刘腾端着一个杯子出来，递给刘细平，玉米汁，趁热喝了。

我要的是玉米汁么？刘细平目光跳过杯子，盯住刘腾。

刘腾摇头，表情和语调一贯地风轻云淡，医生交代了，那些东西不能吃。

医生，医生，别在我面前再提这两个字。刘细平挥舞双手，东西是我要吃还是医生要吃？身子是我的，我要怎样就怎样，再走一趟市场，把我要的统统买来。

医生是为你的身子，那些东西暂时不能吃。刘腾仍摇头，极轻极缓。

刘腾的坚定让刘细平惊讶，他嘴猛地张大，想吼句什么，但声音塞在喉头，牙齿磨咬了一阵，默了。

刘细平转了身，把目光转向刘腾，瞪他，用尽力气地瞪。刘腾的目光迎了一下，很快避开，表情仍坚定，丝毫没有起身再走一趟市场的意思。

刘细平目光软了下来，双手揪住裤子两边，一阵颓丧的情绪笼罩在他心头，他拼尽肩背的力气想拉起上半身，将下半身撑起来，但他再无法自如地控制身体，他认定骨肉筋肤都背叛了他，涌起浓重的无奈和悲伤。

不一样了。他心里哀叹一声，没用了。

若是以前。刘细平突然喜欢想以前，只要他瞪一眼，刘腾没有不去做的。

很小的时候，刘细平和刘腾之间就有这个习惯了，某些事情，刘腾稍有异议，或稍犹豫，刘细平瞪他一眼，他便不声不响随了刘细平的意思。

刘细平和刘腾从小是邻居，两人几乎整天黏在一起，刘细平总是带头的那一个，刘腾是跟随的那一个。刘细平的家境好一些，常带东西给刘腾，或一块饼干，或半块豆饼，或两颗糖，他总猛地将手伸到刘腾鼻尖前，打开手掌，说，吃了。

刘腾摇头，父亲对他重复过无数次，不许随便吃人家东西。他家没有能力礼尚往来，关系到人情、自重等东西，很严重了。

吃了，装什么装。刘细平瞪刘腾一眼，刘腾便接过东西，用心吃了。

刘细平拍拍手笑，你是我腾弟，不用什么鬼讲究。

事实上，刘细平和刘腾同岁，刘细平只长刘腾两个月。刘细平有三个哥哥，分别叫刘高平、刘健平、刘聪平，生刘细平的时候，父母盼望是个女儿，听到产婆那一句“恭喜，是个男丁”时，父亲失望地噢了一声，母亲让他给孩子起名，他随口说，这是最小的孩子，叫细平吧。

一直到长大成人，刘细平始终对这个潦草的名字耿耿于怀，小时候他不止一次冲母亲哭嚷，说凭什么三个哥哥都有响亮的名字，只有他的名字马马虎虎。母亲看着他又跳脚又抹泪，笑，什么马马虎虎，细平这名字多好，多可爱。刘细平受不了“可爱”这个评价，愈生气，母亲愈笑，她觉得好玩，说，那让你爸给你改名吧。刘细平哪敢，他认定父亲是世上最暴脾气最不讲道理的男人。

刘细平长得高大，三个哥哥比他更高大，他们眼里，刘细平永远是小不点。很长一段时间内，三个哥哥出门时每人会扫一下他的后脑勺，表示告别；回家时每人拍一下他的额头，表示招呼。刘细平抗议，高嚷，甚至哭泣，哥哥们哈哈大笑，打趣他的鼻涕和眼泪，拿瓜子和哨子糖哄他，没有半点迹象表明，他们注意到他的申诉，更别说重视他的意见了。

从小，刘细平不跟哥哥们玩，他跟刘腾玩，刘腾家在刘细平家后巷，他趴在后窗一喊，刘腾就跑出天井，仰起脸看刘细平。

等一下。刘细平招了下手，飞快地跑出门，拐到后巷去。

刘腾家只有他一个孩子，家里穷是穷，可他的名字是父亲提了几斤猪肉几斤白糖到村小学最年长的郝老师那换来的。刘腾还未满月，整个寨子的人已经知道他名字的意思，腾飞，将有大大的前途。刘细平很小的时候，也知道了“腾”的意思，学会查字典时，还专门拿大哥的字典查了一下，那时，他确定，“腾”是所有字里最气派、最让人痛快的，他不明白为什么父亲给他起名时这个字不出现在他脑子里。

这名字不适合你。刘细平对刘腾说，将手搭在刘腾瘦瘦的肩膀上，稍稍用了力，像要强调那句话，刘腾便忍受不住似的歪了歪身子。

刘腾只是笑了笑，极淡极淡，从小到大，他的笑一直这样淡淡的。

一天，刘细平和刘腾玩着沙子，刘细平突然说，你叫我平哥，我叫你腾弟。

我六岁，你也六岁。刘腾疑惑地说。

我四月出生，你六月出生，我妈说的。刘细平理直气壮的样子。

刘腾还是疑惑，他的印象中，在寨子里，同岁就表示一样大，没人论月份的。

我比你高，比你大。刘细平比画着，他比刘腾高出一个头，肩膀比他厚实一倍，说，比你有力气。

刘腾看看刘细平，最终点了点头，从那以后，他们之间的称呼固定下来，直至几十年后的现在。

不单是称呼，从此，刘细平努力当起刘腾的哥哥，带着他，管着他，顾着他，瞪他的时候，刘腾当然不能不听的。

现在，持续了几十年的“一瞪”突然失了效果。

刘腾将饭菜摆上桌，给刘细平盛了饭，舀了汤。刘细平不动筷，又瞪着刘腾，用力瞪，刘腾看着他，不回避也不回应。

这不是我要的东西。刘细平最终先开了口。

这些对你身子好。刘腾说，照医生的话做的。

你端去医院给医生吃吧。

刘腾立起身，夹了菜放进刘细平碗里，刘细平再次感觉到兜头而来的忧伤。

三

药就在电视机下面那个抽屉里，离沙发只有四米，四米这数字让刘细平感到安慰，那么近的距离。他想好了，慢慢起身，先扶沙发，再扶茶桌，再有几步就到了，然后回转身，他设计精密仪器般设计到每一步的落脚点，最后以顺利吃药完美收场。

他尝试起身，双手撑着沙发，还好，上半身和双手的力量把他拉直立了，他很长一段时间没有这样独自立住，他相信这段日子的调养有效果了。但他很快吃力起来，忙抓紧沙发扶手，试着挪了两步，再挪两步，脚像绑了巨大的沙袋，重得提不起来，又软得像面线，额角渗出细汗。

双脚怯了，撑不住身体的样子，他不相信，平日刘腾扶着他，可以走得挺稳，走很长时间的，刘腾那双瘦瘦的手有那么大的力气和作用？他赌气般又挪了几步，加快速度，双手也不扶靠任何东西，人立即摇晃不定。

他就那么摇晃着，对身体又疑惑又愤怒，身体突然有了自己的意识般，不再受他指挥，正和他对着干，并慢慢离他而去，特别是双腿和腰背。他咬着牙，双手开始捶打双腿两侧，想激发它们的斗志。

摇晃厉害了，他想稳住时却往前扑去，一声巨响，趴倒在地，两条胳膊痛得发麻。怎么也爬不起来，刘腾已经从厨房奔出。

刘腾蹲在刘细平身边，扯他的胳膊，连声问，没事吧，伤哪了？

刘细平使劲挣着胳膊，不让刘腾扶，双手是他还能控制的，他莫名地得了点安慰。刘腾看看他，抽出胳膊，去抽屉拿出药，放在他手边。刘细平手一扫，把药扫散一地，吼，谁说我要吃药，越吃越没劲，这是毒药，我是要开电视。

有遥控。刘腾指指沙发角，这段日子，他一直帮刘细平把遥控准备在身边。

我不看电视。刘细平吼，无聊。

刘腾不辩，又伸手扶他，他胳膊紧紧夹在身体两边，将自己绷成一根棍子，半闭了眼，刘腾挪不动他半分。

地上凉，别躺太久。刘腾说，我扶你一把。

他扶我一把？刘细平几乎要哭出来，一向是自己扶他的，某些远去的日子哗哗倒流，刘细平沉入其中。

那些日子，刘细平和刘腾整日在田野山间追逐玩耍，那些沟渠田坎，刘细平总是一跨而过，然后他转身，刘腾落在后面，刘细平跑回去，伸长胳膊，把他扯过来。每次扯拉刘腾，刘细平都要笑，像大姑娘，你不会大步跳么？你真轻，我一手能扯好几个腾弟。

和其他孩子玩捉坏人游戏，不管当警察还是当罪犯，刘细平永远把刘腾拉在自己那组，按他的说法，他得掩护刘腾，不然，刘腾肯定是死得最快的那个。其他孩子有意见，刘腾虽然瘦小，但脑子好，总有些新主意，他和刘细平一组，他的主意加上刘细平的力气，总是赢的，他们认为不公平，要求抽签。刘细平便举了举拳头，孩子们大多领教过那拳头，他们转向刘腾，问他，你自己选一下。刘腾无所谓，刘细平让他在哪组他就在哪组。

刘细平冲其他孩子哧哧笑，白痴，这还用问么。他对刘腾就像对自己一样有把握。现在，这份把握突然离他而去。刘细平想骂人，用世上最恶毒的语言，但他不知骂什么，怎么骂，他发现连自己的声音都没把握了。

四

把刘细平弄出门，刘腾照例费了一身汗和半天口舌，半个多月了，刘细平仍无法接受这样的姿势，说再这样走下去，他在病死之前会先羞死的。

这个姿势是他们多次尝试后选择的，最初刘腾是侧面扶着，但他的肩背顶不住刘细平的身板，刘细平身子总是歪向一边，单扶着胳膊刘细平自己撑不住，甚至试过半抱着刘细平腰的，刘腾像挂在刘细平腰上的一个葫芦，两人没法迈步，还顶得刘细平跌坐在地。

最后变成这样子，刘腾立在刘细平身后，伸长双手，撑叉着刘细平的双腋，或半抱他的肋骨，随着刘细平的步伐，一左一右地摇摆，帮他借力，并半撑着他的腰背，半推着他往前，两人像两个连在一起的、动作控制不够好的机器人。他们第一次以这样的姿势走出门时，牵扯了一路的目光和脚步，刘细平始终半垂着头，不停地喃喃，够了，够了，放开我，别走了。

多走一段，医生说得锻炼。刘腾一如既往地有耐心。

这是什么鬼锻炼。刘细平身子挣了一下，刘腾双手一紧，两人一歪。

不锻炼的话，会真的走不了路。刘腾说。

刘腾声调静如止水，但刘细平每次都被吓住，准确地说，是被再走不了路的想象吓住，这样的场景已成了他噩梦的主要背景。他开始强迫自己想象，在这样一摇一晃中，双腿的神经和细胞一点点恢复活力。

走着走着，刘细平不动了，刘腾双手感觉到他的汗水和粗重的喘气，他累了，腰弯得更厉害，把刘腾也拉得往前弯，刘腾让他停一会儿，继续鼓动他，再走一段，开始是有点累，但会一天天省力，多活动，好得快点，医生说……

走吧，啰唆。刘细平极不习惯刘腾的安慰，这次进医院之前，他从未需要过刘腾的安慰，安慰的话一向是由刘细平向刘腾说的。只有一次，刘细平突然不知怎么安慰了。

那晚，刘腾守着父亲的棺木，半跪半坐，几个小时纹丝不动，刘细平在他身边坐一会儿，跑到隔壁看看刘腾的母亲，她已躺倒两天，不吃不喝，被刘细平喊来的医生强行打了吊针。刘腾的母亲大概磨尽了力气，整个晚上都在昏睡，吊针再没有被扯掉的危险，刘细平放心留在刘腾身边。

刘细平喊刘腾，不停地跟他说话，刘腾没应声，这是他第一次没有回应刘细平。刘细平突然害怕了，他说得愈来愈急，慢慢地变成嚷，变成骂，刘腾没有回头，肩背巨石般凝然不动。刘细平凑到刘腾面前，看他的眼睛，他的眼睛长久不动不转，没有光没有泪，十六岁的面孔一夜间变成六十岁。

刘细平合上嘴巴，伸手在刘腾肩上按了按，然后陪坐在他身边。

刘腾的父亲安葬后，有段时间，刘腾很沉默，刘细平寻找各种言语，想用那些言语将他从某种胶着状态中拉出来，刘腾却冲刘细平点点头，平哥，我没事，事情已经发生，我知道怎么过。

刘腾的表情和语调带了陌生的冷静，刘细平感觉刘腾突然进了另一个空间，那个空间他进不去，也不明白，他立于刘腾的空间之外，无能为力地看着刘腾打理自己，这使他很长一段时间闷闷不乐。

走不进刘腾的空间，刘细平尽量走进他的日子。

刘腾家的日子本来就走得艰难，他父亲去世后，母亲丧失劳动力半年之久，他几乎辍学。刘细平让母亲找了刘腾的母亲，借钱给刘腾的母亲，帮她找合适的工作，当然都是背着刘腾的。那一年开始，刘细平寒假暑假都找活干，饼干厂、电缆厂、鞋厂、工地、大排档……连周末也找地方勤工俭学，活有自己找的，有父亲托朋友找的，亲戚帮忙找的，当然，所有的活他都拉着刘腾一起干。

刘腾的学业得以继续，刘细平则攒了一个小金库。小金库为刘细平壮了说不清的胆，他不止一次让刘腾放心考个大学，他有能力先借学费。刘腾摇头，不用，我能想办法过日子，这些年你陪着我打工，是帮了大忙了。

原来自己的心思刘腾都知道。刘细平莫名地懊恼，刘腾说他能过日子时，像提前进入成年期，一切都打算好的样子也让他不舒服，甚至有些失落，他夸张地喊，你不上大学？这样的成绩不上大学？肯定能考上的。

其实，刘腾的成绩好是好，但还是比刘细平差一点，这一点让刘细平不停地鼓动刘腾赶上他。

刘腾说,上大学是一条路,不上大学也是一条路。

刘细平认定上大学这条路肯定更好,好千倍万倍,他安慰刘腾,先把大学念了再说,以后一切会好的。

就像现在刘腾安慰他,会好起来的,再练练就能自己走了。

经过路边一棵树时,刘细平抱住树干,说,不走了,以后再不走了。

刘腾随他抱着树,任他抱怨,只用力扶撑着他的腰背,像惯一个任性的孩子。刘细平顺树干溜滑下去,靠树坐在地上,他不念叨了,绝望闷得他开不了口。刘腾所有的安慰和扶持都加深了这种绝望,在刘腾的脸凑近前,他闭上眼睛,狂躁地挥手。刘腾没有说什么,只和他并着肩,坐在树下,接住行人纷杂的目光。

五

转了一圈回家,刘腾感觉被汗洗了一遍,刘细平上衣的后背也成片湿透,他找了干净衣服,放在沙发一头,刘细平不看衣服。刘腾开口了,洗个澡吧。

刘细平已经好几天没洗澡了,每次洗澡,刘腾扶他进洗手间他就骂,看见刘腾在洗手间准备凳子要骂,放好水要骂,帮他穿裤子更要骂,所有的骂声都伴随着双手狂躁地挥舞,洗完澡后,他几乎又开始出汗了。

“洗澡”两个字像针,刺痛了刘细平,他手一抖,杯子重重蹾在桌面上，冲刘腾吼，走开！

刘腾不出声地走开，进了自己房间，刘细平抓起衣服朝他的后背扔去。

时间一分一秒过去，刘细平盯着刘腾的房门，他不明白刘腾在房里做什么，可以待这么久，他感觉自己接近极限了。出院后，他就一直被上厕所的问题困扰，为了少上厕所，他尽量少喝水。他暗骂自己，刚才脑子气坏了，那样大口灌水。

刘腾终于走出房间，刘细平却侧开脸。刘腾凑到茶桌前倒水，看了刘细平一眼，突然问，上厕所吧。

刘细平的火气腾地冒起来，说，不上。

刘腾放下杯子，扶了他往洗手间走去，刘细平挣了一会儿就不敢动了，他再挣，就要失禁了。刘腾扶他坐到马桶上时，刘细平气得双手打战。

洗手间门照例开着，刘腾立在门边，他得等着帮刘细平起身，帮他提裤，扶他出洗手间。刘细平赶刘腾走，说不需要他了，要他关上洗手间的门。骂得厉害了，刘腾就半拉了洗手间的门，立在门外等。

上完厕所，刘腾把刘细平的衣服拿进洗手间，说，顺便洗澡吧。刘细平拍着洗手盆大骂，摔洗发水洗手液纸巾等东西，直到刘腾把他扶出客厅。

电话响了，刘腾朝刘细平示意，一定是宇成打来的。他准备把电话机挪给刘细平，刘细平大喝，我不听，别多事。

刘腾自己提了话筒，果然是刘宇成。

腾叔，我爸哪？打他手机他没听。

他手机在房里，没听见手机响。

现在他也不听电话么？——我知道，他不想听的，腾叔，他近来还好吧，都听你的吗？

听，听的，都还好。刘腾不知觉压低声音，打量了刘细平一眼。

腾叔是要我放心，我知道，我爸怎么可能听呢。刘宇成几乎又忍不住抱怨了。

从刘细平入院的那天起，他们父子几乎每天都在争吵，直到刘细平出院前一天，他们几乎没在任何问题上达成过一致。

那天，刘宇成拉了椅子坐在刘细平床前，想好好和父亲谈谈。

爸，跟我到那边医院再看看，毕竟大城市大医院，说不定治疗效果更好。

大医院？大医院还不是这些机器照来照去，还不是弄一堆药让我吞，是机器大一点，药多一点吗？多些方法折磨人吗？以后别提这个，我就是要死也死在家里，不会找大医院去死。

爸，你这是什么话——你到我这边，我和素素能照顾你。

你和素素？你们每日要上班，火烧屁股地赶，还照顾我？怕我想喝口水都难。

我们上班的时间里，可以找个人照顾你，家政公司的员工很专业的，我和素素下班了就能照顾……

够了，就认定我是废人了？还请人照顾哪。

爸，那你想住哪里？

废话！当然待在家里，我说过几次了。

刘宇成立起身，绕着病床转圈，刘细平半眯起眼。

爸,我和素素都没法待在这边,这次我们都请了不长时间的假期,再请是说不过去的,这不是一天两天的事……

谁让你们请假。刘细平猛地拍了下床板,我让你们别来别来,你们耳朵哪去了?我是要死了吗,要你们急吼吼赶来?

爸。

你们今天就回去,想气死我就留下,我过我的日子,你们走你们的路,我死不了,放心,没人说你们不孝,你们的心意我知道,不用做什么样子。

爸——刘宇成声音往上拔。

刘腾进病房,暗中扯了扯刘宇成的衣角,把他扯出病房,宇成,别跟你爸吵,这样没用,你知道的。

腾叔,我想不出法子了。

不用什么法子,你和素素回去上班是正事,家里有我,我照看他。

可是——

还有更好的办法么?

那麻烦腾叔了。刘宇成按着太阳穴沉默了一会儿,摸出一张卡,说,家里需要什么,钱尽管用,用完了跟我言语一声,密码我一会儿发你手机。

给你爸吧。

给他只会惹一顿骂,事情我愿意跟你说,腾叔。

刘宇成有事愿意跟刘腾商量,刘细平不听电话,他也不多提,只向刘腾了解情况。现在,他又跟刘腾提到轮椅,腾叔,轮椅我和素素看好了,这两天买了寄过去吧。轮椅的事刘宇成提过多次了,说有了轮椅,腾叔会方便很多。对瘦弱的刘腾照顾高大又暴脾气的父亲,他始终放不下心。但刘细平拒绝轮椅,说他还没残废,刘宇成一提轮椅,就骂刘宇成咒他,好像一坐了轮椅,他的身体就改变了性质。

别,先别。刘腾声音压得更低,还没说好,买了也没用,说不定更不愿坐,以后更难了。

一边的刘细平意识到什么,高声骂,你跟他说,什么破椅子敢进门,我就敢扔了。我没腿?要什么轮椅。

刘宇成在那边听到了,默了一阵,说,腾叔,那这事就先缓缓,烦你平日跟他说说,等他改了口风就告诉我。

会的。

腾叔,他药肯按时按量吃么?

吃的。

肯照医生的话去外面走走?

走的。

你怎么扶?

别担心。

不该吃的东西别让他吃。

不会的。

让他别啰唆了,有空去干点正经事。刘细平在一边喊,我还活着。

刘宇成叹气,腾叔辛苦了,我妈说得没错,只有你才受得了他的脾性。

六

刘腾料不到多年后自己去世前想到的竟是陈少媚最后那句话，当时的情景再次清晰地浮现在刘腾衰老不堪的脑子里。

陈少媚走的时候，刘腾和刘细平家里人一起围在病床前，刘腾在那个家里早已被默认为家人。陈少媚向刘宇成罗素素交代了一通话后，对刘细平只一句话，好好过日子。最后，她目光落在刘腾脸上，刘宇成和罗素素闪出一道缝，让刘腾靠近病床，和刘细平并立在一起，陈少媚的目光在两人脸上来来回回，好像他们是她的两个儿子，最后，她吃力地抬起一根手指，点住刘细平，看着刘腾说，帮我照顾他。刘腾郑重地点点头。身后，刘宇成和罗素素莫名其妙地对视。

当时，刘细平无法注意这句话，他看着药液一滴滴地流入陈少媚的身体，自我安慰地想，药在治病了，病会越来越轻的，他不眨眼地盯住陈少媚，不相信她的生命就这么结束，她还在说话还在喘气还在操心着活人的事，不是吗？

陈少媚去世一段时间后，丧妻的哀伤稍淡后，刘细平越来越清晰地回忆起妻子去世那一幕，越回忆越疑惑，他不明白妻子为什么那样说，竟让刘腾照顾他。他妻子的意思是要自己照顾刘腾吧。但她那句话明明是：帮我照顾他。

更长的时间后，谈起妻子，刘细平语调可以正常了，说起妻子过去的事，若是有趣的，甚至可以调侃几句了。他跟刘腾提到妻子临终那句话，笑起来，少媚糊涂了，让你照顾我？

没错，让我照顾你。刘腾点头，一本正经。

刘腾竟没有笑，刘细平无法理解，声调变得夸张，你照顾我？少媚真荒唐。但他猛地回想起那个情景，当时，说完那句话后，妻子和刘腾对视一眼，一切不言自明的意思，好像他刘细平是被托付的一个孩子。刘细平脑里嗡嗡响，开始大骂妻子没脑子，说她是蠢女人。好像妻子还活着。

不管怎样，刘细平没想明白妻子为什么这样交代，这个疑惑纠缠了他后面长长的岁月。只要眼不瞎，都知道，刘腾才是最需要被照顾的那一个，连他的女人都得刘细平去操心。

从娶陈少媚那年开始，到陈少媚去世，刘细平一共为刘腾介绍了五十个女人，当然，其中有不少是陈少媚或她托人介绍的，但都是在刘细平要求下介绍的。每次提到相亲，刘腾都摇头，年轻时说还不是时候，家底太薄，年纪大一点时说不想成家了，这些话刘细平理所当然地忽略掉，他安排时间、地点，然后通知刘腾，要他准时到场。那种时候，刘腾若再出口什么推托的话，刘细平就瞪他，他就把话吞回去，按刘细平的要求去相亲。

开始，刘腾相亲时，刘细平是随着去的，理由充足，得看着刘腾，不让他出差错，或敷衍了事，也帮刘腾看看人，选个靠谱的，一辈子的大事，马虎不得。直到他们碰见那个“圆钱眼”。

圆钱眼是一个朋友介绍的远房亲戚，年龄与刘腾相当，刘细平照例为她和刘腾安排了相亲。朋友给了照片，女人看起来挺顺眼，听说也能干，还有份正经工作，一切很靠谱的样子，刘细平替刘腾感觉到很大的希望，于是将相亲安排在一家不错的茶馆，还专门让刘腾换了套新衣。

刘腾照例由刘细平带到茶馆，点了茶，那个女人来了，样子和照片差不多，刘细平用目光示意刘腾，意思是果真靠谱，让他好好把握。女人的目光在他们身上跳来跳去，刘细平忙起身，指着刘腾介绍。

女人倒又主动又直接，谈了几句关于茶叶的闲话后就进入正题，问刘腾在哪工作，什么工作，住在哪，房子情况怎样，家里还有什么人，对以后的事业和生活有什么安排，刘腾一一作答，照着实际情况，对刘细平着急的暗示毫无反应，刘细平早给过他一套委婉的“正确答案”的。女人越问越没有激情，脸色越来越淡，刘细平担心了，开始插话，要为刘腾圆点什么。女人反而问起刘细平的情况，刘细平以刘腾的大哥自居，用心回答了女人的问题，认为可以为刘腾挽回点什么。

当刘细平发现刘腾成了旁观者时，女人已经将他不错的事业和高档的住处了解得差不多了。刘细平意识到得将话题拉回刘腾身上，这时刘腾说要去一下洗手间，女人没停下说了半句的话，也没向刘腾看一眼。

接下来的时间，女人继续探听刘细平的一切，事后，刘细平怪自己竟忘了告诉她自己结婚了，他边敷衍着女人，不自觉地往女人设好的套里跳，边望着包厢门，刘腾去得太久了，他在洗水间睡着了么？

大半个小时后，刘细平离开茶馆，找到刘腾后一顿大骂。刘腾等他骂完，淡淡地说，这女人势利。刘细平一愣，想了想，点头，确实是个圆钱眼。

事后，陈少媚问起这次相亲，刘细平讲了整件事，愤愤批了圆钱眼，他的怒气已经从刘腾身上转到圆钱眼身上。陈少媚看了刘细平一眼,不咸不淡地说,人家看上的是你,倒像变成你在相亲了。

什么话?刘细平喊起来,我是带……

陈少媚又看了刘细平一眼,把他的话看断了,刘细平突然意识到什么,他对之前带刘腾去相亲的行为变得没把握,他不知道陈少媚还有多少话没有出口,还有什么想法。那么刘腾呢,他怎么想?这是刘细平第一次想到这个,有种怪异感。

这个问题,刘细平多次想问问刘腾的,终问不出嘴,何况问了刘腾也不定会说,从那以后,刘腾去相亲,刘细平再没有跟着去,只是安排,借问结果。当然,去之前,对刘腾,他必有一番苦心教导,假设了女方可能提的问题,设计了一套近于事实又易于接受的答案。他的意思是,先给对方留个好印象,才有可能发展,等发展出感情,一切就都好说了。

但刘腾每次都照实回答,这件事上,他从不听刘细平的话。事后,刘细平冲刘腾发脾气,等他发完,刘腾淡淡地应了句,我说不出口。

七

刘腾每天扶刘细平出门练习走路,有着固定的路线,走到市图书馆后,再过一个路口,他们就会停下,在路边的花摊借两把矮椅坐一坐,和摊主说说闲话,然后往回走。刘细平阳台上所有的花就是从这花摊上买的,他还介绍过很多朋友来买,摊主给刘细平他们准备的椅子是有靠背的。

花摊不远处有水果摊和包子摊,刘细平喜欢指着水果摊,笑话刘腾一事无成，刘腾也笑，这就是很好的事，怎么是一事无成。

刘腾一直卖水果，当年离开学校后就开始卖，在市场外围一角摆个水果摊，这么多年没转过行，直到前段时间，刘细平进了医院，他才收了摊子，说等刘细平好了再继续摆。对这份活，刘腾很坚守，但很不用心，他永远是那个小摊子，水果种类不多，不吆喝，对顾客不过分招呼，没人买水果时他一手握块木头，一手握把刻刀，精心雕着什么，有时太入神，顾客连嚷几句他才抬头，茫茫然，好像手里雕的那个小玩意才是他的正经事。

开始，不少人好奇他手里雕着的小玩意，围着看，问几句，议论几声，甚至有捎带着买些水果的。时间长了，上市场的人习惯了，对那小玩意不再感兴趣，要买水果便喊一声，敲敲他的水果箱。因为他的消极态度，水果摊的生意很一般，好在他的水果新鲜，做生意实在，倒有一小批较为固定的老顾客，让他不咸不淡地维持着生意。

刘细平看不得刘腾这样做生意，很年轻的时候就说他这样永远不会有起色，给刘腾提了很多做生意法子，怎么用心留住顾客，怎么增加水果种类，怎么扩大水果摊的规模，最主要的是把手里那块破木头扔掉，多花点精力。刘腾只是点头，笑笑，仍边卖水果边雕刻那个小玩意，生意不好不坏。

刘细平觉得该来点实际的，那年年夜饭的桌上，他拍出一沓钱，对刘腾说，弄个水果铺子吧，那个破摊，什么时候才能把日子守出样子。

那时，刘细平已经当包工头好些年，他承包的工程从普通人的普通房子到老板的豪华别墅，从私人的活到政府的工程，业务范围逐年拓宽，他的房子已经换了，车有轿车和载货车。陈少媚在一个清闲部门有着一份清闲的工作，儿子也挺出息，每年都登上学校升旗台领奖状。用刘细平自己的话说，除了刘腾的事，他没什么要操大心的了。语气好像刘腾的父亲。

刘腾不看那沓钱，看着刘细平，好像他说的事与自己无关。

刘细平将那沓钱推到刘腾面前——事后，陈少媚曾问过他，为什么弄那样一沓现金，不能先跟刘腾说好，再转账或私下底给他么，刘细平无言以对，他自己想过无数次，也弄不清楚自己——说，明天就去找店面，我跟你一起去找，弄个像样的水果店，把生意做大，若以后能做成批发更好。

为什么要把生意做大？刘腾问。

刘细平相信刘腾的脑袋坏掉了，他咬进嘴里的一块肉掉出来，大呼小叫地反问回去，为什么，你说为什么？

我这摊生意还过得去。

刘细平瞪大眼睛，盯了刘腾半晌，确定他不是玩笑——他相信刘腾没有玩笑的细胞，说，再这样糊弄下去，你日子就要毁掉了。

这次刘腾不说话了，端饭扒饭，刘细平以为他被说动了，正在反省。后来，他才明白刘腾根本没想把他的话放在心上。

接下去那几年，每逢年夜饭桌上，刘细平就把这事提出来，好像在那样的时间和场景提出，事情会显得特别郑重。

刘腾的母亲去世后，逢年过节，刘腾就被喊到刘细平家一起过节，有时陈少媚使刘宇成去喊，有时刘细平亲自去喊。刘腾照例要推，刘细平照例要大声几句。

那些年，刘腾的相亲已经失败了一次又一次，每次刘细平都帮他总结教训，刘腾永远没有吸取。最让刘细平烦恼的是相亲时要谈到刘腾的工作，对方一问起，刘腾嘴一张就说，卖水果。对方再追问，开水果店？刘腾又一张嘴，摆个水果摊，在路边。对方的脸冷下去了。刘细平在一旁，火气顶得胸口一鼓一鼓的。

相亲回来，刘细平嚷，下次好好说，是做生意。

我是卖水果的。刘腾说。

也是做生意的，卖水果不是做生意？

人家听着不一样，我不能那么说。刘腾坚持。

你就死脑筋吧。

那时候起，刘细平开始动念头，想把刘腾的小摊变成摆得上台面的生意，生意上正轨了，其他一切将水到渠成。想到这主意时，他激动得坐立不安，认定找到了改变刘腾生活的办法，并嘲笑自己以前怎么想不到这一步。

于是，那年的年夜饭桌上，他拍出那沓钱。以后就经常提这个主意。

扩大水果生意的话每每提出，刘腾便扒饭吃菜，以不变应万变的样子，有时，刘细平说急了，他便含含糊糊应几句，再逼，他甚至有意避着刘细平，那段时间少找刘细平喝茶了。刘细平脾气一爆发，口无遮拦了，骂刘腾是扶不上墙的烂泥。多数时候，刘腾只是浅淡地笑笑，喝着茶，眼皮也不抬。偶尔望望刘细平，慢条斯理应一句，你扶我做什么，我不想上墙。

刘细平目瞪口呆。

刘腾仍边卖水果边雕着小玩意,他雕动物雕植物,雕人物雕各种不知名的小玩意,雕刻像一件他永远干不完的活,好像那是他生活里最要紧的事。那过分的痴迷有时让刘细平不安,他觉得不对头,刘腾心里藏着什么东西,是日子里不该有的,所以他的日子才不像样。他对陈少媚提到这个,说刘腾着了魔。

这有什么。陈少媚竟见怪不怪,那是他爱干的活,他爱过的日子,什么魔不魔的,你想歪了。

刘细平觉得妻子也变得怪怪的。

八

刘腾什么时候学会雕刻的,什么时候有这爱好的,刘细平根本不知道,他原本坚信自己对刘腾无所不知,几乎介入了他全部的生活。但某一天,他发现刘腾握了小块木头和刻刀,好奇地接过来时,刘腾已经把一头小老虎雕得威风凛凛,和瘦瘦的刘腾完全不搭的样子。刘细平拿着那只小虎沉默半天,丢下一句话,你弄这个做什么,想当木工?

没,没事玩玩。刘腾笑笑。

刘细平涌起说不清的懊恼和失落,从那以后,他开始嘲笑刘腾雕的那些小玩意,抓住一切机会。慢慢地,嘲笑变成反对,但他反对了大半辈子,刘腾雕了大半辈子。在这个问题上,刘腾并不当面和刘细平辩,刘细平奚落他的小玩意完全没用时,他抬眼看看刘细平,手里刻刀缓动着。

往往是这样，某天晚饭后，刘细平走进刘腾的屋子，进门前照例要批判一下屋子的破旧灰暗，将重新换套房子说成火急火燎的事，刘腾照例坐在茶桌前，问一句，铁观音吧？他水已煮开，茶杯已洗好。

刘细平坐下，边喝茶边笑话刘腾那些木雕小玩意，因为这件事，他嘲笑人的本领日益增长，但一切对刘腾如和风细雨，他手里的刻刀不停，精细地雕琢着某个部位，偶尔停下重新沏上一巡茶。刘细平火气上来了，喝一声，你够了没？刘腾就将木头和刻刀放下，专心沏茶。刘细平停了唠叨，感觉到坚硬的沉默，刘腾却对这沉默无知无觉的样子。几杯茶后，刘腾的手又向木头和刻刀摸去。刘细平猛地立起，烦躁地说，走啦走啦，我还忙着呢。刘腾起身，送他的意思。往往这个时候，已经很晚了。

刘细平长期说忙，这是真的，他包工程，白天要四处跑动，晚上总有人找他，或得算账，但他见刘腾的时间总是有的，不单晚上，白天有时也能抽出时间逛到刘腾水果摊，和刘腾一起坐在摊边矮椅上。到了那儿，刘细平更烦躁，水果摊的零落冷清他看不习惯，刘腾做生意的样子他看不习惯，更不习惯的是，进出市场的人经过水果摊前，来来往往，刘腾埋头在他的破玩意上，好像他处在深山老林里。他又开始说，夹了教训，刘腾仍任他去。

刘细平可能愈说愈气，以至拂袖而去，连续几天不找刘腾，刘腾便会去刘细平家。他傍晚收摊后去，刘细平家不远，他散着步去，路边有很多小摊，他有时买一屉小笼包，陈少媚最喜欢的，有时买几块油饼，刘宇成最喜欢的。

刘细平回家时，陈少媚忙着家务活，刘腾边沏茶，边刻着小玩意，刘宇成在房间里做作业,整个房子又安宁又和谐。不知为什么,刘细平有了火气,他换着鞋就开始抱怨了,某个工人的活没干好,某套房子的主人难缠,某笔账还没收回,找不到需要的材料……抱怨里夹了骂声。

没人回应刘细平,刘腾重新换了茶叶,沏了几杯茶,示意他喝,陈少媚端出煮好的汤,放了两个碗,说,自己盛。刘细平总是选择喝茶,把刘腾沏的那几杯都喝下去,火气似乎平复不少,开始谈起外面某件事或他包的某个工程,有时会拿出设计图纸,展在刘腾面前。他发现,刘腾不懂设计图的道理,但直觉很不错,特别是对效果图,能一下指出哪个角落设计不够用心,哪里颜色搭得不和谐,哪部分空间可以怎么利用,用什么材料更有质感,很多效果图通过他那么一指一点,效果往往有惊人的改变。

这期间,陈少媚的菜准备得差不多了,刘腾要走了,陈少媚当然是留他的,刘细平则直接让他洗手端碗,刘腾说家里准备了豆干青菜,中午专门多煮的白饭也只需要热一热,他要回去吃。他说的是真话,还有一句没出口的,他喜欢一个人吃,甚至觉得是享受。刘细平已经在饭桌边坐下,喊,还啰唆什么?刘腾只好也坐下。

只要回家看见刘腾在,刘细平总要发脾气。但没看见,他又问陈少媚,刘腾没来?收摊后还能死哪去?他打电话给刘腾,好久刘腾才接,刘细平冲电话喊,你在哪?又雕那破玩意?你脚就那么金贵,踩不了我这地?过来,菜上桌了。

陈少媚住院之前,刘细平从不知道刘腾雕的那些小玩意也入了陈少媚的眼。

那天，刘细平进病房，看见陈少媚玩着一个木雕小兔，床头还放着好几个，见了他，高高举起，笑问，很有趣吧？

你拿这些破东西做什么？刘细平脱口而出。

陈少媚耸耸肩，都雕活了，刘腾，你这些比外面什么艺术坊的东西还好。刘细平发现陈少媚变得很有精神，病似乎好了不少。

在医院待了几天后，陈少媚受不住沉闷，嚷着无聊，刘宇成搬来的平板电脑她不合意，嫌费眼力费精神，刘细平提议打牌，她不喜欢，且太吵，她也不听歌不看书。这天，刘腾来时，她看见他削着苹果的手，突然想起他那些木雕，说想看看，这大半辈子，她无数次看见他握着刻刀雕什么，但已由习惯到麻木，从未想到要看他雕出的成品。

刘腾愣了一下，转身出病房，很快捧来一个盒子。盒子打开时，陈少媚呆了，没想到刘腾手里握的那些木头能变成这样，愣了半天，问出一句废话，这些都是你雕的？

刘腾点头。

陈少媚不停地摇头，无法置信，一整天，她把玩着那些木雕，午睡也忘了。

那盒木雕里有个耍球的娃娃，陈少媚特别喜欢，她托着那个娃娃，问，这个给我了？刘腾笑着点头。

陈少媚突然想起什么，刘腾，你人物雕得不错哈，能不能给我雕个相？我这辈子照片拍了不少，雕像倒没有试过——当然，要雕我年轻的样子，现在这样看不得了，我给你以前的照片吧。她眉眼挂满兴奋，颊边发红，像个激动的女孩。

刘腾僵了一下，猛地转过身，陈少媚奇怪地问，这很难么？

刘腾不动也不答话。

噢,我是突然有这念头的,我现在这样了,说不定哪天就走,要真能留下个雕像,也算……

我雕。刘腾猛地转过身,截断陈少媚的话。

第二天一大早,刘腾抱了一个长形盒子来了,盒子打开时,陈少媚静了,刘细平也静了,陈少媚的雕像,几十厘米高,眉眼精致,甚至看得出大概是十八岁时的陈少媚。

陈细平抬眼看刘腾,刘腾眼皮垂着,把目光盖得严严实实。

怎么雕得这样快?刘细平突然问。

刘腾脸极快地避开,但刘细平清清楚楚看见他两颊那层红色。

九

每天早上出去走这一圈,两人总一身汗,还是洗澡的问题,刘腾照例要劝一番,刘细平照例是不肯洗的,不洗澡确实难受,甚至有浓重的味道,但刘细平就是不肯洗澡。现在,刘腾劝得不那么用力了,刘细平想洗的话,他自会知道,若不想洗,他费多大力气也没用。刘腾只扔给刘细平干毛巾,让他自己擦汗——出院后,只要刘细平自己能做的,都极乐意做。

刘腾沏茶,打开电视,把遥控放在刘细平身边,自己打开一个盒子,摸出木块和刻刀。他总是这样安排,每天锻炼完到做午饭,有一段空闲时间,刘细平看喜欢的谍战片,他则雕他的小玩意。

你又弄这个。看到他的木块和刻刀,刘细平脸黑了,变得焦躁不安，你能不能消停一下，让我好好看会电视？这种时候，刘腾几乎都是雕刻某些细节，几乎不发出任何声音，没有什么大动作，将盒子置于膝盖上，削出的木屑落在盒子里，若他坐在角落，很容易被人忽视。刘细平说影响他看电视，几乎有些强词夺理，但刘腾不争辩，看了刘细平一眼，似乎很同意他的看法，自己是影响他了。他试着将盒子搬进房间，意思是会在房间里雕刻，将整个客厅让给刘细平。

刘腾一进房间，刘细平的嗓子就像破了，尖高的声音一炸一炸地迸出，骂刘腾嫌他是废人，茶桌上的杯子落地了，茶水漫流了，遥控飞出去，电池散出来。刘腾于是退回，收碎片，擦地板，抹桌子，找电池，一弄大半天，刘细平让他收拾，满意地看着谍战片，沉浸在激烈的敌我斗争中。

从那以后，刘腾再没有进房间雕刻。他坐在沙发一角，雕着极小的玩意儿，尽量不引起刘细平的注意。刘细平若唠叨，若骂人，刘腾任他去，实在骂急了就收起，像以前那样，大半辈子都这样过来了。

刘腾削着一根线条，边准备着刘细平接下来更激烈的言语，但这次他说了一句话后，就一直静着，这静引起了刘腾的注意，他抬起头，正碰上刘细平的目光。刘细平不出声地看着自己，那眼神让他很不习惯。刘细平说，能不能别雕了？声音有种怪异的平静。

好。刘腾把东西收进盒子，把盒子放在沙发角，说，一起看电视吧。

你终于肯听我一句了。刘细平叹息般地说，因为我这样了吧。

刘腾变得无措，结结巴巴的，说什么……你说什么，我哪时不听你的。

你哪时听过我的。刘细平鼻子笑了笑，这辈子细细算下来，你什么时候真正听过我的，没有，其实一次都没有，好笑的是，感觉好像你次次都听我的。

刘细平极少见地沉默了。

刘腾拿遥控，想将电视的声音调大些，客厅太静了。刘细平说，腾弟，去看看你那些木雕吧。

刘腾正按着加大音量的键，指头一僵，电视里的枪声砰砰在客厅四壁撞响，刘细平一只手猛地示意，刘腾忙将声音调小，仍盯住刘细平。

去你的屋子吧，我要看你的木雕。刘细平重复，大半辈子以来，他首次将刘腾雕刻的东西叫木雕。

有什么好看的。刘腾喃喃着，现出初恋女友即将参观他房间的慌乱。

废话，带我过去就是。刘细平双手撑着沙发，要站起身。

到刘腾的家，他们废了很大的力气，刘腾的屋子在老城区老屋群中，从大街拐进去后，要绕长长窄窄的老巷，刘细平被刘腾扶着一步一步往前摇晃，晃得他产生了错觉，好像摇进另一段时光。

进了屋，刘腾先安排刘细平坐下休息，他则推开角落一扇黑褐色的门，刘细平惊讶不已，他几乎从未注意那扇门，好像刚刚知道刘腾这屋子是两居室。这间屋多年前是刘腾的母亲住的，刘腾边开门边说，妈去世后，我就把这屋子当成陈列室。

陈列室？刘腾竟有陈列室。刘细平咬住嘴唇，他催促，快让我进去。开门后，刘腾一直犹豫在房间门口，像护守一个秘密。

刘细平进了那个房间，刘腾按了灯。

房间四周立了木架子，木架分几层，每层都列满刘腾的木雕作品，花鸟、人物、动物、饰品，各种分类，房间很小，可展示的这些东西给人一种震憾感。刘细平很长时间找不到声音，只是睁着眼，死死地盯着这些木架，看不到刘腾，他立在身后，双手撑在自己的肋骨上，他的表情是什么样的呢？刘细平眼里，刘腾突然变得极陌生，他甚至怀疑这大半辈子的真实来。

刘细平挣着身子，沿木架细细看过去，穷酸的刘腾瞬间变得富有了，这是一种怎样的富有，刘细平无法归类，但他想不到自己竟有一丝类似嫉妒的感觉。

多年前，刘细平在多次劝说刘腾扩大生意无效后，曾提议刘腾靠木雕手艺多挣一份钱，他让刘腾雕些大一点的、受人欢迎的摆件，比如美女呀牡丹花呀观音像呀，他请一个朋友帮忙卖出，那个朋友有几家连锁精品店，他相信刘腾那些手工物品可以卖出可观的价钱。有时，规划得高兴了，刘细平甚至说到时机成熟，刘腾的水果摊可以变成什么文艺作坊，这样他就可以干着喜欢的事，挣着更多的钱，说不定还能顶上艺术家的头衔。

刘细平激动起来，一只手攥住刘腾的胳膊，刘腾说，我雕那些不卖的。

刘细平喉头被哽得一阵发痛。

噢，再大一点的摆件我不会雕。刘腾试图解释，但刘细平知道都是借口。

刘细平再说什么，刘腾似乎提过一句，这些是我的东西，不卖的。

他提得小心翼翼，模模糊糊，当时刘细平根本没在意，现在却极清晰地想起，并让他感到莫名地羞愧。

你藏得真好。最后，刘细平悠悠说，确实是你自己的东西。

是些小玩意。刘腾慌慌地说，双手用了力，想让刘细平快点离开这个房间。

十

和刘腾下棋时是刘细平最安静的时候，很奇怪，棋盘一摆出来，他就静下，不管双方杀得多紧张，或输赢怎样，刘细平都紧抿双唇，缩着脖子，目光黏在棋盘上，棋子好像把他声音全吸住了。他爱下棋，但不想经常下，说下棋太累，每次下完棋，他都要闭眼静坐许久，经过长途跋涉般，陈少媚笑他，说他下棋比包工程还费力。

陈少媚喜欢他们下棋的时候，每人身边泡一杯茶，除了棋子落盘，大半天没有其他声响，陈少媚忙着自己的活，偶尔送一碟小点心过去，刘宇成放学回来，坐在一旁，不出声地观战，那种时候，有一种安静的愉悦感在胸口涌动，她觉得这就是好日子的面目。

从刘腾的陈列室回来后，刘细平一直不怎么说话，刘腾不再摸碰木块和刻刀，他将棋盘摆出，下过一盘，又重新开始一盘。刘细平不说休息，刘腾也不提醒，现在刘腾住在刘细平这边，他不用着急回家。

安葬过陈少媚后，刘宇成在家里又住了几天。那几天，他和刘细平只讨论一个问题，刘细平要不要跟他进大城市生活。父子拉锯战般来来回回，各自拉出一串理由，试图说服对方，最终谁也没说服谁。

结果是，刘宇成回去上班，刘细平留下来一个人生活。

刘宇成走的那天，刘腾在刘细平家里待到很晚，刘腾终于起身说要回去时，刘细平猛地抬脸看他，很害怕的样子。

这么晚，你还回去做什么？刘细平说，又有什么剩菜冷饭得赶在早上吃掉？

刘腾不说话。

这里不够你将就一夜的？刘细平胳膊扫了一圈，扫过那套房子四个房间。

我没带衣服，还没洗澡。刘腾说。

客房里两大橱衣服，旧的新的，宽的瘦的，你轮着穿，一个月穿不完。

刘腾坐下，两人待在沙发上，像为了烘托气氛，客厅只开了一盏很暗的灯，陈少媚的遗相挂在头顶上方的墙上，他们看不见，也回避与她相关的任何话题。不知坐了多久，刘细平问刘腾睡客房还是睡书房，他听见刘腾啜泣了一声，抽了下鼻子，答话的时候，声音有点哑。第二天，刘细平谈起，刘腾绝口否认，态度之刚硬，刘细平从未见过。

自那天起，刘腾时不时在刘细平家住，刘腾还是想回家，但刘细平经常用骂声留住他。那段时间，天气不好，雨连下了大半个月，刘腾的屋子水管渗水，墙壁反潮，整间房子破破烂烂，他准备大修一次，要刘细平帮他联系几个工人。刘细平态度恶劣，说那样的破房修它做什么，完全没有修整的价值。

我还要住的。刘腾说，我大概还能活段日子，不修怕住不到头。

你就这样迷那间旧屋。刘细平冷笑,我这套房子还不够住的?肯定活得比人长。刘细平目前这套房子十年前刚换的,在一个不错的小区里。

说完这话,刘细平自己呆了,才发现自己把刘腾列入养老计划里了。

刘细平住院回来后,刘宇成回公司,那晚,刘腾一直待在刘细平家,没有走的意思。近十二点时,刘细平终于开口问,你不回去了?

太晚了。刘腾说。

街边大排档刚开始夜宵呢,你一个老头怕什么?

我带了衣服。刘腾说。刘细平才知道今下午刘宇成走之前,刘腾为什么匆匆回了一次家,他顺着刘腾的手,看见一个行李包,刘腾不止带了一套衣服。

你明天一大早还要摆摊。刘细平耐着性子,不说破什么。

不摆,这段时间,水果摊暂时不摆了。

你什么意思?刘细平声音扬起来,要看着我?放心,我不会寻死,就是真要寻死你也没法。

你说的什么话。

可怜我?看定我是废人了?不能自己过活了?刘细平拍着沙发扶手。

我那屋还能住人?上次我要修你又不让修。

屋能不能住人跟摆摊有什么关系,你不摆摊什么意思?

我老了,累了,想歇歇。

两人用静默互相对抗,刘腾在静默中煮水、收拾屋子、清洗杯盘,还是刘细平先开的口,你回去吧,我要休息了,我有手有脚,死不了。

刘腾不作任何反应。

现在就走。刘细平嚷。

刘腾到行李包找了衣服,进卫生间洗澡。

刘细平开始捶打自己的双腿,大骂医院和医生,把他好好的身子弄坏了,接着骂自己的腿不争气,养了它们一辈子,说不动就不动了。刘细平不相信,他双腿感觉得到被捶打的痛疼,他不断回忆那天倒下被送进医院之前,还走得多么有力。那时,他刚刚可以谈起陈少媚,正准备弄套养身计划,慢跑呀,登山呀,钓鱼呀,安排得好好的,把刘腾也安排进去了,做那些安排时,他兴奋地赌着气,要活出个样子给儿子和儿媳看看,他们三天两头一个电话,语气温存得让他生气,好像他活得多么窝囊,要他们牵肠挂肚。

因为不相信,因为回忆,刘细平变得自信,他侧着耳朵听了一下,卫生间里水仍哗哗响,看来刘腾还得洗一段时间,这是个好机会。他深吸一口气,慢慢挺直上半身,一切准备就绪,他将立起,绕过茶桌,走过客厅,走到饭厅。刘腾洗完澡出来,转过厨房门就能看见自己,将吓他一大跳。

这个想象让刘细平调皮地笑起来,并感觉更乐观。

然而,事实和想象相差太远了,事后,刘细平完全想不起自己怎么摔倒的,等他回过神,已经趴在地上,四肢踏踏实实着地,整个人发麻发僵,有一刻完全动不了。刘腾奔到客厅时,他连声音都没有捡回来,喉咙里发出咕咕的声音。

事后,刘腾为他庆幸,他正好摔在沙发和茶桌间的空隙中,若磕在茶桌上或碰了茶桌角,后果不堪设想。刘细平对刘腾的假设哧之以鼻,说自己只是一只脚踩了另一只脚,什么事也没有。

事实上,刘细平腰扭了一下,两只膝盖都磕出血了。接下去好几天,他连上半身都直不起来,膝盖上结了痂,没法自如地伸直曲弯,每天的锻炼暂时取消了。当然,这事他不许刘腾告诉刘宇成半个字。

十一

刘细平的腰和膝盖终于好些,这期间,刘腾传给刘宇成的都是利好的消息,什么他爸双腿越来越有力气,精神一天一天好了,每天锻炼的时间逐渐加长,电话都是在刘细平的监督下说的。这几天,刘腾陪刘细平看了一部几十集的谍战片,听刘细平逐集评论,两人下了无数盘棋,刘腾再没碰过装木块和刻刀的盒子。刘细平倒时不时去看那盒子,问,你不刻东西了?

刻多了,休息休息。

你干你的事,我自有我的事。

刘腾说,我不会碍你的事。

但我碍你的事了,对吧?刘细平追问。

刘腾转身忙事情去了,避开这话题。每每这时,刘细平总要不声不响待上好一阵,突然说,我是得锻炼。受伤的那几天,他的锻炼欲望从未有那么强烈,再不抱怨腋下和肋骨被刘腾撑得生痛,不嫌弃那个姿势的怪异丢人。

这天,刘细平表示全好了,硬要出门,为了证明,他甚至想撑着桌沿站起身让刘腾看。刘腾答应了,但要求只走平日的一半路程。

按之前的样子,做好准备,刘腾双手撑住刘细平腋下,两人同时用力,刘细平身子往上一提,双腿却一软,猛地瘫坐下去,幸亏身下有椅子,但带得刘腾一趔趄。两人以为没配合好,重新再试。一连几次,都没站起来,刘细平焦躁了,愈没有力气,有两次差点摔倒。

先歇歇,好几天没动了。刘腾说,就是好好的人,感冒躺几天起床都走不稳。

刘腾这话让刘细平心定了不少,但接下去几次尝试的失败又让他失望,慢慢变得绝望。刘腾喘着气,说,是我的问题,年岁上来了,力气丢了——嗯,我原本就没什么力气,让我先缓缓。他将呼吸声弄得很夸张,刘细平的注意集中到他身上,看了他一会儿,笑,你是没什么力气,小鸡崽似的,重量都没有,哪来力气。

刘细平喜欢嘲笑刘腾的重量,小时候出门玩耍,动不动弯下腰,喊,腾弟,爬上来。背了刘腾一阵猛跑,哈哈大笑,好像刘腾是他练力的好器具。开始,刘腾很高兴,慢慢地,他不乐意了,他想起自己和刘细平同样大的岁数,甚至想象自己有一天能像刘细平背着他一样背刘细平跑一段,也那样哈哈大笑一阵。

后来,刘细平一弯下腰刘腾就往后缩,刘细平猛退几步,抓住刘腾的胳膊,往背上一甩,咚咚咚就跑起,刘腾挣也挣不开。直到上初三,刘腾才有力气和速度逃脱刘细平的这种游戏。那时,两人都没想到成年后类似的场景还会再出现。

那次,刘腾开摩托去进水果时摔了,刘细平极快地赶到现场,背起刘腾往医院跑。小腿骨折了,出院回家时,刘细平将刘腾背着,也不叫车——那时，刘细平自己还没有车——说反正家里不远，上车下车反而麻烦，他将刘腾背到自己家，隔些日子背他去医院换药，背他上楼下楼，每次都处于无法言说的兴奋状态中，刘腾则揪眉抿嘴，极痛苦的样子。

陈少媚奇怪，对刘细平说，这事你倒有耐性，也不喊累。

有什么累的。刘细平笑，这家伙轻着哪，像背一个孩子。

陈少媚忍不住也笑，她脑里现出刘腾趴在刘细平背上的样子，确实像个孩子，转过脸看着刘腾。

每每这时，刘腾就侧脸闭眼，他不想看陈少媚那种笑，她那种笑从初中到现在一直没变。

那时，刘细平是学校的篮球队队长，他在球上飞奔跳跃的身影成了学校一道风景，和陈少媚抱着书甩着长辫横过操场的场景齐名。每每有篮球赛，球场的女生有大半为刘细平来的，比赛中的尖叫也有一大半是冲刘细平的，陈少媚当然也是其中一个。刘细平知道陈少媚在，总是表现得特别好，成绩和姿势都极佳。

球赛结束后，陈少媚会来到刘细平面前，递上一瓶矿泉水，她这个校花一近前，其他女生就识趣地退开了。刘细平身边剩下刘腾和陈少媚，刘腾拿着擦汗的毛巾和刘细平的外衣，静立一边。虽然刘腾和陈少媚见过，刘细平也早为他们介绍过，刘细平仍会再向陈少媚介绍一次，好像认定陈少媚对刘腾毫无印象，他说，这是腾弟，我最好的兄弟。他手拍着刘腾的肩，姿势和语调永远让人觉得，刘腾是他家最小的弟弟，是他的一个跟屁虫。

陈少媚冲刘腾笑，仍像之前一样，又亲切又温暖，甚至有些疼爱的味道，好像他真是刘细平的小兄弟，她正以他哥哥女友的身份看他，以姐姐自居，他甚至感觉她差点弯腰抚摸他的脑勺，表扬他的乖巧。这个想法使刘腾的胸口痛疼起来。后面长长的岁月，刘腾无数次被陈少媚这样的目光灼伤，可是刘细平鼓励她投放这样的感觉和目光，那种时候，他们突然成了刘腾的家长。

刘腾一向回避与此相关的回忆或场景，而现在，他鼓励刘细平想起这些。但刘细平片刻的平静后立即回到自己身上，催促刘腾继续试。

接下来大半天时间，他们一次又一次尝试，直到两人坐下再也起不了身，像两匹过度奔跑的马，全身冒着汗水，喘气不止。刘腾说，吃了饭再说吧，我实在没力气，这一段我又瘦了。

是我的问题，我站不起来了。刘细平闷声说。

刘腾想再辩什么，但看刘细平的表情，不是在赌气，是真的承认什么了。

我腿坏了。刘细平说，声音灰暗。

刘腾进了自己房间，取出两支拐杖，这是很久以前他腿折后自己做的。那时，他的腿好得差不多了，不肯再让刘细平背，弄了这副拐撑着走。刘细平出院时，他拿出拐，刘细平开口便骂，说他不是伤兵，不用这东西，抢了拐远远扔开。现在，看到这副拐，刘细平还是骂，说用不着这东西。

刘腾说，今天特殊，好几天没练，用这拐过渡一下。

刘细平只是骂，只是挥舞胳膊。后来，刘细平突然意识到，那时自己是想用那副拐试着站一站的，但他害怕了，怕撑了拐也站不起身。

刘腾要打电话给医生，刘细平也不许，说他的病就是医院的机器照严重的。

十二

刘细平用了几天时间接受自己再没法靠刘腾扶着走路的事实。这几天，他们无数次尝试，每次尝试，刘腾都在四周放了软垫子，但刘细平很小心，让自己每次都跌坐在椅子上，他不允许自己再趴倒在刘腾面前，倒是刘腾，总弯腰去扶刘细平，膝盖被椅角磕得发肿发青。

刘腾开始想办法跟刘细平提轮椅，他不直接说，只是偶尔提一下，极不经意的样子，时不时地提，刘细平一骂他就停，然后一有机会再提，刘细平再骂，他相信，对“轮椅”这两个字，刘细平的反应会越来越缓和的。

刘腾暗中打电话给医生，详述了刘细平的情况，一切在医生的意料之中，说让刘细平锻炼只是尽量延缓病情的恶化，他重新走路的机率很小，目前来说，轮椅可以说是必不可少的。医生的话坚定了刘腾的主意，在刘细平面前，他提轮椅的次数越来越多，还打电话给刘宇成，说轮椅可以定了。

当刘宇成回应刘腾，说轮椅已定好准备发出时，刘腾认为该和刘细平正面谈谈轮椅的事情了，不然，轮椅进门时，刘细平完全有可能把它摔坏。

那天，刘腾到市场买菜前，刘细平就交代了，快点，两个人的菜，用不着把整个市场逛遍，好像你是办食堂的。这是刘腾每天出门前，刘细平必交代的话。之前，刘腾扶刘细平出门锻炼，走到花摊，刘细平和花摊摊主聊天，刘腾绕去市场买菜，菜装在布袋里斜背着。这几天，刘腾去市场，刘细平留在家里，他觉得这段时间是最难熬的，谍战片不精彩了，排扑克无聊透顶，左手跟右手下棋显得可笑。刘腾一回家，他就嚷嚷他去太久，刘腾总抹着额角的汗说，尽量赶了。

那天，刘腾是真是去久了。刘细平打他手机，他手机放在房间里，刘细平摔了自己的手机，末了又拿电话打，一次次重复打，莫名其妙地听刘腾的手机在房间里响个不停，好像这样能解气解闷。就在他准备打电话给楼下老王，托他去市场看一看时，听到钥匙扭动的声音。

我以为你死了。刚看到刘腾的脑袋，刘细平一句话甩过去。

刘腾不急不躁的样子，没像平日那样抹汗喘气，手里也就常日那几样东西，刘细平火气旺了，拿遥控叩打着茶桌桌面，你死哪去了？

回我那屋看了一下。刘腾换着鞋，说，很久没过去，脏得不行，收拾收拾。

那破屋还收拾什么，又不回去住。

总要回去的，再不收拾要塌了。

按我说，早塌早好，那还叫屋？都搬过来，我喊两个人帮忙。刘细平突然起了这念头，很兴奋。

别。刘腾急了，脱口而出，那是我家，我还有东西在那，要紧东西。

刘细平想起刘腾那间陈列室，那令人眼花的雕刻作品，半晌无声。

刘腾坐到刘细平对面，一副好好谈谈的样子，刚才在那屋我都想好了，以后隔几天得去收拾收拾。

我一个在这待着？刘细平抢着说。

若能一起出去走走，四处看看，找人闲话当然是最好的。

废话，我不想出去么？刘细平拍打双腿，要是这能切了换两根，我二话不说。

所以要想个法子。

刘细平冷笑，你倒是好好想想，给指条明路。

刘腾说，很简单，买辆轮椅。

这是你设的局。刘细平手掌在桌面上拍了一下，拍出极大的声音。

刘腾脚跟稍一用力，身下的椅子往后滑了一小段，说，轮椅很方便，很省力，我们可以走得很远。

刘细平把遥控扔过去。

刘腾闪了一下，说，把轮椅当成我的手，等你身子恢复了，随时能站起来。

够了！

坐轮椅跟坐沙发一样，轮椅多了个好处，能去很多地方。刘腾说。说完，他进厨房洗菜洗切肉，把刘细平留在客厅。

客厅空荡荡，地砖锃亮地反光，有种虚假感，电视里的对话声和厨房里的流水声像隔着层什么，遥远而陌生，刘细平被孤独闷得喘不过气，他想跟刘腾说说那个噩梦的，但羞于出口。

这段日子，刘腾总提轮椅，他就总做那个噩梦，他梦见坐上了轮椅，双腿突然不见了，他成了半身人，怎么挣扎都无法离开，轮椅成了他身体的一部分。他惊叫着醒来，第一个动作就是掀被找自己的腿，下半夜双手便一直抓在双腿上，沉浸于困惑之中，他不明白这双腿到底怎么了，它们长长大大，撑得他挺拔威武，带着他奔跑，跑出一个令他满意的人生，他记得自己很爱惜身体，一向善待身体的，怎么会突然就这样失掉力气，失掉活力。

自出院那一天刘宇成提到轮椅，当天晚上，刘细平就开始做梦。

几天后，轮椅进门，刘腾小心拆着包装，离刘细平远远的，他说，试试吧。

刘细平没出声，刘腾看他的脸，几乎没表情。

刘腾试探着将轮椅推过去，边观察着刘细平的手，那手并没有伸去抓什么东西。刘腾拉开茶桌，将轮椅推到刘细平身边，靠住沙发，挽住刘细平的胳膊往上扶，刘细平默默地拉着上半身，和刘腾一起努力，将自己的身体挪到轮椅上。

好半天，刘细平什么话也没说，任刘腾推着他在客厅里绕来绕去，刘腾几次倾身看他的脸，他眼一瞪，说，不用看，我还没死。

刘腾将轮椅说明书递给他，说，以后，很多地方你能自己走了。

“走”这个字跟我无缘了。刘细平冷冷应着。

第二天，刘腾推着刘细平的轮椅出门了，他们走了很远，一直走到沿江路，边走边停，其间还喝了豆浆，吃了小笼包。靠着江边的栏杆吹风时，刘细平说，妈的，确实舒服多了。

刘细平果然再离不开轮椅，在家里也坐，他自己推着轮椅穿行于几个房间,拿什么东西再不用总喊刘腾。但只要刘腾没在眼前,他就不断地尝试站起身,撑着轮椅扶手,用尽上半身的力气,想将双腿撑直。

十三

近期,刘细平很喜欢向刘腾假设这样的情景:有一天,刘腾老得走不动了,甚至是像他这样身上某处废了,将怎么办。他的意思很明显,他已经自顾不及,若有这样的情景,刘腾有可能无路可退,而这样的情景出现的概率极大。

到时再说吧。刘腾淡淡地应。

你是在骗自己。刘细平逼问,你就说说怎么办?

我也不知怎么办。刘腾的话听起来很悲观,但刘细平在他脸上看不到一丝忧虑。

你什么意思?

刘腾说,该怎样就怎样。

刘腾的安然让刘细平莫名地生气,他不明白刘腾哪里来的勇气,他无法把控自己胸口越来越浓重的慌乱,他的身体正一点点死去,从双腿开始,麻木感一天天往上爬蔓,最后,身体完全背叛他,灵魂也将离他而去。但刘腾毫不在意的样子,他握着什么东西吗?刘细平不知道,大半辈子来,他第一次这样没把握。

那天,他们又去了沿江路,河边建了湿地公园,沿江的栏杆每隔一段就有个缺口,筑了台阶供人走下去。按刘细平的要求,刘腾将他推到缺口边，让他看看下面的湿地公园，看看在湿地公园玩耍的孩子。

刘细平突然指着不远处一片巴掌大的黄色树叶，让刘腾去捡，说他想看看，刘腾很奇怪，但还是跑过去捡了。当他捡了树叶直起身时，脸失色了，刘细平按着轮椅扶手，半撑起身子，正往前面的台阶扑下去……

其实，刘细平是想站起身的，他觉得这一次似乎成功了，那一瞬他还想转过脸，喊一喊刘腾，让他好好看看。

那世那人

来　了

她来了,因为梦而来。

来了吗?可仪有点不确定,她让呼吸匀下来,撩了一下发,可仪的发长,长如海妖。指头的感觉活着,发柔而凉,该是确定的。可仪低头,行李包落在脚边,饱满而疲倦,也该是确定的。可仪抬头,镇子在,真的在。是确定的。最后,可仪对自己说。

镇子就在这,我就在这镇上。可仪再一次告诉自己。

眼前,是黑灰色,黑灰的瓦墙,黑灰的巷道,黑灰的味道,连天空的蓝,也染了一点黑灰。这是种怎样的黑灰,是那么多日子叠加成的,每个日子是一粒微尘,所有的微尘聚着,浮着,浮成这黑灰色的岁月。是那么多的故事交错着,每一个故事是一丝烟,所有的烟缭绕着,缭绕成笼着镇子的这层灰色。是那么多的回忆拥在一起,每一个回忆迷蒙而半透明,所有的回忆氤氲成这无法捉摸、无法规避的黑灰色。

迈了一步,可仪一个踉跄,陷在黑灰色里,无法转身。

她是真的来了。

真要去？来之前，丈夫问。作为丈夫，他该这样问的。

去。可仪左手提一条裙，右手抓一顶帽子。

现在？丈夫问出他的疑惑。

可仪点头。

等等，我放假了，一起去。丈夫说。这是一个丈夫应有的关切。

好的，一起去。可仪本该这么答的，然后，她该停止收拾东西。

但可仪没有，她摇头，极干脆的那种摇，眼皮未抬。她说，我自己去。

为什么？到底什么事？丈夫的声调有点扬，语速比平日快了一点，只是那么一点，但确实快了。

可仪抬眼，看丈夫。他声调再扬，再快，也是有理的，他这样问，没有一丝一毫的不妥。

可仪应该回答，好好地回答。

但可仪没有。她低下头，收拾。

沉默，极短的沉默。

可仪说，我想去，就是想去而已。

沉默，很长时间的沉默。

任性了。可仪想，自己怎么就任性了。

可仪的日子一直过得好好的，拥有好日子所必备的条件：有一个单位，不好不坏；有一份工资，不高不低；有一个班要上，不忙不闲；有一个伴侣，不贫不富，两人不冷漠也不黏腻。可仪过着，一天，一天，又一天，叠着，像往前走，又像原地踏着步。突然那么一天，可仪出门，看见街上红了，路栏插了红的旗，半空飘了红的气球，街店结了红的彩，有红的春联在扬，行人手里有红的礼品包。过年了。可仪想，又过年了。

过年了。丈夫说。他整理着单位发的礼品，都是红色的，红得又张扬又彻底。

这就是红火，好日子。

看了这红，所有的人都会这样觉得。可仪也应该这样想的，但可仪又想，好日子又怎样？过着。过着又怎样？

过着，过着，就完了。不知怎么的，最近可仪念头总转到这个点，莫名其妙的。她想说，把日子这样过下去，从这头过到那头，或从那头过到这头，做什么呢？

可仪没说，她知道应该说什么。她说，这些给阿爸阿妈。指着最好的礼品。

丈夫点头。

该回家了，过年了。

可仪开始收拾，回去，看他的阿爸阿妈，再看她的阿爸阿妈。坐一阵，聊一阵，弄几顿吃的。话扯来扯去，总会扯到那个芯子。

该有个孩子了。他的阿爸阿妈说。可仪的阿爸阿妈也说。

丈夫点头，可仪也点头。

真是该有的，算来，他们的两人世界时日不短了。

他们该有一个孩子，健康又聪明的。

他的阿爸阿妈将进城，带孩子。

他们将给孩子一个小康之家，孩子将有良好的环境，他们将给孩子良好的教养,将尽量好地为孩子铺排以后的路。

可仪想到几年后,甚至十几年后的日子。

可仪突然不想了,最近。不想以前的日子,也不想以后的日子。

丈夫说,要个孩子。

可仪抬起头,茫然在脸上爬蔓。丈夫满脸的柔软,满脸的亮色,她看不到。

可仪在想,想那个梦。

因为那个梦,她到了这里。

是这个镇。这些屋檐,半垂,暗黑色,遮盖了烟火,遮盖了残梦,也遮盖了过去,是欲说还休的样子,内敛又沉静。一屋接一屋,一檐连一檐,往远处去,往深处去。这些巷面,挤着这些石板,面目苍老,石缝草青青,都像是新长的。可仪坐下,看檐下的水,柔软地弯向远处,似流非流的。捧起半把,又细腻又温润。船滑过去,木的,船身微窄头尾微翘,划船的那张背半拱起来。立在水边,可仪感觉自己整个人滑动了。她眼微眯,镇子的味道浓郁了,有烟火的暖,有油盐的腻,有旧石的温,有朽木的香,还有令人惊喜的半丝脂粉味。可仪猛睁眼,看见半角旗袍,在某个角,闪了一下。

来对了,这里。可仪点头,对小镇,也对自己。

为了踏出的那半步,偏了日子轨迹的半步,可仪点头。

可仪去请假。

领导抬脸,看住她,请假?

其实不奇怪,不就是请假么。但请假的是可仪,领导抬头了,脑里轮了一圈,可仪是不曾请过假的,印象里没有她请假的痕迹。

可仪脸红，气短，垂眼皮，然后，点头。

于是，领导也点头，目光垂回桌面的表格上。目光在表格上，领导问，做什么？

身子不太好。可仪的声音有些颤抖。然后，她努力想，是不太好，精神不好，那个梦缠着她，失眠。于是，身子也不好了。

领导抬头，可仪瘦弱，稍苍白，一如既往的瘦弱苍白。

明天？领导提笔，准备批条。

半个月。可仪的脚踩在这三个字上，浮起来，人轻了，浮半空了，声音有些漂浮，目光有些漂浮，思绪纷纷扬扬。

笔尖点在纸上，领导看着她，一直看。

得休养一阵。最后，可仪这样说，声音胶着在那个梦里。

半个月？丈夫喝水的杯子被拿在胸前。

去走走。

哪里？

芸镇，明天走。

芸镇。做丈夫的扒拉着脑里的旅游景点，热门的，偏门的，有历史底蕴的，以自然风光引人的，没有这个名字。丈夫说，芸镇在哪？

可仪说了一个省。

脑里再扒拉，丈夫说，有这么个镇，算个古镇，名声不大，不算很有人气的旅游景点。怎么突然想去那？

不突然。但可仪说，我已经了解了，那没有大放光彩过，但底蕴是有的。

不热门，也不是旅游旺季，怕那镇子太静，再找个时间？

就是要那份清静。可仪把这句话说得风轻云淡,说的时候她叠着衣服。

丈夫静了,话猛地被压住了。他看可仪,看可仪的侧脸,看可仪叠衣的手,看可仪半弯的身子,都是风轻云淡的。他不知道,可仪要什么清静,可仪的日子有什么不清静。

后来,丈夫说要一起去。

可仪说了,想自己去。

再后来,丈夫还说,那就去走走,住一两天,回程的车票,我给你先定。

要待十天半个月的。这句话,可仪也像是酝酿了十天半个月的,波澜不惊地掠过去。

那镇子不大,一天能走透横横竖竖的街巷吧。丈夫还在退,退得很勉强了,可仪都知道。可仪也清晰地想起,同事说过,有些底线不能碰,一碰就有了缝,有了缝再怎么胶,怎么粘,也还是缝。同事还说过,要记得,永远记得有蝴蝶效应这回事,极小极小的因,也可能有果,极大极大的果。可仪也还记得,所有的同事一起总结过,日子多稳,不曲不弯,不起不伏,不悲不喜。可日子又多轻飘,那么一点动,那么一点飘,那么一点偏离,日子就动了,歪了,扭出另一个样子。可仪懂得,自己踩到了某个点,她该退半步的。

只要半步,往后,日子就又稳了。

可仪没有。可仪说,我想住十天半个月,好好走走那个镇。

一个人。可仪没想到,自己会加上这几个字。

日子有点歪了,好像。

歪就歪吧。站在这里，可仪想，然后笑了，她又任性了。

可仪任性地抬起脸，她的脸木了，目光也木住了。那张背？

在对岸，那张背在那里，半靠着竹椅，竹椅靠着石栏，水边的石栏，背对河这边。可仪看过去，背平，修，壮，时而微微后仰，时而微微前倾，在喝着什么东西，或者是静坐，想点什么，又或是看行人，什么也没想。在对岸水沿落了个倒影，那个背半隐于竹椅石栏后，不够完整了。水微晃，不完整的背影有点模糊。

可仪脚步停在岸这边，嘴张了一下，又张一下，没有词语。某个呼唤在嘴边了，呼之欲出，嘴一张就没了，像她的意识一样，一阵清晰一阵模糊，把握不住。

眼睛微眯，可仪想，这个背是在记忆里的，确切无疑。只是一直隐着，隐在所有的油盐酱醋后，这时突然涌动了，掀开一层一层的日子，抬脚出来了。可仪的意识伸出手，去握，没握住，那回忆便模糊地四处窜动，可仪无能为力。

只能看，看那个背，就在对岸，近在眼前，远在天边。

那个背站起来，可仪随着起身。那人稍高，背修而不弱，那么立着，有一小会儿。

回头。可仪说，默默地说，她相信，看见那张脸，记忆就会落定在某个点，和她好好地谈谈，谈谈过去，可仪早已忽略的过去。

没有回头，那个背稍前倾，他是看到他面前的另一个背么？像可仪一样想起了些什么？因为，前倾了一下后，他就往前走了，往一个巷子深处走去，离对岸的可仪愈来愈远。

可仪高举手，张嘴，那声呼唤始终未出口。

再抬头,那张背不见了。

找一户住家兼旅馆的人家住下,是那列屋檐中的一个,正门朝巷敞开,后窗临着水,是想象里的栖居。

放了行李,脱了鞋,可仪蜷在床上,床简单、素净,棉的被,棉的枕头,适当的温暖,适当的软香,一切是自在而舒适的。

可仪很安心,脸靠枕,侧卧。换新床便要辗转半夜,换被换枕骨头便要硌皮肉的可仪,现在很安适。抱了枕,半坐,由半开的窗望出去,水微漾,水上木船微微前滑,可仪觉得,这镇,她一向住着,年深日久。

来小镇之前的那段人世,突然有点恍惚,猛地,成了回忆。

出门前一夜,床上一片沉默,丈夫和她。后来,可仪的手指动了一下,然后,被握进丈夫手心。

告诉我,为什么?丈夫说。丈夫的眼光黏在天花板上,可仪知道,那片目光肯定是温软的。

可仪说,我讲个故事。

一片山坡,于群山之中。一片小草,披满山坡。所有的草,枯着,荣着,一年又一年。有一棵小草,也这么枯着荣着。某一天,小草突然记起,自己不单是草,还是一株百合花。百合花,一朵路过的白云曾经说过,那是一种多么美丽的花,纯洁如晨露,芳香如阳光,洁白如蓝天下的云,多姿如春天的风。那是一种多么美好的花,所有的夫妇结为连理的那天,手里捧着的,是百合。

我是百合。有了记忆那天,小草对自己说,反反复复地说。

小草对周围的草说,我是一株百合。你们记得么?

摇头，所有的草摇头，是不记得，也是否定小草的异想天开。

小草说，我记得的。

作为一株百合，我应该开出百合花，至少开出一朵。

叫我百合。周围的草一叫它草，它就这样说，我是百合。

小草告诉阳光，它是百合，要开花。也告诉春雨，也告诉轻风，也告诉白云。所有的倾听者开始都笑，后来，就不笑了，开始点头。

那年的春天，整个山坡醒了。叫百合的草也醒了，醒来后，它就被自己吓了一跳。周围所有的草也吓住了。

它开花了，多么美丽，纯洁如晨露，芳香如阳光，洁白如蓝天下的云，多姿如春天的风。

那片山坡，在那个春天呈现从未有过的欢腾，从未有过的生机勃勃。因为，坡上有了一株百合花。它们的日子，它们的春天，从此有了色彩，有了芳香，有了一种叫娇美的东西。

你记起了什么？丈夫问。

我也不知道。可仪说。

梦　里

她来了，因为梦而来。

梦里，总有水，温婉地穿镇而过，浅翠色，润如玉，滑过两边的石壁，把两岸的屋檐后窗满满装在心里，往远处，往深处蜿蜒而去。梦里，可仪坐在水边。三级四级的石阶，往水里伸进去，她坐了其中一级，半斜身，双脚往水边半伸，是很悠闲的姿势。

那么坐着，年长日久的样子。肩上突然搭了一只手，极轻，轻如抚。可仪居然不惊，半侧脸，垂下目光，那掌修而宽，默然无声。可仪能想象，有这手的人，也将是修而挺，沉静如面前的水。

那只手静搭着，一直。可仪半垂头，背后有个胸口，极近。透过衣衫，可仪感觉到那个胸口的暖意，如烟如缕。是一个怀抱了，可仪双肩缩起，肩背不知不觉地柔软了。

后来，那个怀抱揉成一团烟，可仪整个人裹在烟里。那只手动了，那么按了一按，还是轻轻的，但深沉有力，似乎意指明显，想要告诉可仪一点什么，或者是有个什么样的指引。可仪往前看，是远去的水，是对岸的成列的屋檐，都是欲说还休的样子。

可仪往前，倾了半个身子，看水里。水里映有自己的面容，有半倾的上身。可仪看水里的影子，肩上却没有那只手。可仪猛直了身，侧身看肩，肩上空了。后背凉了，那个怀抱像一团逐渐消失的热气，一丝一缕散去。可仪回头，整张脸转过去，后面空空如也，街巷深处蒙蒙一片，似乎有个背闪过街角。

可仪站起，随住那个背，沿街而走。

街道石板光滑又苍老，一脚一脚走过去，声音时而沉，时而脆。街两边的屋门，或半开，或半合，一切是有了样子，又不够清晰。

街巷那么长，走了许久，有小桥，拱在水上，石的。可仪上桥，再下桥，到了对岸的街。还是那样的石板，还是那样的屋和檐，没有那个背。

没有了那个背，可仪还是走，穿绕着那个镇。

梦里，可仪就在那个镇里不停地寻找，寻找肩上那只手，背后那个烟一样的怀抱,还有那个若隐若现的背。走得精疲力竭,可仪在石桥边歇息,镇子突然清晰了,这个镇,是芸镇。

芸镇。可仪高声说,很兴奋。一喊,可仪就醒了,恍惚不定。

夜正深,丈夫睡得正深。可仪坐起,在夜的黑里默坐,芸镇的样子在黑里无比清晰。可仪便下床,开电脑。

关于芸镇,很难查,都是零零碎碎的。可仪复制,粘贴,拼凑,所有有关的零零碎碎成就了芸镇。芸镇,保存较完整的古镇,民风延续得较好的镇,稍偏僻,稍落后。不曾出过大富,不曾有过大贵,因此没有可大张旗鼓挖掘的资源,也便难成大红大紫的景点,甚至算不上一个真正的景点。只是一个安静的去处,一个稍可休息的去处,安静的人才钟情的去处。

就是它了。可仪待在电脑前。

丈夫呢喃了一声。半夜坐在电脑前,是需要解释的。可仪回床,拉被。

芸镇,芸镇。可仪低低地不停地念。然后,可仪闭上眼,努力让自己沉进睡眠,去接那个梦,追梦里那个背,肩上那只手。

睡眠没有,梦也没有。

后来,睡眠来了,但一片苍白,无梦。

可仪开始神情恍惚,在白天,在现实的日子里。

再有梦的时候,不是原来的梦了。但还是有水。

水边,有船划过。木船显长显窄,专依镇子的水道而造。年深日久,木头褐色深了,近于黑,是小镇最恰当的颜色。船上了油,一层一层地上,抹出层透明的壳,浮于水上,发亮。船过去,船过来,都是悠悠缓缓的,是小镇日子最恰当的节奏,桨摇着,一拍一拍地,划开水面,水声轻浅而明脆,是小镇最该有的声音。

有一条船停了,停在可仪面前,无声无息。可仪是先看到水里的船影,才抬起头的。抬起了头,那船也靠住石阶了,可仪脚只要往前伸,就能踏上船。

船上伸下一只手。一个身影,猛一看,极陌生,再一看,又极熟悉。细看,看不清他的脸,小镇的天一下子灰了,夜像提前来了,还带了雾。可仪愣着,那只手伸得更近,可仪认出来了,是肩上那只手。

该上船了,已经耽误了。声音厚实而漂浮。

可仪伸出手,放进那只掌里。抬脚,人就在船上了,身子微晃,一切便模糊不清。但可仪坐下了,一切那样理所当然。

桨摇起来,人随着船,往远处滑,轻如鸿毛。

这个背!可仪几乎惊叫,但周围的一切,包括水,包括船,包括两岸的屋,全都轻盈如烟,可仪的惊叫也轻盈成烟,慢慢散掉。可仪肯定,这个背是她认识的,是从巷角闪过的那一个,是她穿绕整个小镇,追寻过的那一个。

这个背现在摇着桨,一高一低,一起一落,触手可及的样子。可仪看着这个背,它没有再消失。于是,可仪身上所有的骨头都松展开,坐得很安然了。她等着,等这个背转过来,她就可以看看他的脸,看看他的眼睛。可仪想,那时,她一定可以记起一些东西,一些她一直记不起,但是极想记起的东西。

那背一直没有回转,船一直往前摇。岸边的屋檐往后过,一家连着一家。屋子的后窗往后过,一扇连着一扇。钻过弯拱的石桥,可仪还看见,石桥底面的青苔厚厚的,甚至感觉得到润润的。后来,可仪又看两岸的石板,浸着水,也有了一层绿色,在黄昏里灰黑着。船一直没停,可仪看累了,那个背还在摇,动作没有迟缓。

船停的时候,总要停桨,总要下船,可仪想,那时,就看他的脸,他的眼。

船不停,水没尽头的样子,小镇也是绕不出去的样子。

天愈黑。可仪问,去哪里?

未到。还是厚实又漂浮的声音。那个背还在摇。

什么时候到?可仪欲站起,船身微晃,她重坐下。

船停的时候就到,到的时候,桨便停。声音是不紧不慢的。

两岸的窗口有灯亮起,是蒙蒙的,微黄的亮。可仪着急了,这些亮如此模糊,有一半还在水里晃,夜来了,就是这个背回头,怕也看不清眉目了。

可仪想问,你是谁?

可仪没问,抬头想问的时候,她看见水里晃满了灯光,晃得又细碎又朦胧,两岸的窗与檐只剩下轮廓,前面的背已轮廓不清。可仪恍惚了。

我在梦里。梦里的可仪这样清醒地想。

我只有醒来,船才可能靠岸。可仪突然这么相信。

醒来,醒过来。可仪对自己说,反复地说,愈说愈响。

你已经醒了。这个声音从天而降,在那个模糊的夜里,清晰得突兀。桨停了,水声住了,船不滑了。

可仪猛立起。

你醒了。清晰的声音又说。

可仪睁开眼,是夜里,一片漆黑。身下是软的床垫。

丈夫在唤,可仪,你已经醒了?然后,丈夫开了床头灯,可仪的身子猛地有了真实感。床头灯的光明亮,梦呼地退远了。

可仪看着丈夫,他的五官清晰地展现在灯下。可仪双手捂颊,搓,不停地搓。

梦见什么了?丈夫问,问话的关心也是很清晰的。可仪很少做梦,四平八稳的日子,梦是没有必要的。但最近,可仪的睡眠不安稳,她的梦里有了另一个世界,她的心里有些什么事呢?

可仪摇头。

丈夫伸出手,抚住她的肩。

可仪竟一颤,抖落了肩上那只手。丈夫吓了一跳,可仪也吓了一跳。

可仪说,没事,我没事。

屋里沉默一片。

那个时候,丈夫和可仪都知道,有事了。只是,丈夫不知道,是什么事。可仪知道,她将寻找。芸镇,她将来到这里,毫无理由,毫无计划。

此时,可仪醒来了,自然张眼的那种清醒,自然地伸了双手,伸了一个懒腰。身下的棉被,颊边的棉枕,都是自然的,舒适的。可仪坐起,拥着被,床头窗半撑着,望出去,夜变得很薄,轻轻浮在水面上,微微地漾。原来,我该是在这时醒来的,可仪恍然。可仪一向怕醒来,她的醒总是又黏腻又疲累,像被压了一夜。白天突兀地来到眼前,是不得不去面对的。

醒来如此美好。可仪这样想,第一次。

可仪下床,穿衣,拉开门,撩一把空气,空气里满是夜的微凉和晨的清鲜。撩到脸上去,眉眼就舒展了。

可仪出门,沿街走。街未醒,安静得像睡眠里的呼吸。

街尽头,一个石门,又宽又高,门外边就是水,几级石阶往水里延出去。可仪走过石门,在石阶坐下,坐于水边。像梦里那样。

可仪撩起眼光,夜极薄了,薄薄的夜遮着晨,遮着水,遮着岸边的檐,遮着檐下的窗和墙,一切都是梦里的颜色。可仪往下一个石阶,凑近水,脚尖点在水面上。可仪倾了半个身子,往前,看水里的影。

自己在水里,有点暗,水有点晃,可仪看见自己的脸模模糊糊。可仪的姿势静着,等水静下去,等目光浸湿在水里,影子就清了。

看清了。可仪看见,自己的发挽着,斜堆于头上。鬓边插着珠花,轻轻地摇,垂到颊边。颊带笑,浅浅的笑,笑迷迷蒙蒙,像没有内容,单为笑而笑。目光也是迷蒙的,散成一片烟。可仪胸口一跳,头一动,珠花乱晃,耳坠乱晃。

抹眼皮,眨眼,可仪再看,珠花依然,水里的笑影更清,笑意更迷蒙。背后有暖意,环近肩背。是一个怀抱,烟一样轻,棉被一样真实。

回头,猛回头。怀抱退开,退到石门那边。竟是他,那个背的正面。那张脸在门那边,正正的,对着可仪。看不清五官,只看见笑,笑得灿烂又安静,像水面上浮着的晨光。

可仪也笑,转身立起,这一次,找到他了。可仪想,谈谈,至少谈谈。身后水面啪啪有声,可仪转回头,一只船滑到面前,船划开的水溅到可仪的脚面,掌桨的阿伯笑着。

上船吧。门外的他说,声音像他的笑一样清晰,又像他的面容一样遥远。

不,我……可仪张口。

阿伯,她先上,她久等了。他扬高声,对掌桨的阿伯说。

哎……可仪想说。

快上船,你久等了。阿伯说。

可仪回头,门外那人转身了,成了一个背,是那个背。

可仪上船,再回头,那个背一闪,消失了。

去哪?阿伯问,双手握在桨上。

不知道。可仪的声音飘在半空,恍恍惚惚。

那随便走走,反正早着,水道上船少。

桨动了,船往前滑,临水的檐和临水的窗往后退,缓缓的。水被划开,像轻声地歌唱,两岸的房屋在歌声中迷糊起来,要再次昏昏睡去一般。可仪眼皮也有些昏沉了。船一直没停,没有起点,没有终点一般。

咚的一声,可仪又掉进梦里。在那个梦里,可仪一直下不了船,因为找不到终点。

可仪一吓,忽地立起,人急晃。阿伯猛地停桨,回头,望住她。

到了吗?可仪问,声音生硬。

你想到便到,在这里靠岸么?

可仪四望,街静静的,夜色全退了,晨光在远处的石桥边若隐若现。石桥两头有小店面,店面有热气,店前有人,三三两两的。可仪知道,那是卖早点的店,有小镇特色的某种饼、某种糕,或者是熬得很有味道的某种粥。想起糕饼,想起粥,可仪感觉眉眼又清爽了。糕饼和粥让可仪从梦里逃出来,回到有烟火气的日子里。

到前面小桥边停下,我要买个饼吃。可仪坐下,坐得稳稳的。可仪说,阿伯,听说镇上的饼好。

那是好,老字号,出名地好吃,吃一辈子,不嫌。阿伯呵呵笑。

听说镇上的糕也好。

那是好,秘传的配料,别处吃不到的味。

……

这么说着说着,可仪就钻进日子里了,镇上的日子。

可仪想走出梦,来这里,把梦的根一把揪起。

看 见

白天,走在街巷上,看檐,看水,看船,看窗,穿绕着芸镇,穿绕着芸镇的日子。芸镇的日子像月光一样沧桑又简单,像黄昏的风一样轻软又厚实。街两边的商铺开着,都是日常用品,零零碎碎又不可或缺。大多是老字号,商铺的牌子上都沾满了岁月与故事,这些老字号的牌子连着,列着,拥着,芸镇的街巷就有了味道,这种味道成烟成雾,缭绕成芸镇的味道与色彩。

可仪尝了芸镇的糕饼,喝了芸镇的粥,安安心心地闲逛,走访那些老字号。

可仪喜欢旗袍店。芸镇的旗袍不华丽,像芸镇本身,又素朴又内敛,有一种家常的典雅。穿了那样的旗袍,是干净的,也是可亲近的。用芸镇专产的布缝制,布是芸镇自织的,花色是芸镇自染的,像芸镇一样,安静地柔美着。

可仪流连,抚着旗袍,脚步缓到无法再缓。

后来,在街边的两个商铺间空了两间屋的地方,可仪就看见了水,也看见了对岸那家旗袍店。可仪震了一下,毫无缘由地,立住。

芸娘衣袍。可仪看清了店的名称,这是一个从古远的岁月里走出来的名称。

可仪急走,忽略身边所有的商铺,找小桥。过桥,往回拐,站在芸娘衣袍店门前。木门,木门槛,木柜台。可仪想,就是这里了。她一头扎进去,淹没在店的味道和旗袍里。

拈起一件旗袍,沉静的底色,浅雅的花色,从衣领到裙沿袖边。可仪提着旗袍,贴于胸前。

我的旗袍。可仪听见自己这么说,对镜中的自己说。

你的旗袍。可仪听见旗袍这么说。

试试。店主说。她一直坐在柜台边,安静如旗袍。这时她说,试试。然后她起身,稍近前,看旗袍,再看可仪,把旗袍看到可仪身上去。她四十多岁,眉目清秀,眉梢带笑,该是芸镇女子中美丽的一个。

旗袍在身上,不能少一分,不能增一分,有着最妥帖的凸,最妥帖的凹。看镜中那个人,可仪有点呆,她想,原来我是这样的,这才是我。她又想,这怎么是我,我怎么是这样的?

好。店主说,这是你的衣。

可仪走近,朝镜子凑,然后后退。她的发,又挽起来了,半顶在脑后，挽出乌蓬蓬的髻。可仪偏了头，看发，有珠花插在那里，晃着。可仪以为自己会尖叫，然后逃跑。但她没有，她微微地晃头，让珠花一摇，再摇，点着双颊。双颊带笑，还是那样的笑，散淡如烟，单纯为笑而笑的。

可仪眼微闭。闭眼之间，岁月在面前飞掠而过，风呼呼地吹，可仪便看见风里的影子，一个又一个。

有人进了芸娘衣袍店。一个女子，轻盈如羽，娇美如梦，仿佛刚从某幅画中抬脚而出，由一个丫头挽着。

来了。店主大娘说，笑看丫头另一只手里的包裹。

女人笑，也是轻盈如羽，娇美如梦的，笑是散的，目光也是散的，七零八落地碎在空气里。丫头笑，笑声脆亮、动听。丫头说，又有好东西呢。拍打着包裹，放在柜台上。

包裹展开，是成沓的绣品，店主一幅一幅地看。

小姐的绣品，有过目的必要？丫头的笑声有些冷了。

不是过目，是欣赏，先睹为快。店主大娘咯咯地笑，不是我这张老脸，又厚脸皮地央了又央，能得到小姐的绣品？

那是，家里什么时候要指靠小姐的绣品？

镇上央的人太多，小姐的绣品拿出来，当是做善事。店主大娘点头不迭，对着女子。女子还是笑，如羽如梦。

这旗袍该要。店主说，一只手抚在可仪肩上。

可仪睁眼，岁月戛然而止，影子散去。镜里的可仪穿着旗袍，散着发，发长如妖。

可仪点头，四下看。店的角落有堆零散物件。可仪蹲下，着了那身旗袍,开始翻找,帽子、头巾、围巾、手帕、布包、绣品,都有一种属于芸镇的雅丽和精致。

店主说,哪一件都能配上这件旗袍,配上你这个人。

可仪挑着,动作缓下来,手里捧了一幅绣品。捧着这幅绣品,可仪站起,转身,半对着店门口进来的光。

这个背。可仪咬住唇,才未让这声惊呼出口。就是这个背,这个在梦里,在芸镇寻找不着的背。在这幅绣品上如此清晰,触手可及的样子。

可仪细细地看。背修直、厚实,微微倾着。看见半只手,拿了剪子,剪子露一角,修剪着花枝。背立在花园里。园里有藤,软而长,垂在风里,姿态飘扬。有木,外形奇而秀。有假山,堆叠精致。有花,或绽或含,或浅淡或艳丽,都极鲜,刚润了晨露般。

这,哪来的?托着绣品,可仪问。

店主凑近,看半晌,再看可仪。说,久了,这绣品是老店底,不知哪代传下的,我不清楚年月了。一直在,我记事起就见过。

可仪默然凝神。

货是旧货,但是好货。听店里老辈人说过,这件绣品工艺极好,不是出自平常绣妇的手。凡从这手上出的绣品,都是一抢而光的,有时,订货都难。只是这一幅,不知怎么的,绣了一个背。"背",没有人敢要。大都拿在手上,感叹一番绣工的精美,便放下了。

我要了。可仪说,说个价。

旧货了,说不值钱便一文不值。货是好货,说值钱也是值大钱。你有缘,这么些年,售货,再进货,反反复复,就这绣品留下来,怕是等你，你随意。

可仪又凝神了，看绣品，看那个背，那些藤，那些花，那些叶，那种尘封在岁月里的颜色。可仪还看见一只手，指如玉葱，微翘，微捏，微叠，是一朵兰花半开的样子。针捏于指尖，连着线，线从一朵花里穿出来，花开在柔白的布上。针线在抽拉，一上一下，兰花手翻飞成蝶，柔缓又轻盈，翻飞于晨光里，翻飞于暮色中，怎么翩然，都牵扯在那个花绷子上。可仪皱起眉，想看那张脸，俯在花绷子上的那张脸。

门口人影一闪。

退去了，绣品里所有的一切，如兰的手，牵扯的针线，沾了晨光暮色的花绷子，统统退去。可仪猛然侧过脸，有人进门。

是他，水边石门外那张脸，有着那个背的那张脸。可仪低头，看那张绣品，是这个背。可仪的嘴巴张开了，张得很缓慢，无声无息。可仪抬头，嘴张着，声音挂在唇边。他走到柜台前，和店主比画什么，背对可仪。这个背……可仪让声音挂在唇边，再一次看绣品。

他回头，就招呼。可仪是这么想的。此时，他转身了，往门外而去，没有回头，甚至没有一闪而过的眼光。还是那个背，闪出店门。

可仪扑到柜台，握着绣品，说个价。可仪对店主说，脸往门外倾。

他给了。店主说。

可仪看着店主。

店主说，绣品他买下了，给你的。那个人，刚出门。

可仪奔出店，攥着那幅绣品。那个背已经到了街斜对面。此时小镇的晨雾散了，日光很薄，但通透而明亮，街巷清楚得像细描的画。那个背很清晰，很真实，在可仪的视线内立着，这是第一次。可仪一笑。

街斜对面是一家糕点店，挤着人。可仪看见那个背被半挡了，于是加快步子。另一半也挡了，背没了。

可仪挤在人群里，立在糕点店门口，面前是糕点的味道和热气，后面是人群的味道和热气，都是又厚实又俗世的，那个背却缥缈了。

顺着街，可仪慢慢地走，寻。街上人不多，三三，两两，走着，谈着，或坐着，是小镇里最适当的安然，街在这种安然里安静着。可仪是匆忙的，有点跌跌撞撞。好长一条街，无影也无痕。过石桥，还是那样的街，还是那样的人。可仪绕着，绕得有点失态。

坐下，坐于岸边石栏旁边，看水，浅翠，绸一样滑而细腻。船滑着，可仪忽然想，水原是动着的。久了，可仪的心就安静了，在这镇里本该有的安静。对追出来、急匆匆赶过的这段路，可仪突然怀疑了。那个背或者还在店里，或者太过匆忙遗漏了，或者在另一个方向。

可仪开始往回走。这次，她慢了，一面走，一面望，像寻找一条遗失的手帕。

停下脚步的时候，可仪抬头，看见芸娘衣袍店。可仪进门，像刚刚他那样，一闪就在门槛里了。店主在柜台后，抬脸，浅笑，像可仪是老串门了。

绣品还在手里，可仪展开，捧起。

这是什么时候留下来的？可仪问，目光粘连在绣品上。

不清楚，我记事起就在，埋在一堆饰品下，没人问起。清货时，出来了，被稍稍提起。

谁提起？

奶奶提起过。

提起什么？可仪手指抚过那个背，抚着花与叶，声音像半浸在岁月里，有点遥，有点旧。

这绣品出自一个小姐之手，是芸镇留得下来的、最好的手艺。小姐出身富有之家，绣这些不为卖，只因为爱绣。

只因为爱绣。可仪重复店主的话，喃喃地，那只手浮于眼前，悬在半空，如玉葱，如兰半含，一牵一扯，柔缓如镇上的光阴。

是爱绣，听说整日地绣。但这一幅是特别的。

可仪猛抬头，看着店主。

听说的。店主的声音受了惊吓，因为可仪的目光，店主说，听说，这一幅之后，再没有新的绣品，小姐再没有动过针线。

可仪眼睛睁大了，目光比声音快，所以她用目光追问。

后来，就不知道了。店主垂眼。

沉默，可仪留出一段密实的沉默，让店主追忆岁月里掉落的零碎。

店主在沉默里摇头，说，富有之家的小姐，那日子谁知道，除了她绣的那些花，那些叶。

绣品里的花和叶是衬托，衬托着那个背。背，这个背。可仪的思绪像风里的花瓣，在飘，搅缠在雾里，似有似无，若现若隐，只是成不了形，理不出始，也理不出末。

可仪只记得，出店门的背，熟悉得让人欲罢不能。

可仪出店门，立在檐下，把绣品展在薄亮的日光下。

又看见那个女子，还是那脸迷蒙的笑，可仪甚至看得见她的目光，如水如雾，像漂浮于半空之中。

女人任丫头挽着，迈出门槛。

出了门，女子就立住了，望街的斜对面，她的目光突然敛了，敛成一个亮点，停在某处。可仪望过去，顺着女子的目光。那里有个人影，立在人群里，厚实而修长。可仪张嘴，不敢出声，出声便会散了这影。

女子散淡的笑收拾起来了。

那个背没有转身。

丫头看女子停定的脚步，微扯女子的臂弯。

走吧，丫头说，挽女子的手稍稍地用了力，女子的脚步就动了。脸半倾着，让目光和笑容粘连在那个背上。

女子走了，随着丫头。街上有人来，有人往，都偏了脸，目光黏在女子身上。丫头的手又用了力，脚步稍稍急促了。

女子回了一下头，那个背不见了。女子的目光和笑容一下子又散了，如之前无法捉摸。路人纷纷用目光打量。

女子和丫头拐过一个街角的时候，可仪猛回了神。

可仪转身，跳进店里。我记得一些东西。可仪高声说，扬着绣品。

这是她绣的。可仪满脸是恍然后的欣喜。

谁绣的？店主问。

那个女子绣的。

是一个女子绣的。店主笑，我说了，还是一位小姐。

绣的是一个背。可仪又说。

店主又笑,当然是一个背,因为这个背,它留下来,一年又一年,是等着你哪。

我记得一些了,是绣他的背。

你记得?店主敛了笑,细看可仪。

我看到那个背,真看到了,是他。还有镜里带珠花的女子,就是她。

看到?店主声音微颤,像被风吹皱的水面,往远处起伏。

是的,我看到……声音猛住,可仪咬住后半句话。店主脸色灰白,可仪看到了。她知道,自己的脸色,此时灰白更甚。

我为什么看得到?为什么记得?可仪问,用无着无落的声音问自己。

丢　失

脸色也无着无落了,可仪踱出店门,边踩步边若有所思。用这样的步子,可仪在小镇的街巷踱着,每一步都顿一下。她是无着无落了,迈出的步子,一脚踩在现实里,一脚踩在虚幻里。可仪想,一脚踩着现在,一脚踩着过去。这么想着,可仪的脚步凝住了。什么是过去,什么是现在?哪些是现实,哪些是虚幻?可仪迷糊了,抬眼看这个镇,不知是梦里那个,还是下了火车,搭了汽车,提着行李包来到的那个。可仪慌了,时间碎成片,四散纷飞,日子没有了过去,没有了未来。

人怎么可能没有时间?没有过去未来的日子还是日子么?可仪

纠结其中，人挪不动了。

可仪坐在水边石栏，看水，看檐，看石街石桥，这些东西是过去的还是现在的？可仪这样问着自己，又把自己逼到危险的边缘。这种悬浮于时间之外、日子之外的状态，可仪不止一次有过。

周末，和丈夫去公园散步。好日子不就是这样的？可仪和丈夫，都有着不错的工作，生活是富足的，节奏是规律的，有适当的经济基础，有适当的时间，也该有适当的方式，周末散步是其中之一，最健康的一种。

他们散步的路线基本固定，入公园，向右，走过花坛，穿过亭栏，进入林荫道，绕假山走，来到湖边。绕了大半个湖，走到那片草地，丈夫会转过头，看可仪，歇歇？

歇歇。可仪点头。丈夫知道她会这么说，问完话后，他就踱到湖边去了，可仪朝他的后背点头。

丈夫看人家钓鱼，湖边从不缺垂钓者。丈夫立在垂钓者后，抽烟。垂钓者默默地，丈夫也默默地，守候鱼上钩的一瞬间，守候鱼拍打水面的水花，守候垂钓者握住滑腻的鱼。

可仪坐在草地上，倚着某棵树。树长在草地上，点缀一般。可仪总是面对不远处的花坛坐，她迷花，如迷她自己的发。

盯着花，可仪的目光轻了，手脚轻了，身子轻了，接着薄了，整个人薄成片状，随风动。头在晃，可仪想抱住树，伸不出手，手没了，裂成片，成了叶子的形状。可仪吓了一跳，想跳，跳不动，脚没了，裂成条，成了根的形状，纠缠于泥土深处。可仪的头往外绽开，成了花朵，花蕊嫩黄，花瓣洁白如雪，柔嫩如云，芳香缭绕。被自己的雅丽迷住，可仪一时忘了喊叫。

真美。周围的群花齐赞。

可仪回神。可仪害怕,无所适从的害怕。

可仪呼唤丈夫,用尽力气地唤。丈夫在不远处,盯着湖面,紧张又安静。可仪的呼唤,他毫无察觉。

别唤了。是一朵深黄的菊花,声音是上了年岁的样子。菊花说,他听不到,更听不懂,我们说的是花的语言,阳光雨露听得懂,花草树木听得懂,人心中俗事太满,我们的声音落不入人耳。

可仪瑟瑟发抖,想哭,竟没法哭。

你害怕什么?菊花说。

我变成了花!

变成花又怎样,不好?

我是人呀。可仪的声音尖了,我是一个大活人,变成一朵花,不会动不会说话不会思考。

菊花笑了,笑得菊瓣乱颤,你不是活着?不是动着说着话想着变成花的事?花是会说会动会想的,有花草的话和思想。

可仪哑口。一瞬后,继续尖喊,我是人!

人又怎样?菊花的声音也高了。人又怎样?周围的花附和一片。

愣住,可仪脑里有什么一闪,电光石火样。

菊花晃头,晃出一阵清淡的菊花香,她说,人不也一样,也就是活着。花也活着,方式不一样而已。菊花的声音平而缓,可仪在她的声音里稍觉安静。

还是慌，可仪说，变成花，我的生活丢了，我的日子丢了，我的生命丢了。

傻话，人有日子，花就没有日子？花有花的日子，花有花的生活，花也有花的生命，花的日子和生活比人简单，阳光便是阳光，风雨便是风雨，一清二楚的，多好。

花谢了就没了。可仪声音凄凉了。

笑，菊花爽朗地笑，人死了不也没了——先别开口，我知道你想说，人活得长。有多长？一百年？就是再加一百年，又怎么样？

望着菊花，可仪突然觉出自己的浅薄。但她说，我还是没法接受。

花还谢了又开，年年如是呢。

可，可变成花，活得没，没意义……不知怎么，可仪的话犹犹豫豫，只是疑惑纠结在心，无法开口。

呵呵呵。笑的不只菊花了，所有的花都在笑，笑得花枝乱颤，花瓣纷纷，芳香四溢。

意义？菊花说，什么是有意义？那你说说，人活着，活出了什么样的意义？我们是花，低等的生命，不懂得人世的意义，但我们知道花至少美丽了世界，芳香了世界。

瞠目结舌。如果，此时可仪还有双目，还有舌头的话。如果真的还有，也或许会为自己的双目和舌头羞愧吧。

人世的意义？可仪这样自问，问完就跌入一团黏腻的迷糊里，这似乎是作为人的时候，她一直想着又一直回避着的问题，猛地跳到面前，无限地放大，成为一个立体的东西，不停地晃荡，咚咚发响。

可仪晃头,往后缩。那东西在响,人世的意义,人世的意义……

头疼么?回家吧。后来,这个声音响起,那个东西的响声竟退了。

可仪恍然,双手抱着头。可仪把手在面前摊开,她想,我的手还在,怎么还在?

可仪?

抬头,丈夫半蹲在面前,可仪问,我是人?

什么?丈夫双目忽然睁大。

可仪看那个花坛,那些花绽放依然。有一株菊花,看起来是有些年份的,黄得很浓厚。那些花,此时应在笑我吧。

抓着丈夫的手,可仪站起来,默默地重复,人世的意义?

丈夫说,回家了。

可仪就随了他,安静地走。

没事吧?走了一段,丈夫侧过脸。

没事,能有什么事?可仪摇头,摇得像她的话一样轻描淡写。

是没什么事,他们的日子依然四平八稳。只有可仪知道,有些东西在变,像地底的根,生长蔓延,没有人看得见痕迹。就是某一天,结出了满树的果子,也极少人想到地下的根。

如今,到了这个镇,就是那个果吧。抚着石栏,可仪突然豁然了。她想起了那株菊花。

失掉了日子又怎样?失掉人世又怎样?可仪猜,菊花一定会这么说。

可仪笑了,一脸无着无落的恐慌哗哗地碎成渣,往下掉,掉进石栏那边的水里,融入水深处,无声无息。

看得见那女子又怎样?记得那些久远的事又怎样?没有了过去与现在又怎样?可仪学菊花的口气说。可仪想,或许,这一切正在引她走进一个秘密的故事,一段秘密的时间,因此,让她在时间的这头和那头进进出出。

可仪极兴奋,为接近秘密。

天宽地阔,可仪知道,自己不会去找那个背了。找不到又怎样,该转身的时候,那个背自然会转身。丢掉的回忆该回来的时候,自然会回来。就像那幅丢失掉的绣品。可仪把绣品摊开,展在石栏上,那些丢失的画面便涌到眼前,止也止不住。

那幅绣品不见了,她的背也不见了。其实是他的背,她把那背绣在花、叶和藤之间。找绣品的时候,她想的是,我的背。她想,我的背呢,我的背哪去了。

她只是想,她不懂得说。

那段时间,她不拿针,不拿线,花绷子斜放在桌上,她走进花园,在花园里转,一圈又一圈。然后,她穿过走廊,半低着头,来来又回回。过了走廊,就进了房间,她在房间寻,翻遍了房里的角角落落。

小姐,你找什么?我来找。丫头随在女子后,穿行,转圈。女子不出声,笑如雾,浮散在空气里,从小随到大的丫头,捉不到她半丝心绪。

找了几天,从晨到昏,几乎不停不歇。

父亲母亲来了。母亲握住女子的手,绣云,你找什么?

绣云目光散淡如烟,笑半浮着,所有的人,无法把握。

绣云站起，开始寻找，闪过父亲母亲，闪过身边所有人影，步轻如云。后来，绣云的目光突然有了亮色，在花绷上发亮。她手伸出，试探性地放在花绷子上，细细地看，脸上是思考的神色。

绣云，要布么？想绣点什么？母亲歪头，看着绣云，我有线，好看的线。平日，只要提到线，绣云会抬头，看母亲捧出彩色的线，笑容会绽放，像彩线一样缤纷。

这次没有。绣云不抬头，不看母亲，她放下花绷子，缓缓的。那时，没人想得到，这一放，花绷子再没有端起来，花绷子的藤面上灰尘开始沉积，一层又一层，直到花绷子也积满灰尘。那时，绣云放了花绷，抬起脸的时候，目光又散了，开始寻找。

绣云，绣云。父亲母亲呼唤，连连唤。绣云只是笑，半浮半飘的笑。

绣云的日子剩下寻找，找累了就坐在门边，倚着椅背，默默地看晨起，看暮落，好像这样坐着，能等到寻找的东西。

后来有一天，丫头扶着绣云的手臂，小姐，你找那个背吧？别找了，找不到的了。

陈婶说的。那幅绣品已经进了芸娘衣袍店，或者，已经到了镇上某个人手里，完全不相干的人。绣云的父母交代好的，哪幅绣品都能留，这幅留不得。即刻拿出门，放到芸娘衣袍店去，哪个要哪个拿去，愈快愈好。

陈婶说，绣品是她亲手拿进芸娘衣袍店的。

丫头说，要不，拿回来，小姐疼惜那一幅，我是明白的。

陈婶说，好大胆，主人特地交代拿走的。又是一幅“背”，哪个再拿进门？

小姐爱那一幅。

陈婶的口气冲了，小姐不明白，你也不明白？

小姐失了魂。丫头的心疼漫上眉眼。

该打嘴！陈婶是喝了一声的，这话镇上人说得，家里人说不得。跟小姐这么些年，不懂得不该多嘴？

绣云的背从此没了。

其实，那背是想回的。那时，他连想象也小心翼翼了。他想象，他进了外园，修了花树，种了几株新品月季。想象里，内园不敢进了，但外园与内园有矮矮的窗，圆圆的门。他手挖着泥，目光穿过花丛，穿过圆门，停在内园的廊下。廊下空空，没有绣花的人，没有牵针扯线的那只如兰的手，没有那只圆而巧的花绷子。

挖泥的手没有了方寸，坑挖深了，挖窄了，新苗的根扯断了。

他的头倾着，朝内园那条垂了青藤的廊。有人在后面喝。

他身子一抖，四望，园子没了，是家里粗而旧的四壁。

他记起，几天前，他拿新品种的花去，进不了大门。里面传出话来，花园里的活另请了人干。

另请了人？他捧着花，迷迷茫茫地问。

你再不用来了。出来的人说，在他手心放了银，结清所有的工钱、花钱。

他坐在门外，半靠着高墙，捧着花。花绽开了一半，正是最美的时候。门开之前，他想象过，这花如果能挪到她的绣布上，就永远地半开着，永远地鲜艳着。现在，他想，进不去了，这门进不去了。见不到了，那影再见不到了。

他闭了眼，不看家里空空的四壁。然后出门。

他游走在小镇上，恍恍惚惚。街上的石板在脚下，愈踩愈软。小镇的檐，小镇的水在眼前，愈晃愈遥远。

在这做什么？他突然站住，发出声音问，在这做什么？

无法回答。

良久，他勉强回答，种花，种树。

种花种树做什么？

她看着，她绣着。

如今，看不着了，绣不着了。这么告诉自己，他捂住脸，又抱住头，蹲在街边。

再站起身的时候，小镇就被他扔在身后。扔了小镇，他觉得无比轻松，他的脚步又迅疾又坚定。

他一直走，朝小镇外面的世界走，留给小镇一个背。

绣云在那个内园里，一直在寻找那个背，一直没有找到。

她不知道，她永远丢了那个背，在那一世。

何　处

进入那个门的时候，可仪想，这是哪里？镇上几乎所有的院，所有的屋，所有的店面，都住了人，或是住所，或作展馆，或开店经营。所有的门都是半旧的，像小镇一样有了年岁，又没断掉日子的烟火。这个门是旧的，有旧的裂缝，门半歪。走到这，可仪就立住了，细看院门，想不到镇上还有这样的院。

可仪凑近，往里看，裂缝大到能看清楚院里。

缩回头，可仪想，这是哪里？这样问的时候，她脑里有些影子在闪，模模糊糊。可仪知道，这院隐在某个角落，或者心里，或者记忆里，甚至是未来的日子里。

推门，门板松动无声，满院萋萋。

这里。可仪不知自己怎么的，脱口而出。这里是哪里？可仪揪不住记忆里那个影。

草齐膝，往深处走，膝撞着草，前厅只剩下一个壳。前厅后是外园，假山的模样还在，曲绕的水路还在，石的凳石的桌还在。又有一个门，小巧，拱形，可仪踏进去，呆了。

里面是一个内园。树老了，盘根错节；藤老了，旋绞爬蔓；草老了，杂乱丛生；廊老了，漆落柱斜；屋老了，墙破顶倾；天色好像也变老了，日光稀薄如烟，若明若暗，充满凉意。可仪走在树里藤里草里日光里，恍恍惚惚。

抚着树，牵着藤，慢慢地，可仪看见了，廊下那个人影。那时，树和藤青翠如春色，廊和屋新鲜如画，园里的花或含或绽，或雅或艳，总如含羞带露般。女子坐于廊下，轻挽云鬓，斜插珠花，半托花绷子，头半垂，彩线轻扯。

那时，晨光总是又薄又亮，倾一层于花叶之上，微烁，黏半片于女子颊边，颊边便浮起微暖的粉色。落一滴于针尖，轻跳，是极静中的极活泼。

那时，暮色总是来得那么轻，不知不觉，温软如风，女子衣上着了淡橘的一层，耳垂沾了淡红的一点，满园的花叶微晃，带了柔如呵气的倦意。有鸟飞来，停于园里某棵树上，或落于廊边某处。

丫头总是在不远处，静坐，呆着，目光呆，思绪也呆，小姐真美，是画。

父亲母亲会来，时不时地来，脚步轻轻，看女儿，目光也轻轻。然后叹，极轻地叹，可惜。

听见叹，丫头抬头，也轻轻叹，叹在心里。

绣云。父亲或是母亲总是唤一句，声调软如水。

女子未抬头，针线起落，不急不缓。

小姐绣花。丫头总是这样说。

父亲或母亲便点点头，凝望女儿，然后离去，背影郁色浓重。

有脚步声，从外园来。晨光暮色下的人影倏地消失，可仪转身，正对园门。

有人进门，可仪僵在那里，一只手抚了一根藤。

是他，那个背，走过来，以面对面的方式。

或者，他又将转身而去，留下一个背，然后，连背也迅速地消失掉。可仪这么想，但可仪突然豁然，她不紧张了，不紧张看不清他，不紧张他只留下一个背的影子。总会碰上的，该碰上的时候。这几天，那些画面，总是说来便来，说去便去，像随时而来随时而逝的轻风。可仪相信，有什么牵引着她，她随着顺着就是。

豁然后，他脸上的笑容就清晰了。笑容像曾经的园子一样，又安静又柔和，有一种透明而不张扬的亮色。可仪便也笑了，在她的想象里，自己的笑也该是安静柔和的。他还在走近，可仪发觉，他的正面像他的背，总体来说，给人一种修长而厚实的感觉，鼻子是修长而饱满的，眼睛往鬓角伸，眼神丰润。

他愈走近前，可仪愈安然，像早知晓他要到来。其实，之前可仪对自己的进门都无法预料。

直到问出口，可仪才知道，对他的到来，其实自己是预料到了的。可仪这样问，来了？然后往前走了两步，定在他面前，面对面。

他点头，微笑，说，来了。

可仪抬眼，四望，园子像被遗漏在镇子的时间之外，生长得真自在，所有有生命的、无生命的，都是又自由又散漫的姿态。他也四望，随了可仪的眼光。

他踱步，绕着园子。两步三步停下来，抚着某棵树，仰头看半遮了园子的叶，或拉住某根藤，轻轻晃。可仪也踱步，也绕着园子，也两步三步停下来。或弯腰捡一片叶子，摸捏叶子的脉络；或扯一根草，在手指上缠绕。

园子真静哪，静得像时间，无踪无痕，无声无息。人的感觉活跃着，像时间一样永不止息，皮肤上的毛孔都打开了，浸满了园子的气息。

廊边有石桌石椅，完好如初，除了灰尘和满铺的叶子。

他坐下，可仪也坐下，隔着石桌，面对面。

很奇怪，一点也不急促。可仪觉得她可以这样默坐，半天，或者一天，甚至更长。以前，她总会尴尬的，和一个人这样坐着，面对面，不出一言。就是丈夫，可仪也不自在，总该找话的，聊着，闲话空话套话，都行。

还是可仪先开口的。可仪问,你是镇上人?

摇头。他说,我是游客,住几天。

远吗?

远,远到要天上飞加地上跑。

这镇子不出名,不是热门旅游点。可仪说了丈夫说过的话。

他笑了,竟显得很灿烂,我就想来这镇子,呆一呆,不是像样的游客。他说了可仪想说的话。

这园子,你来过?

没,谁想得到镇上还有这样的园子,这么空着。路过,面熟,门又半开,就进门了。

可仪笑了,说,电视剧里那种“我也是”的情节原来是有现实版的。

嗯?

哦,没什么,廊那头的屋还挺完整,进去看看。

穿过那道廊,廊不长,但很深。

廊那头的屋门无锁,但关得整齐。推了一下,竟合得很紧,门只微微一动。可仪退到一边,他近前,用力推。

门往两边分,很响地吱了一声。屋内稍暗,人进去脸未网上蛛丝,鼻子未被灰尘呛住,有些日常的家具,都在适当的位置上。可仪说,这屋是有人收拾的。

是某户人家的祖屋吧,搬到更新的屋去了。他点头。

凑近看,那些家常的东西都是年深日久的,但模样还很好,手指滑过,灰土很薄。不知怎的,可仪竟很安心。她对着一张靠椅,稍微吹去一层灰，便坐下了。

没错，是这张椅。

绣云总是坐这张椅，从小到大。

小时候，早晨睁眼看见的是陈婶，陈婶半扶起她，安坐床沿，穿衣，着袜。然后抱她，抱到这张靠椅，洗脸，净手。陈婶收拾，进进出出，绣云静坐靠椅上，双脚高高吊着，手上要着一团毛线。陈婶很省心。

忙的空隙，陈婶偶尔抬头，目光到了绣云脸上，总要停一会儿。绣云眉入鬓，睫毛如影，颊如花瓣。细看一阵，陈婶总要自叹一句，好坯子，画都画不出的人。然后，陈婶也总要摇头，可惜，是个痴的，老天是怎么的？

稍大点，唤绣云的是丫头了。还是穿衣着袜，然后丫头半挽着，她走几步，在靠椅坐下。净脸，梳头，静静地坐着，手里还是握着线，一缕一缕的，色彩极艳丽。除了在廊下绣花，只要在屋里，绣云几乎都坐在这张靠椅上，静默如屋里某一个花瓶。

这屋，你熟？

可仪猛抬头，是他在问，手半撑着另一只靠椅。

说不清。可仪手指滑过扶手，语调依然含混，人黏在椅上，几乎不舍得站起来。

走吧，夜要来了，这地不能待太久，太久怕出不来。他站在门边，面向园子，声调微沉，如暮色。

出屋，关门。他说，怪，那屋子没什么印象，这园子却是很熟悉的。

可仪说,不知怎的,屋子园子我觉得都熟。

去喝杯茶。他说,镇上的水好,茶不错,也是喝茶的好地方。

檐下,木桌木椅,散散地放,人三三两两的,闲闲地端杯,闲闲地聊。水道从一侧弯绕而过,也是闲闲的。

是喝茶的好地。可仪赞叹。

小套的茶具,极小的炭炉子,备选的几包茶叶,几碟小吃,散置在桌上。可仪和他坐下,还是隔桌,面对面。日子好像一下子缓了,生活处于休闲自得的状态。

他洗杯,沏茶,添水,偶尔说一句什么,或问一句什么,像桌上那碟盐渍花生,极家常的,嚼在嘴里又是回味无穷的。

你什么时候走?喝着一杯茶,他就这么问了。

还没最后定下,住着看看吧。自己为什么这样回答,可仪不清楚。请的假期到哪一天,她心里是清清楚楚的,哪天该坐汽车,哪天该坐火车,哪天回到原来日子里,都是有安排的。

不想说离开的日子,不想提小镇之外的日子,可仪用了一个折中的方法,含糊其词。但可仪嘴里却问,你呢?

再说吧。他说。目光移开,投向微漾的水面。

可仪松了口气,这是她想要的回答。

这算是艳遇吗?可仪突然这样问,然后笑了,笑得很自然,像问一个老朋友,极老极老,老到忘记交往的时间,老到无须顾忌。

他也笑了,竟是调皮的。他说,你觉得呢?

我要你说的。这话一出口,可仪就愣了,自己还这样"幼稚",这样"撒娇",是自己想不到的。

两人都沉默了,炉上的水轻轻地响,水汽缭绕,茶香一阵浓一阵淡,时间也散漫了。

通俗地说,不算。精神上,早算了。最后,可仪这样下定论,在心里,自己对自己下。

艳遇算什么?良久,他说了这么一句,像酝酿许久,又像突然想起的。

可仪突然有些羞愧,是啊,艳遇算什么?看来,来小镇前的那些日子还是形影相随。

找的或者就是这份家常,温和又浓厚的家常,不急不缓不起不伏,但活着,整个人活着。这样的家常里,眉眼鼻心都打开着,可以一起注意一朵花,一起牵挂一棵树,一起赞美晨光,一起凝视带暮色的云。微小而不无聊,简单而丰实。

回到下榻处,随主人家吃过晚饭,可仪就上床了。半坐,半躺,半抱枕,让窗半开,看窗外半边水,看水里半边街灯。可仪入梦了,很快。

这时候床前亮了,像有了日光,比日光更柔和更均匀,又像有了月光,比月光更明亮更透明。可仪坐在这种亮里,感觉这种亮是有质感的,柔软如云,虽然可仪不曾感觉过云,但她确信,这便是云朵那种嫩白细腻的柔。

亮里走出两个影子,影子也是那种亮组成的。

可仪,我是你的一世。

可仪,我也是你的一世。

听不懂,我听不懂。可仪极惶惑。

生生世世中的一世。其中一个光亮说。

人有生生世世？可仪惶惑依然，声调却是忍不住的兴奋。

如无生生世世，这些天，你的记忆何来？

生生世世……可仪这样念，不停地念。她想，真好，人原来有生生世世，像花一样，能一季一季地艳丽。

可仪问，你们是我的前世？我的后世？

一个光亮闪烁着，我是你身为绣云的那一世。

我是绣云？

另一个光亮亦闪烁着，我是你身为可仪的那一世。

是的，我是可仪，这个我清楚，现在我是可仪。那么说，绣云是我的前世？

属于可仪的光亮说，不，你怎么能确定绣云便是前世？现在你便是可仪？是绣云的时候，你痴心太过，前半辈子痴在绣花绷子上，后半辈子痴在那个背上。你忘了可仪这一世。你本该记得的，在绣云那一世，你心中单纯清明，该记得可仪一世的。

难道，可仪才是前世？可仪——不，可能是绣云或别的什么人，吓住了。她说，那我现在是？

没有现在，没有过去。

说在绣云时该记得可仪，绣云不是前世？

错！属于绣云的光亮开口，是作为可仪的你几乎忘了绣云一世。为俗事所绊，为欲望所蒙蔽，有段时间，你把其他的人世忘得一干二净。所有的日子，所有的人世重新来过。好在你心底终究是单纯的，在极安静中记起了一些东西。

世人心深无底，混杂无端，只看眼前，只记当世。所有的人世都成空，当世便又从头再来，所有的人世又全都混混沌沌。是另一个光亮在感叹。

抱住头，揪住发，床上的女子——她不知道自己该唤什么了，一声尖叫。

没有光亮，是浅淡的夜色，头着了枕，身躺着床，都是摸得着的。可仪把眼睛睁大，再睁大一点，没错，是小镇的夜。

可仪坐起身，半靠了床背，确实不是在家，不是在城里的、有丈夫的那个家。可仪想，没想到，来到这里还会做梦。

没有这里，没有那里，哪里都一样。可仪竟会喃喃出这一句。她猛捂住自己的嘴，摇头，用力地摇头，想把所有纠缠不清的念头摇出去。

影　子

可仪又胡想了。

有那么多的星星，安宁的夜里，仰望星空的时候。那么多的星星，不全是星星。不，应该说，都是星光。可仪记得，有书这么写，发出这些光的星，都极远，远到无法想象。只知道最快的光拼命地跑，往人类眼中跑，很多还无法跑进人类的眼睛。

可仪难以想象，看到的那满天的星辉，有那么多是几万年前，甚至几十万年前的。可仪更无法想象，看到的一些星光后面已经没有星，那些星已经消失，可眼睛看得到。消失的东西，就这么存在着？

或者是东西本还存在，只是人类以为消失了？甚至是，所有的东西都消失了，都只是影子？可仪想，自己是多么愚钝。

可仪震惊着。

当那个影子来的时候，可仪就抛弃了所有的胡思乱想，所有的震惊。那个影子是如此温暖，如此触手可及。看到的时候，可仪就相信了存在，相信了生活。

绣云还是在廊下，牵针扯线，整日不挪一地，不出一声，像绽放在廊下的一枝安静的花。

发现这份安静的时候，绣云三岁。三岁的绣云安静地笑，安静地坐，安静地听话。安静到父亲母亲绝望。所有的游戏，所有的糖果，所有的玩具，都无法让绣云的目光敛起，无法打破她柔韧的、与世隔绝的安静。

直到那天，那团彩线出现。彩线在陈婶的针线篮里，绣云挣开了陈婶的手，第一次，蹲下了。陈婶也蹲下，看见她目光凝聚，还看见绣云伸出手，触碰那团彩线，然后抓住，双手捧在胸前。

陈婶尖叫着，奔跑着，呼唤她的主人——绣云的父亲母亲。

从此，绣云房里的桌上、椅上、床上，放满了彩色的线，绣云的房间艳丽如画。

再后来，有了花绷子，有了针。

第一次半托了花绷子，坐在廊下牵起针的时候，绣云八岁。

绣云这一坐，坐了十年。

他来了。

作为镇上最好的花匠，他被请进门是理所当然的。种了大院的花树，打理了讲究的外园，主人家都是满意的，树有树的翠，花有花的艳。

还剩下更为精致的内园。

作为主人的父亲说，内园花要多种，品种尽管选好的，颜色尽量多。

做母亲的拦住了。她说，绣云在内园。

父亲顿了一下，看坐在廊下的女儿，整个世界，在手里的针线之外，成为花花叶叶的背景。

母亲也转头，看女儿，默默地。

绣云眼里没人，她只看得到花和树。父亲说。

母亲眼里有悲伤浮起。最后，她点了点头。招了下手，让丫头走到跟前，交代，看顾好小姐。

他进园了。抓着几株花苗，提着整套种植工具，走进那个半圆的拱门。花树的布置、长势、品种，都是精心安排过的。转过两株玉兰，面对木廊，他就站住了，眼里没有了花，没有了树，没有了所有的背景，只有那个影。不在廊下，不在花园内，不在花树之中，半悬浮于空中，如烟如霞。这如烟如霞的女子，身姿如画，面容带笑，有一种极致的静态之美。她轻扯彩线，鬓边珠花微摇晃，充满了柔到至极的动态之美。

他惊愕，惊愕于内心还有如此丰美的感觉，惊愕于日子还能如此绚烂。

他沉醉在自己的惊愕里。

师傅！丫头唤，扬高了声音唤，走下廊。

他在丫头的第三声呼唤里回神，满眼是回神后的无措。他说，种树，我种花。几个字充满了无法排列的尴尬。

放了花苗和工具，他偏了目光。她未抬头，始终那么半垂着，对着花绷子。

隔一段时间，内园便多个身影。廊上，绣云沉醉于她的针线。

廊下，他或站或蹲或半弯腰，种花、修树、浇水、松土，穿梭于花树间，静默地忙碌。目光是控制不了的，从花朵后，从翠叶间，从树枝后，落在绣云身上，无声地呼唤。绣云总听不见，从未抬头。他从未触碰到她的目光。

丫头是警惕过的，花匠很安静，但双目亮得太过。后来，丫头想，亮便亮去。小姐未曾抬头，小姐的眼是生来看花树看绣品的，美得像春风，抓也抓不住。

是的，抓不住。抓不住她的目光，他厚实的腰背有了倦意，出园的时候，脚步总是拖拖沓沓。

走出大门门槛，大木门在身后关上，他总是在门边静坐半晌，开始期盼下一次进园，开始回忆刚刚离开的内园。

那个内园真美。内园里的晨光比别处的纯净，比别处的柔薄，柔薄如那女子身上的纱。晨光一点一点撒在花叶上，整个园子明亮了。残露垂于草叶尖，指头轻碰，很凉。他伸出手，手厚实修长，然而结茧，茧满指。满茧的指如此敏感，他弄不懂。

整个园子都想得起来，包括所有的细节，除了她的目光。借着一丛花的半遮，借着丫头专注于一只蝴蝶，他那么仔细地看过她，已经越礼了。看清她浅笑的嘴角，半透明的耳垂，如脂的鼻尖，甚至是双眼的轮廓,睫毛的影子,就是找不到她的目光。她的目光落在绣品上,他是知道的。她只是不对他抬眼,抬眼的时候,对着某一朵花,目光一点都不漏,不屑么?

是该不屑,凭什么,她要将目光投向自己?

他是鬼使神差了。

鬼使神差,看到那幅绣品时,丫头几乎喊出口。

那天,看花匠收拾东西,背闪出拱门,丫头走到小姐身边,半弯下腰去。

这一弯,腰就固定在那了,因为她的思维固定了。

人,小姐的花绷子上出现了人。一个背,厚实修长,生生浮在花绷子正中央,极吸引眼球,所有的花、叶、藤,全淡了一层,淡成那个背的背景。

丫头凑得更近,是的,绣品上的花叶都变了。以往,小姐绣的花是香的,叶是鲜的,藤是带了风的,蝴蝶是飞着的,全活在绣品上。小姐的绣品在镇上被抢空了,镇上的人等在芸娘衣袍店外,店主等着陈婶。陈婶说,她一到,店主就说,花花草草来了。那时,丫头想,总有一天,我和小姐会亲自把绣品送到衣袍店去,在镇上走一走。

丫头想不到,小姐的花叶会变。所有的人都想不到。活着的是那个背,花叶朦胧了,像思绪一样模糊不清,充满与花叶无关的感情。

小姐。丫头唤。

绣云抬头,呆呆地笑。

怎么绣这个!丫头指住那个背。

绣云依然笑,笑依然呆呆的。针线扯动,补缀那个背。

丫头再唤，绣云不抬头，也不停针，沉入那幅绣品中了。

那是谁的背，丫头知道，丫头不敢说。

花匠是落进了她的眼的，落得如此之深，他不知道。

可仪叹气。

叹气的时候，可仪把那幅绣品展在床上，细细看。

她想起那个背。可仪想，该让他看看这个背的。他买下了这个背，却从未看过一眼。

可仪奔出下榻的屋子，奔向那座旧园，脚步激动得乱了。

园子空空的。可仪坐在石桌边，前两天一直坐的位置，望桌那边。桌那边石椅空着，椅上落叶未乱。可仪不敢打开绣品，她知道，打开了，便沉进某个时空。这几天，沉入太深，精神飘飞，日子恍惚不定。

坐了多久，可仪不知，她只记得，日光从背上移到头顶，又转到正面，落于鼻尖。一阵风起，鼻尖的日光倏地一凉。可仪起身出园。

找到那个茶座，坐过的那张桌，那张椅，依旧是茶具精致，茶炉炭红。只是对面无人。杯自洗，茶自沏，可仪喝着，一巡又一巡。

后来，可仪把绣品打开了，平展在桌面上。恍惚便恍惚吧，可仪想，或许这绣品能成为某种召唤。某一刻，他便从茶座门口进来了，在桌边坐下，说，茶我来沏。

可仪突然有个想法，他来了，一定要让他站起，转身，比着绣品，好好对照他的背。然后，把绣品给他。她相信，这样将会了结某桩遗憾，了结掉某段人世某些缺掉的角。

他未来。夜来了。

夜是从窗边那条水里爬上来的，一点一点地往上浸漫。水面一片灰黑，然后对岸水边石栏灰黑了，屋檐黑了，最后天黑了。

可仪收回目光，桌上绣品亮着，在店里的灯光下亮着，那个背若真若假。

手机响了，声音很久才进了可仪的耳朵，又很久，可仪才想起从袋里掏手机。

可仪？可仪。手机里唤。

嗯？可仪目光落在绣品上，精神飘忽不定。

可仪，你要回家了么？

回？

什么时候回来？该回了。

可仪恍然，是丈夫的声音。

我在哪里？可仪问，问自己，问丈夫。

等　待

第二次进园子时，他已经在了，坐在石桌边，是等待的样子。可仪说，今天你倒先来了。

那是他们在园里正面相遇的第二天。

坐下了。园里比昨日清朗，在老去的藤上晃着的日光有些明媚。

可仪说，我像认识你，又像不认识。我们认识么？

也是认识，也是不认识。他说，望着园子盘根错节的树。

拈一片落叶在手，可仪沉默了。

他说，我们不算熟悉，但认识。

是的，是认识的。可仪几乎在喃喃自语。

认识好。有些人，熟到不能再熟悉，或相处整整一辈子，不一定就是认识对方的。他这样说，目光依然在园子深处。

有些人，相遇了，便认识了，看一眼便知晓。可仪说，目光也在园子深处。

已至无言。

良久，可仪说，我记得了，当时，他们也这样。

那时，进园的时候，他看到了绣云。他种着花，修着树，目光浸润着她。她也看到了他，他立在花丛前，浇着水或修剪，留给她一个厚实又修长的背。绣云的针线突然离开了花，离开了叶，一丝一丝地牵扯着，把他的背牵扯住了，扯在所有的花叶中。他从未知晓，这所有的一切。

他只是在半隐于花树后面，或侧对她的时候，用目光找她的眼神，找得那么用心，从未找到。那时，他悲哀至极，想自己是入不了她的眼的。

离开镇子的那段路，他走得多么缓慢。廊下那个影依然晃在眼前，他想，她欠自己一个眼神，永远欠着。他的人世有了缺憾，永无法弥补。

他不知道，她的眼神黏在自己背上，跟随了他，永远无法离开。更不知道，她留下了他的背。

他还不知道的是，离开，也是因为那个背。

绣云的母亲在某一个安静的午后进了绣云的房间，习惯性地看花绷子，习惯性地想找到园里某一朵花的影子。花没找到，一个背扑面而来，撞得她双眼生痛。她惊叫了一声，惊叫声在屋里四处碰撞。她望向丫头，丫头摇头，满脸的恐慌。

绣云的父亲进门，看了一眼母亲，并顺着母亲的目光看到了那个背，然后呆住，包括目光，包括表情，包括四肢。

那个背捧在父亲母亲手上，簌簌发抖。

门外，他拍着门，一只手捧了极珍贵的花苗。这些花苗在他的一拍一拍中，生长，开花，艳丽于晨光下，陈列于她面前，一针一线，落入她的花绷子。

许久，门开了，是一道缝。他无法踏进一只脚。开门的那个人出了门槛，半转身，合上门，然后面对他。

他捧高了花苗，笑意漫上眉梢。

开门的那个人伸出一只手，张开，说，这是前段时间的花苗钱、工钱，都算清了。

他未接，望着那个人。

那个人说，家里新请了花匠，以后家里的花树就不麻烦了。

说完，那个人往他手里塞了钱。塞了钱后，那个人就进门。

他举起手，张开嘴，门关上了。他的姿势固定在门前，日光从背后来，木门上映了一个影子，生硬而无措。

绣云。母亲抚女儿的肩，声调忧伤而柔和，为什么绣这个？你不是爱绣花绣叶的？

绣云抬头，笑，笑不在母亲脸上，在那幅绣品的那个背上。

父亲将绣品攥在手上，手背在身后。绣云。父亲呼唤，声音疼痛而有硬度，来，到园里去，新栽的花开了。

绣云还是笑，笑不在父亲身上，在深处，往园子去。

唤来丫头。

丫头说，小姐就坐着刺绣，未走下廊，脸也少抬的。

丫头又说，花匠就修树种花，未近廊边，未出一声的。

父亲和母亲看女儿，然后对视，叹气无声，却拉得极长。

母亲握了绣云的手，说，绣云不绣人，绣花绣草。

绣云笑，笑得透明如水。

不忍细看，父亲母亲出门穿园而去。

内园又来了花匠，背微驼，发灰白的老花匠。

丫头笑唤，阿伯。

哎。老花匠以呵呵的笑应声。

丫头看见绣云放下了花绷子，立起身，极缓极轻的。

小姐。丫头半挽住。

绣云看老匠，目光竟不散，有半天那么久。然后，她看那丛花。丫头知道，绣品里那个背，曾立在那丛花前。

就是那天起，绣云再不沾针线，廊下那张椅空着，屋里的花绷子闲置着，成团的彩线堆叠着。绣云立在房门边，半倚着门框。

小姐，小姐。丫头呼唤，晃她的手臂，她不动。丫头看她的眼，目光竟捻成了缕，蜿蜒穿过长长的走廊，往园子去。这样的姿势，这样的目光总是固定着，半天半天的。偶尔，目光收回了，脖子稍稍垂下，落在那幅绣品上。绣品半卷在手里，看的时候，便半展，半捧起，捧于胸前，折卷了花叶的那部分，那个背愈加清晰。

小姐。丫头唤，轻轻的。人不动。丫头伸手拉那幅绣品，轻轻的。手攥紧了，丫头不敢用力。

这些，是可仪忆得到的。可仪，或者任何人看不透的，是绣云的思绪。

那些倚站不动的日子，绣云思绪灵动如风。这些，除了岁月，无人能够知晓。

那些日子，绣云总是看见他，走进园子，眉目有些模糊，笑却很清晰。他放了花苗，往面前走来。他说，我来要我的东西。

绣云便捧起绣品，捧于胸前，用这姿势告诉他，我等着，早等着了。

我也等着，早等着。他说，伸出双手，接绣品。

总是要接的时候，那张模糊的脸便清晰起来，不是他，是丫头。丫头唤，小姐，别看这个。然后，扯那幅绣品。

绣云攥紧。抬眼看花园，那丛花边空着。清晰的背，模糊的正面，都消失了。

绣云只有攥紧绣品，她以为这样能攥得住那个背。

陈婶夜深了才来，摇醒熟睡的丫头，然后打手势。睡意蒙胧的丫头瞬间清醒，猛摇头，这一幅不能拿走，这个背不是花草。

陈婶脸色往下沉，把眉毛眼睛往下拉，拉出极严肃的神色。两人拉扯着到门外去。

老爷和夫人千交代万交代的。小姐不明白事，你也不明白？陈婶的声音在夜里很低，低得极有分量。

丫头想说，有些事，小姐是明白的，但你们不明白。

陈婶转身走了，手放在身后极快地挥，意思是，回房！

立在房门口，丫头望着园子，园子没了生气。夜真黑。丫头想，进房，关门。看了一眼床，小姐睡得真沉。

可仪能看到，或能忆起的画面突然断了。她只知道绣云在找，一直找，在花园里找那个背，在房里找那幅绣品。绣云那以后的日子，可仪再看不到了。

可仪也在找，前几天一直在园里见到的面孔找不到了。

可仪想，为什么我今天才想起给他看绣品？可仪还想，他付了绣品的钱，为什么不看，甚至不问？

可仪极纠结。她觉得，有那么多的遗憾，没有弥补。

镇子绕了一遍，没有他的影。

丈夫又来了电话。这一次意思很清楚，他说，该回去了，日子到了。

可仪开始收拾东西，把绣品放入包里的时候，可仪下意识地说，又没送出去。还是未了。

上了火车，可仪很快入睡了，像缺了极长时间的睡眠。

火车在晃，均匀地晃，无始无终的样子，可仪梦里觉得，自己像走进某个空间和某段时间的深处。

可仪醒了，在梦的尽头醒来。她在杂乱无章的梦里狂奔，无路可逃时，地晃起来，周围的一切晃起来。

可仪惊叫，用尽平生的力气。

睁眼，猛坐起，是在床上。丈夫摇她的手臂，可仪。

我回家了？可仪问。

在家，当然在家。丈夫脸凑近她，看着可仪的脸，也让自己的脸落到可仪眼深处。

可仪的目光凝聚有神。然后,她问,我醒了?

应该醒了。丈夫说。

你精神一点,我熬了粥的。丈夫端着碗,坐在床沿上。可仪想,如此温存。

前段日子我出了远门?汤匙搅着稀粥,可仪恍惚地问。她说,一个人出门好些天?

去没去过,得你自己说了。丈夫会这么回答,是可仪毫无准备的。

他给了一个回答,一个模糊的答案,可仪迷糊了。把半碗粥递给丈夫,可仪身子往后靠。她相信,这种姿势有利于放松,有利于尽快清醒。

半卧半坐,全身酸软了,是长途旅行后的疲倦。

去过芸镇么?可仪自问。喃喃出“芸镇”这个名字时,她吓了一跳。芸镇是那么清晰,还有园子,还有绣云,还有那个背,还有……

可仪打断自己。去过也好,未去过也好,就是梦也是好的。

可仪想,恢复一下后起床。客厅沙发上应该有个行李袋,袋里应该有幅绣品。

那幅绣品绣云送不出去,可仪也送不出去。

那个背绣云失掉了,可仪也失掉了。

没办法了。可仪心里涌上一种说不清的遗憾。

但重新躺下的时候,她看到床边的丈夫。可仪想,若真能了,也许就没有了生生世世吧。

算了,较不得真,说不定,此时,自己也是在某个人的某段回忆里。可仪很快入睡了,一种无梦的、纯净的睡眠。